화연가

윤서하 장편소설

단글

도화연가 2

초판 1쇄 인쇄 2018년 10월 16일
초판 1쇄 발행 2018년 10월 23일

지은이 윤서하
발행인 오영배
기획 박성인
책임편집 박주애, 성하림
디자인 권지연
일러스트 laphet
제작 조하늬

펴낸 곳 (주)삼양출판사 · 단글
주소 서울시 강북구 도봉로 173
대표 전화 02-980-2112 **팩스** / 02-983-0660
편집부 전화 02-980-2116 **팩스** / 02-983-8201
블로그 blog.naver.com/dan_gul
출판등록 1999년 3월 11일 제9-00046호

ISBN 979-11-283-9567-3 (04810) / 979-11-283-9565-9 (세트)

+ 이 도서의 국립중앙도서관 출판시도서목록(CIP)은 서지정보유통지원시스템홈페이지(http://seoji.nl.go.kr)와 국가자료공동목록시스템(http://www.nl.go.kr/kolisnet)에서 이용하실 수 있습니다. (CIP제어번호: 2018031172)

단글 은 (주)삼양출판사의 로맨스 문학 브랜드입니다.

윤서하 장편소설
도화
연가 2
단글

| 차 례 |

5장
잎새달 下

"어쩌지."

연화는 한참이나 망설이고 있었다.

이렇게 추운 밖의 날씨에도 이렇게 밖에 나와 있는 이유는 그에게 혼자만의 시간을 주고 싶어서였다. 그녀 나름의 배려였다. 하지만 그게 옳았을지, 그리고 옳았다면 지금은 조금이나마 나아졌을지 궁금했다. 연화의 시선이 저 안쪽을 향했다.

"……괜찮을까."

아닌 게 아니라, 연화는 그런 하현의 모습은 정말이지 처음 봤다고 생각했다. 그야말로 얼음이 사람의 모습이 된 것 같은 모습이었다. 차갑고, 딱딱하고, 냉정한 모습.

'하지만…… 조금의 충격이라도 더 받는다면 산산이 깨어질

모습이기도 해, 얼음은.'

연화는 한숨을 내쉬며 대청에 가만히 걸터앉아서 하현의 그간 모습을 되돌아보았다.

'처음 만났을 때는 분명 냉정하셨지만 대화를 하면서, 함께 시간을 보내면서 본 모습은 장난스럽고 다정하고 여유 넘치는 분이었어. 지금은 굉장히 따뜻한 분이시고.'

가주나 파, 아니 미르가 알면 뒤집어질 생각을 아무렇지 않게 한 연화는 앉은 대청 아래로 다리를 대롱거리며 다시 곰곰이 생각에 잠겼다.

'기 싸움이라는 것을 생생히 보았다고 해야 할까…….'

그때에 가주와 하현은 눈에서 시퍼런 안광이 나올 것만 같은 모습이었다. 하지만 단순하게 화가 났다고 하기에는 두 사람 다 표정이 아주 심각했고, 몹시 괴로워 보였다.

그리고 그보다도 훨씬, 슬퍼 보였다. 그 표정을 떠올리던 연화의 입술이 일자로 고요히 다물어졌다.

'……이야기의 시작은.'

이십일 년 전 겨울을 기억하느냐, 였지.

그다음 나온 말은 의뢰, 유인, 사고, 그리고 선.

앞뒤 사정 그 무엇도, 어떠한 상황도 모른 채 우연히 들은 이야기이지만 그 자리의 분위기와 두 사람의 표정, 그리고 그때 들은 이야기만으로도 충분히 어떤 내용인지 알 수 있었다.

현재 물증은 없으나 심증은 있는 철천지원수 집안에서 하현에게 선을 보자고 했고, 할머님께서는 그것을 단칼에 끊어 내셨다는 말이겠지.

'선이 끊어진 것은 여러모로 매우 다행인 일이지만…….'

깊이 파이도록 할퀴어진 그 핏빛 생채기를 어찌하면 좋을까. 간신히 새살 돋아 있던 그 상처에서 다시 피가 배어 나오고 있는 것 같은데.

연화는 눈을 들어 방문을 바라보았다. 그리고 천천히 몸을 일으켜 치맛자락을 가지런히 정돈했다. 고민은 끝났고, 더 이상 눈을 감고 있을 수도 없었다.

'굳게 닫힌 것은 이 문뿐이길. 이 안에 들어가 있는 이의 마음은 여전히 열려 있길.'

그렇게 생각하며 여린 손이 그 문을 열었다. 안으로 발을 디뎠다.

타악—

밝은 방 안은 조용했다.

열린 저 문을 닫고 이 안으로 들어온 지 오래. 아까 들어오면서 하현이 난방을 틀어 둔 덕분에 방 안은 춥기는커녕 외려 훈훈하니 더울 지경이었으나 연화는 저 밖의 추운 바람이 부는 것 이상으로 이 방이 참 춥다고 생각했다.

몸은 따뜻하나 마음이 몹시 시려웠다. 하현이 슬퍼 보였다. 너른 등이 어두웠다. 그의 등이 새삼스레 참 넓어 보였고, 넓은

만큼 쓸쓸했다. 외로워 보였다.

"……도령."

이름도 아닌 그 호칭 하나를 부르자고 아주 한참을 망설였다. 기껏 고민해서 이 안으로 들어왔지만 연화는 그의 모습이 생각보다 더욱더 쓰려 보여 쉽게 말을 건넬 수 없었다.

그래서 내버려 두어야 할까, 아니면 말을 걸어야 할까 두 개의 선택지 사이에서 오래도록 고민하다가 살짝 입술에 담았는데 하현은 여전히 그녀에게 등을 돌리고 있었다.

연화는 목 끝까지 올라온 수많은 말들을 다시 누르면서 그의 새하얀 등을 보았다. 상체를 앞으로 숙여 팽팽해진 그 등을 바라보았다.

"……."

넓디넓은 등인데 왜 이리 가느다랗게 보일까. 분명 튼튼하기 그지없겠지만 지금은 한지만큼이나 얇아 보였다. 그래서 연화는 아주 조금 망설이다가 그에게 한 발 한 발 다가섰다.

"……도령."

작은 보폭으로 한 걸음 한 걸음 디뎠을 뿐이었으나 그를 향한 마음이 잦아서일까 혹은 거리가 좁혀져 있었던 걸까, 뒤꿈치와 발가락이 스치도록 걸었는데도 어느덧 두 사람은 지척에 있었다.

만약에 실이 여전히 있다면 더 이상 밟게 있지 못할 만큼 아주 가까운 거리였다.

그 온기를 알았을까, 하얀 벽 쪽을 향해 몸을 돌린 채로 서 있던 하현의 몸이 살짝 굳었고, 그 몸을 연화의 나직한 목소리가 천천히 덮었다.

이 말이 이불이 되어 당신의 안이, 마음이 따뜻해지길 바라요. 붉게 드러난 맨살에 도톰히 덮이길 바라요.

"소녀는 살아생전 아플 적에 힘들었던 것이 참으로 많았으나."

"……!"

말은 언제나 당황스러울 만큼 예기치 못하게 시작되기 마련이었다. 더구나 언제나 거리와 예의를 지키던 연화가 바로 등 뒤에 다가와 있어서 하현은 적지 않게 당황해 있었다. 그리고 하현은 곧 이어진 그녀의 말에 멈칫했다.

"……갖은 투정과 욕심을 다 제하여 보니 단 세 가지만 남더랍니다."

연화의 목소리는 아주 담담했고, 하현은 그녀의 목소리에 잠자코 귀를 기울였다.

사실 지금은 그 어떤 위로도, 조언도 듣고 싶지 않았다. 귀에 들어오지 않았다.

아주 오래전의 일이니 이제 그만 다 잊어라, 해결할 수 없으니 마음에다가 깊이 묻어라, 한을 가져 봐야 네게 해만 될 뿐이고 혹여라도 업을 쌓을 생각일랑은 하지도 말아라, 등등 그런 말들은 이제까지 아주 많이 들었고, 또 들었고, 뼛속에 인이 박이도록 들었으니까.

그리고 연화에게는, 글쎄 왜일까 지금 연화에게는 얼굴을 보이는 것이 어려웠다. 호감이 있다고, 마음이 있다고 말하자마자 곧바로 선 이야기를 듣게 해서 그런 것일까. 물론 그것을 꺼낸 가주는 모르고 한 말이겠지만 원망스러워지는 것은 단지 선 이야기를 한 것, 그것 자체만이 아니었다. 왜 하필 연화가 있는 자리에서 말한 것일까, 그게 제일 먼저 떠올랐다.

……그래, 그만큼 연화가 이 안에 많이 들어왔다는 거겠지.

그리고 연화는 하현의 조용한 재촉에 천천히 이어 말했다.

"저는 아주 많이, 많이 아팠습니다. 그것은 속이 천 갈래 만 갈래로 찢기는 듯한 고통이었지요. 한번 발작이 오면 숨을 쉬지도 못할 만큼 고통이 온몸을 관통하여 그때마다 이불을 쥐어뜯으며 간신히 삭였습니다. 비명을 지르면 아버님이 들을 테고, 유모가 들을 테고, 담장 너머로 넘어갈 테니까요. 걱정을 끼쳐 드리기 싫었고, 동정받기 싫었고, 사람들 입에 숱하게 오르내리는 것이 싫었습니다. 그래서 입에다가 솜이불을 물고 그 고통이 끝나기만을 간절히 기다렸었지요."

"……!"

하현은 순간적으로 고개를 들었다.

연화는 담담하게 말하고 있었지만 사실 그렇게 말할 이야기가 아니었다. 그녀의 아픈 과거였고, 죽음까지 이르게 한 고통이었다.

하현의 눈동자가 흔들렸다. 연화의 얼굴이 보고 싶었다. 그래서 몸부터 돌리려는데 연화가 이어 말했다.

"그에 항상 이 손바닥이 피로 붉게 물들어, 유모가 그 사실을 안 이후에는 손톱이 이 손가락 선을 넘은 적이 없었답니다. 늘 항상 짧게 잘랐지요. 조금이라도 놓치다가는 자란 그 손톱이 혹여라도 손바닥 이 여린 살을 다시 찢을까 봐서요."

연화는 천천히 그 여린 손을 들어 하현의 어깨를 가만히 잡았고, 하현은 몸을 돌려 그녀의 손을 맞잡고 싶다는 충동을 느꼈다. 하지만 몸을 돌리면 이 어깨에 닿은 손이 잠시라도 떨어질 테니까, 찰나라도 떨어지고 싶지 않았다. 추울 것 같았다.

그래서 어쩌지 못하고 그저 가만히 듣고 서 있는데 그것을 어떻게 받아들였는지 연화가 그의 단단한 어깨를 손가락으로 아주 작게 쓰다듬기 시작했다.

그리고 하현은 천천히 눈을 감았다가 떴다. 진정으로, 당신은 정말 지금까지도 어쩌면 이리도 다정할까. 선할까. 아플 정도로 따뜻할까.

'이건 누가…… 누구를 위로하는 것일까. 당신이 나를, 아니면 내가 당신을.'

괜찮다는 말은 듣고 싶지 않았다. 난 아직 괜찮지 않으니까. 시간이 지나고 흐르고 세월이 쌓이면 무엇할까, 아직 내 마음속 상처는 그대로인데, 여전히 화가 나 있는데, 한이 맺혀 있는데.

그리나 연화는 그런 말을 하지 않아 주었다. 그저 다독이고 안아 줄 뿐이었다. 아팠죠, 나도 아팠어요. 힘들죠, 나도 힘들었어요.

그제야 하현은 깨달았다. 그래, 자신이 원했던 건 동정과 위로가 아닌 공감이었다는 것을. 자신을 이해해 주는 거였다는 것을.

"……연화 씨."

덮고 싶다, 보듬고 싶다, 아직 새살 돋지 못한 그 위에 흉이 어리지 않게 안아 돋우고 싶다. 그 따끈한 생각이 아래서부터 차올라 하현은 점점 속이 녹아내리는 것을 느꼈다. 마음속 응어리가 풀려 가는 것을 느꼈다. 꽈악 메어 있던 속에 물길이 생기듯 닫혀 있던 그의 마음이 스르르 열리고 있었다.

그의 마음을 모를 연화는 여전히 그의 어깨를 그 얇고 가느다란 두 번째 손가락으로 가만가만히 쓰다듬고 있었다. 봄날 솜털처럼 내려오는 연한 꽃잎을 대하듯 조심스럽고 얕은 손짓이었다.

"그리고 그 고통이 끝난 후 항상 찾아오는 적막이 싫었습니다. 한껏 아파서 끙끙거리고 울고 신음을 흘리고 나면 찾아오는 적막 그 고요함이 싫었지요. 시중들어 주던 이들이 저를 배려해서 소리를 죽이고 다니던 것은 압니다. 겨우겨우 눈을 감고 든 선잠이라도 깰까, 그들이 아침부터 새벽까지 발꿈치를 들고 조용조용 살금살금 지내는 것을 알고 있었어요. 하여 괜찮다, 소리 내도 나는 괜찮으니 괘념치 말라 했지만 언제나 제 방은, 저의 세상은 조용했습니다. 그래서…… 외로웠어요."

"……."

하현은 아무 말도 하지 못했다. 다시 한번 심장이 쿵, 떨어지는 것만 같았기 때문이었다.

'외롭다' 그녀가 대신 해 준 이 말은 그의 마음속 깊은 곳에 있는 분명한 진심이었으나 부끄러워서 그간 한 번도 입 밖으로 내지 못한 말이었다.

남자나 돼서 외로움을 느끼느냐고, 약하다는 말을 들을까 봐 말하지 못했다. 남자가 뭐 어때서, 남자는 외로움을 느끼면 안 되는 걸까. 또 약해 보이면 어때서, 조금도 틈이 없어야 하는 걸까. 상처를 받으면 아프고, 혼자 있으면 외롭고, 보고 싶고 그리우면 눈물이 나는 똑같은 사람인데.

'아아.'

하현은 조금 웃고 말았다. 누구도 자신에게 그렇게 살아야 한다, 그렇게 생각해야 한다, 라고 말하지 않았다. 그 누구도 정해 주지도 그렇게 해야 한다고 강요하지도 않았다. 그저 하현 자신이 만든 틀이었고, 상자였다.

약해 보이면 안 돼, 틈을 보이면 안 돼, 우습게 보이면 안 돼, 항상 가시처럼 신경을 곤두세우고 단단하려고 애썼다. 텅 빈 속으로 바람이 쿵 치거나 마음이 조금이라도 흔들리면 웅웅거리는 동공처럼 그렇게 살아온 것이다.

나 스스로 그렇게 살아왔다. 그리고 하현은 방금 전 연화가 한 말이 비어 있던 그 속을 꽉 채우는 것 같다고 생각했다. 안이 따끈하게 차오르는 것을 느꼈다.

'외로웠어요.'

그래, 외로웠다. 혼자라서 외로웠고, 갑자기 혼자가 되어서 외로웠고, 그 누구도 자신의 마음을 몰라주는 것 같아서 외로웠다.

예기치 못하게 하루아침에 부모님이 돌아가셨고, 아주 먼일 같았던 가업은 코앞에 다가왔다. 그리고 부모님이 남기신 유산과 가문의 재산 등 다른 것들이 목적인 검은 손길들이 사방에서 뻗어져 왔다. 그래서 생각하지 않으려고 했다. 나는 아주 괜찮고, 그런 것 따위는 느끼지 않는다고.

처음부터 혼자였던 것, 아예 혼자가 되기로 작정하면 그 외로움이라는 감정조차도 모를 줄 알았다.

하지만 이미 느껴 버렸으니까, 혼자 세상에 남겨졌던 것 같았던 그때를 이미 알아 버렸으니까. 그리고 지금까지 줄곧 겪고 있었으니까. 이 사람을 만나기 전까지.

"……연화 씨."

"그리고 마지막은, 나의 의지가 아닌 상황이었어요. 내가 어찌할 수 없는 상황에서 저는 이러지도 저러지도 못하고 그 운명에 휩쓸려 아무것도 못 하고 숨을 거뒀지요. 아니, 그것은 못 한 게 아니에요. 안 한 거죠. 짧았던 제 인생을 한 줄로 요약하자면 아주 간단하답니다, 도령. 태어났고, 아팠고, 죽었다. 그게 전부예요."

"연화 씨."

하현은 급히 몸을 돌렸다. 그 바람에 연화의 손이 그의 어깨에서 떨어졌지만 아쉽지 않았다. 아니 조금은 다행이었다.

한참이나 높은 자신의 어깨에 이렇게 오래도록 손을 올리고 있었으면 분명히 그녀의 팔이 아주 많이 아팠을 테니까.

안타까운 마음에다가 그 팔에 대한 미안함까지 한층 더해져 하현은 연화의 양쪽 팔을 두 손으로 잡았다. 워낙에 자그마한 그녀라 양팔만 잡았는데도 한 품 안에 들어올 만치 숨이 가까워졌다.

하지만 하현은 아무 말도 하지 못했다. 연화가 울고 있었기 때문이었다. 그러나 그녀는 슬퍼 보이지 않았다. 우는 얼굴에서 아픔이 느껴지지 않았기 때문이었다. 나 괜찮다고 억지로 미소 짓는 것이 아니라 진심으로 웃는 얼굴이었다.

"왜 그렇게 울고……."

"……하지만 당신은 아니에요."

자신도 모르게 한 말을 가만히 덮듯이 연화의 목소리가 그 위에 얹혔다. 그리고 그녀의 두 눈이 하현을 올려다보았다. 둘의 키 차이가 한참이나 커 연화는 발꿈치를 들고서도 목을 있는 힘껏 젖힌 상태로 하현을 바라보았다.

"당신은, 아니에요."

"연화 씨."

"당신은 많이 괴로웠지만, 많이 외로웠지만 고독하게 주어진 그 운명에 순응하지 않고 자신의 의지로 잘 헤쳐 나가고 있어요. 스스로 결정하고 움직이고 있어요. 정말 대단하고, 멋진 거예요."

하현은 아무런 말도 하지 못했다.

하고 싶은 말이 많았지만 머릿속에 하나도 생각이 나지 않았다. 굉장히 낯부끄럽고 간지러운 말인데, 글로 써 놓으면 유치할 만큼 단순한 말인데 왜 이렇게…… 기분이 좋을까. 대단하다, 멋지다, 라는 그 간단한 말이 지금만큼은 이 세상에서 가장 큰 칭찬같이 느껴졌다.

그래서 자꾸만 입꼬리가 움찔거리는 것을 간신히 참고 있는데 연화가 이어 말했다.

"이제는 도령이 외롭지 않았으면 좋겠어요. 그러길 바라요. 만약 아직도 외롭다면, 여전히 혼자인 것처럼 느껴진다면 제가 그때마다 말해 줄게요. 당신의 곁에는 파도 있고, 미르 도령도 있고, 그리고 저도 있다고."

연화는 여전히 하현을 올려다보고 있었고, 마주 바라본 그 커다란 검은 눈동자 한가득 자신이 담겨 있다는 것을 두 눈으로 확인한 순간, 하현은 더 이상 참지 못하고 연화의 어깨를 끌어당겼다.

"도—"

연화는 자신의 몸이 휙 끌려가자 두 눈을 커다랗게 떴다.

그에게 아주 가까이 다가간 것도 그녀에게는 아주 큰 용기였고, 어깨에 손을 올린 것은 정말이지 눈 딱 감고 한 일이었다.

그만큼 그는 외로워 보였고, 괴로워 보였고, 슬퍼 보였다. 그래서 이번에는 망설이지도, 감정을 누르지도 않고 이 작은 마음에 있는 말을 다 꺼내 놓은 것인데 정신 차려 보니 자신이 그의 품에 기대어 있는 것이다.

'……품에?'

이보다 더 커질 수 없을 정도로 동그랗게 커진 연화의 눈이 그보다 더 크게 떠졌다. 아아, 하늘 할머니—

"도……"

"잠시만, 잠시만 이대로 있어 줘요."

급히 하현을 부르려던 연화는 귓가에서 울린 목소리에 이번 역시 말을 꿀꺽 삼키고 말았다. 귓불에 언뜻 무언가가 스친 것 같았는데, 촉촉하고 따뜻한 것이 언뜻 닿은 것도 같았는데 상상하는 것만으로도 심장이 떨려 와서 연화는 말과 함께 숨까지도 꿀꺽 삼키고 말았다.

"……!"

숨도 가빠 죽겠는데 말까지 삼켰으니 사레가 걸리지 않은 게 용한 것이다. 하지만 그다지 용하지 못한 연화는 날숨보다도 많이 들어온 들숨에 결국 콜록콜록 작게 기침을 하기 시작했고, 하현은 자신에게 기대어 잘게 콜록거리는 그녀의 등을 가만가만히 두드려 주면서 선명히 느껴지는 따뜻하고 보드라운 촉감에 인상을 살짝 찡그렸다.

그러고 보니까 이 자세, 저 사람의 입술이 너무 잘 보이잖아.

'……미치겠네.'

'그것'을 한 번도 상상해 보지 않았다고 한다면 그건 분명 새빨간 거짓말이었다. 진지하게 말하건대 자신은 분명 신체 건강한 나이의 남자였고, 이 사람은 살고 죽은 것을 떠나 어쨌거나 분명한 여자였으니까.

몸의 반응은 생리적인 현상이니 둘째로 치고 머릿속으로 열심히 이 사람은 영가다, 사람이 아니다, 연을 맺을 수 없다, 관계도 불가하다 주야장천 자기최면을 걸고 있었는데 어느 순간부터 그것이 완벽하고 깔끔하게 깨져 버린 것이다.

그게 아마, 그녀가 파로 스스로를 찌르려 했다고 이야기했을 때였던가. 아무튼 그래서 그 후로는 정말 그냥 있는 대로 좋아해 버리자, 라고 고삐 풀린 상태로 직진을 하는 중이었는데 지금은 정말이지 이 사람의 구석구석이 너무나도 잘 보여서 큰 문제였다.

일례로, 연화의 몸이 이렇게 따뜻할 줄도 몰랐고, 이렇게 자그마할 줄도 몰랐다. 그리고 이렇게 달콤할 줄도 몰랐다.

미르는 연화를 두고 복숭아꽃 아가씨 같다고 했다. 곁에 있으면 복숭아꽃 향기가 난다고, 은은하고 향기로운 그 내음이 바람결에 둥둥 떠다닌다고.

그리고 하현은 그 말에 깊이 공감했다. 그녀는 이렇게 여리고, 하얗고, 붉고, 발그스레한 데다가 자신에게는 미르의 그 능력이 없음에도 불구하고 어딘지 모르게 은은한 향기가 나는 것만 같았기 때문이었다.

그 향은 분명 이 아래, 내 품에 안긴 이에게서 올라오는 것이겠지.

그래서 연화의 자그마한 머리 위에 무의식적으로 턱을 얹고서 숨을 조금 크게 들이마시는데, 그게 간지러웠는지 아니면 놀란 건지 얌전히 안겨 있던 연화가 살짝 고개를 틀었다.

그리고 그 바람에 드러난 그녀의 새하얀 목덜미에 하현은 결국 두 눈을 질끈 감고 말았다.

'……진짜 미치겠네.'

금욕적으로 살아왔던 게 어떻게 이렇게 한순간에 무너지는지, 연화를 향한 마음을 자각하자마자 물밀 듯이 감정이 밀려들어와 그 자신도 무서울 정도였다.

귀신에게 홀린다는 게 이런 말인지, 어쩌다가 이렇게 빠져 버렸을까.

'그러나 이미 열린 것, 도로 닫을 수는 없겠지. 그럴 마음도 전혀 없고.'

하현은 바다에서 파도가 치듯이 일렁거리는 그것을 아주 간신히 재워 둔 다음 작은 한숨과 함께 천천히 눈을 뜨다가 작게 웃어 버리고 말았다.

자신에게 폭 안겨 있는 연화가 정말 말 그대로 목석처럼 딱딱하게 굳어 있었기 때문이었다. 자신이 갑자기 앞으로 끌어당기는 바람에 그녀는 양발의 뒤꿈치가 들린 채로 자신에게 기대어져 있는 상황이었는데, 다리가 저리지도 않는지 아직도 그 모양 그대로였다.

같은 시각, 연화도 그녀 나름대로 할 말이 있었다.

'아, 아, 아, 안겼어! 포옹! 그리고 내 머…… 리에 입술이!'

그렇게 그녀는 그것 하나만으로 얼음이 되어 버린 것이었다.

사실 포옹이 처음은 아니었다. 지난번 비가 많이 내리던 날에는 그가 아예 두 팔로 번쩍 자신을 안아 들었었으니까. 그 후에도 어, 파를 이 가슴팍에 대었던 때라든가 아무튼 가까이에서 얼굴을 마주하거나 몸을 붙인 적은 있었지만…… 몸을 붙여?

연화의 얼굴이 새빨갛게 확 달아올랐다.

'내가 언제부터 그런 부끄러운 말을!'

언제부터였더라, 아마 하현이 마음에 들어온 이후부터 계속이었겠지.

연화는 책으로 엮은 연서의 글귀가 자꾸만 떠오르고, 각종 이야기책에서 보았던 남녀상열지사에 대한 낯 뜨끈한 이야기들이 자꾸자꾸만 머릿속에 떠올라서 정말이지 난감해졌다.

하늘 할머니는 그녀를 두고 사랑을 모르는 백지 같은 아이라고 했지만 연화는 지금만큼은 그건 아니라고 부정할 수 있었다.

해 본 적은 없으나 모르지는 않는다고, 글로 배운 것 또한 사랑의 일부가 아니겠느냐고. 물론, 하늘 할머니가 그것을 받아들일지는 미지수지만.

하지만 지금 이 상황은, 이 포옹은 정말이지 생각만 하던, 아니 그러니까 꿈만 꾸던 상황이었다. 대뜸 자신의 몸을 끌어당겨 꽉 껴안은 하현의 팔은 참으로 단단하고 안정적이었고, 기대고 있는 그의 품은 따뜻했으며 가슴은 넓고 탄탄했다.

그리고 쿵쿵 울리는 소리가 굉장히 듣기 좋았다. 스르륵 눈이 감길 정도로, 정말 좋았다.

그때였다.

"미안합니다."

이건 갑자기 또 무슨 소리람?

연화는 눈을 번쩍 떴다. 왜 갑자기 사과를 하지? 도무지 이해가 되지를 않아 연화는 그를 올려다보려고 애를 썼지만 아직도 여전히 꽉 안겨 있는 터라 몸을 움직이기는커녕 틀기도 어려웠고, 결국 연화는 고개를 움직이는 것도 포기하고 눈으로만 열심히 위를 바라보았다.

하지만 애석하게도 그녀의 눈에는 하현의 턱만 보일 뿐이었고, 연화는 결국 자신의 신체 중에 자유롭게 움직일 수 있는 입술을 움직이기로 했다.

"그것은 무엇에 하는 사과입니까?"

말이 곱게 나가지 않을 이유는 없지만 그렇다고 곱게 나갈 이유 또한 없었다. 그가 자신을 안은 것이 기분 나쁜 일이 아니었는데 대뜸 사과가 날아오니 의아할 수밖에 없었으니까.

하지만 연화의 생각보다 조금 더 새침하게 나간 말을 어떻게 받아들였는지 하현이 천천히 안고 있던 팔을 풀어 그녀를 놓아주었고, 연화는 아주 조금 아쉽다는 생각을 하다가 고개를 저어 그 생각을 지우려고 애썼다.

그러나 하현은 그것도 걸리는 모양이었다.

"당신 허락 없이 몸에 손댄 게 기분 나빴다면 미안합니다. 사실관계를 정립하기 이전에는 참으려……"

"……안 나쁩니다!"

하현의 눈이 동그랗게 커졌다. 말을 한 것과 거의 동시에 아래에서 짹 소리가 올라왔기 때문이었다. 그 소리에 놀란 하현이 아래를 내려다보니 그녀의 귀가 발갛게 달아올라 있었고, 그제야 한 박자 늦게 하현이 그 말을 이해했다. 안, 나쁘다고?

하현의 주황색 눈동자가 느릿하게 깜빡였다.

"허락 없이 당신을 안았는데도 괜찮습니까?"

"괜찮습니다."

"앞으로 계속 이렇게 안아도 되는 겁니까?"

"되는 겁니다."

마치 앵무새처럼 톡톡 되돌아오는 대꾸에 조금 굳어 있던 하현의 입꼬리가 씨익 올라갔다.

그렇게 낯가리고, 거리를 두며 남녀칠세부동석을 목 놓아 외치던 사람이 그사이에 참 많이도 바뀌었다. 하기야 새로운 세계로 왔으니 새로운 마인드를 가지는 것도 좋았다. 또, 이런 마음가짐은 자신으로서는 환영이니까.

그래서 하현은 연화 모르게 슬쩍 웃고서 몸을 슬쩍 아래로 숙였다.

"그럼."

연화의 눈이 살짝 커졌다.

'왜 갑자기 목소리가 가까이에서 들리지?'

연화는 하현의 가슴에서 뺨을 살짝 떼고 위를 올려다보려다가 하마터면 간신히 다시 붙은 숨이 똑 멎을 뻔했다.

하현의 얼굴이, 그의 두 눈이 자신의 코앞까지 다가와 있었기 때문이었다. 어쩐지 위가 어둡다고 생각했는데 하현이 상체를 숙여서 그녀를 바라보고 있었던 것이다.

위를 올려다보자마자 똑 마주친 두 눈에 진심으로 놀란 연화가 제자리에서 펄쩍 뛰자, 하현이 피식 웃고서 그녀의 어깨를 다시 자신 쪽으로 가만히 끌어당겼다.

'어…… 어떡하지.'

연화는 가만히 안기면서 멍하게 생각했다.

고개를 돌려서 어깨를 잡고 있는 손을 보고 싶었다. 이 몸에 닿은 따뜻한 온도만큼이나 붉을까 확인해 보고 싶었다. 하지만 그의 눈에서 눈을 뗄 수가 없었다. 이전부터 알고는 있었지만 갈색 같기도 하고 주황색 같기도 한 묘한 눈동자 색이 아름다웠다. 그리고 자신을 똑바로 바라보고 있는 시선이 떨어지지 않기를 바랐다. 이 사람의 눈길이, 손길이, 그냥 이 사람 자체가 참으로 좋았다.

그래서 하현이 바라보는 그대로 연화도 하현을 올곧게 쳐다보았고, 그 바른 시선이 온통 자신을 향하고 있다는 것을 확실히 깨닫게 된 하현은 더는 그 향긋한 복숭아 향을 밀어내지 않기로 했다. 더 이상 이 감정을 참고 넘어가지만은 않을 것이다.

향이 더 가까워졌고, 그럴수록 그 이상으로 더더욱 향기로웠다. 그리고 하현은 그 향긋한 내음이 흘러나오는 붉은 샘, 꽃잎 앞에서 잠시 멈추었다.

양쪽에서 얕게 내쉬는 숨이 나란히 뜨거웠다. 간지러운 숨결, 간지러운 심장. 재채기가 나올 것만 같았다. 그리고 하현이 작게 사근였다.

"키스, 해도 됩니까?"

얼굴의 반을 차지하는 게 아닐까 싶을 정도로 커져 있던 연화의 눈이 더욱 커졌다. 그녀의 시선이 반사적으로 다시 하현의 얼굴로 향했고, 하현은 살짝 난감한 표정을 지었다가 자신의 아랫입술을 윗입술로 살짝 눌렀다가 떼었다.

그 말캉하게 눌렸다가 본모습으로 돌아가는 붉은 꽃잎을 눈앞에서 생생히 본 연화는 그가 말한 '키스'가 무엇을 말하는지 아주 정확히 알아차렸다. 입, 맞춤.

"……."

긴장인지 아니면 설렘인지, 그것도 아니면 그 무엇 때문인지는 모르겠지만 발끝부터 떨림이 시작되어 연화의 온몸이 파들파들 떨리기 시작했다. 무엇보다 숨이 가빴고, 얼굴과 귀가 뜨거웠다.

만약 하현이 잡아 주지 않았다면 진즉에 바닥으로 스르르 주저앉았을지도 모를 일이었다. 그리고 연화는, 아니 연화도 이제는 자신의 마음이 가는 대로 움직이기로 했다.

지금 이 순간만큼은 머릿속에 가득한 생각도, 걱정도 미안함도 모두 다 잊고 일단 앞으로 나아가기로 했다. 자신은 지금 하현과 함께이니까.

"……."

연화가 천천히 고개를 끄덕이자 마치 그것을 기다렸다는 듯 하현이 그녀의 갸름한 턱을 조금 들어 올렸다. 그리고 연화는 붉게 달아오른 얼굴로 하현을 바라보았다.

눈을 뜨고 싶기도 하고 감고 싶기도 했다. 부끄러워서 도망가고도 싶었지만 계속 그의 품에 기대어 안겨 있고 싶기도 했다.

이를 어찌하면 좋을까. 연화는 여전히 하현에게 어깨를 붙들린 채로 그의 얼굴이 점점 가까워지는 것을 똑똑히 바라보고 있었다.

날카롭도록 오뚝 솟은 콧날이 아름다웠다. 새까만 앞머리에 가려져 있던 짙은 눈썹이 또렷하니 선명했다. 그리고 달큰한 숨을 머금은 붉은 입술이 더없이—

"눈을 감아요."

홀린 듯 그의 다갈색 눈동자를 바라보던 연화는 입술 바로 위에서 작게 속삭이는 하현의 목소리에 순순히 눈을 감았다. 사실 더 뜨고 있을 여유도 없었던 차였다.

그리고 마침내 맞닿은 그것은,

"……!"

불덩이 같았다.

"앗……."

꼭 감고 있던 눈을 저도 모르게 번쩍 뜰 만큼 그의 입술은 뜨거웠다.

생각지도 못한 그 온도에 놀라 그녀가 몸을 흠칫하자 두 입술이 맞닿은 사실에 놀란 것이라고 생각했는지 하현이 가만히 그녀의 어깨를 감쌌다.

연화는 정신이 혼미한 와중에도 지금은 입술뿐 아니라 그의 몸 전체가 온통 뜨거울 거라고 생각했다. 자신의 어깨를 감싼 그의 손마저도 이 입술만큼이나 따끈했으니까.

이윽고 그 손에 붙들린 어깨마저도 마찬가지로 열에 달아올라 더 이상 입술에 닿은 꽃잎이 뜨겁게 느껴지지 않는다고 생각할 즈음, 가만히 닿아 있기만 했던 그의 입술이 천천히 움직이기 시작했고, 그에 길고 가지런한 속눈썹이 파르르 떨렸다.

"읏……."

"쉬이."

연화는 입술을 꼭 깨물었다.

늘 항상 저 위에 있던 하현의 얼굴이 바로 코앞에 있었고, 그의 뜨거운 숨결이 입가를 간질이고 있었다. 게다가 심장이 정말 튀어나올 정도로 두근두근 뛰는 통에 이러다가 정말 입 밖으로 이 아이가 뛰쳐나오지는 않을까 엉뚱한 걱정이 되기도 했다.

눈앞에는 하현의 얼굴이, 양어깨에는 그의 손이, 그리고 입술에는 그의 것이 아슬아슬 스치도록 닿아 있어서 연화는 결국 내내 참고 있던 숨을 길게 내쉬고는 내보낸 이상으로 양껏 들이켰고, 하현은 그때를 놓치지 않았다.

"……이번에는 놀라지 말아요."

한 번 닿았던 것이라 그 온도를 알고 있어 그런 것일까, 아니면 하현의 나직한 속삭임 덕분일까. 연화는 하현의 입술과 이미 맞닿아 있는 상황에서 조금 웃었고, 얕게 새어 나오는 그 작은 숨결에 하현은 가늘게 눈을 떴다.

웃는단, 말이지?

'남의 속도 모르고.'

누차 말하지만 이제까지 어떻게 참고 지냈는지, 연화의 머리맡을 지켜 온 그 수많은 밤을 대체 무슨 생각으로 버틴 건지 자신을 정말 이해할 수가 없었다. 스스로가 놀라웠다. 모르면 몰랐지, 자신의 감정을 확실히 알게 되어 버린 이상 앞으로도 그렇게 절제할 수 있을까? 아니, 글쎄. 모를 일이었다. 지금만 해도—

"숨이, 차서, 하으……."

"……."

힘드니까.

연화는 새빨개진 얼굴로 간신히 입술을 떼고 숨을 몰아쉬고 있었다. 그 모양도 이렇게 예쁘면 어쩌자는 건지, 하현은 —그녀를 배려해 주는 거라고 생각하며— 가쁘게 숨을 쉬고 있는 연화를 가만히 내려다보았다.

아주 조금의 다른 색도 섞이지 않은 것처럼 새까만 흑발이 윤기가 났다. 말라서 그런 건지, 아니면 해를 보지 못해서 그런 건지 창백할 정도로 새하얀 피부가 아기의 그것처럼 몹시 보드라웠다. 그리고 몸에서 풍기는 내음이 달콤하고 향기로웠다. 진정 복숭아 같았다. 이 계절에 복숭아라니, 호사라고 해야 할까. 작게 웃음이 나왔다.

"많이 가쁩니까?"

생전에 내내 누워만 있어서 기초 폐활량이 적은 걸까, 지극히 의사다운 생각을 하면서 하현은 연화의 등을 가만히 안았다.

어깨에 닿아 있던 손이 여린 등으로 천천히 내려가자 연화의 몸이 다시 빳빳하게 굳어졌고, 하현은 피식 웃으며 그녀의 몸에 두른 팔을 자신 쪽으로 끌어당겼다. 그러자 당연하게도 연화의 몸이 앞으로 다시 휙 끌려왔고, 앞뒤가 단단히 막혀 버린 그녀가 놀란 숨을 크게 들이쉬자마자 하현의 입술이 재차 그 꽃잎으로 내려앉았다.

말캉하게 눌린 붉은 입술 사이로 차마 삼키지도 못한 들숨이 날숨으로 변해 그것에 얹은 얕은 소리가 옅게 새어 나왔다.

"도……."

숨이 막힌다는 말을 할 틈도 없이 파고드는 입술에 연화는 두 눈을 꼭 감은 채로 하현의 옷자락을 붙들었다. 마치 아교라도 붙은 것처럼 완연히 합쳐져 그 두 개의 입술 사이에는 한 치의 틈도 없었고, 하현은 그녀가 자신에게 안기듯이 매달리자 살짝 웃으면서 천천히 그녀의 뒷머리를 잡았다.

손바닥에 느껴지는 단정한 댕기 머리의 결이 부드럽고 매끄러웠다. 반질한 그 머리가 좋았다. 숨결에 느껴지는 그 향이 이 안에서도 느껴질까, 더 이상 누르는 것은 무리일 것 같아 하현은 두 눈을 질끈 감았다.

"읏……."

아무것도 모르는 사람일 테니, 부디 많이 놀라지 않길.

하현이 참고 누르고 절제하는 것은 당연히 모두 다 연화를 위해서였다. 그녀는 백지라는 말을 들을 정도로 순수한 사람인 데다가 법도와 절제를 몸에 두르고 살던 사대부 집안의 아가씨니까.

모든 것이 처음일 연화에게 선부른 접촉으로 두려움과 거부감을 갖게 하고 싶지 않았다.

"앗……!"

하현은 마치 간질이듯이, 혹은 맛을 음미하듯이 연화의 입술선을 따라 혀끝으로 그림을 그렸고 그 감촉이 생경했는지 연화의 입술이 바르르 떨렸다.

얼굴의 모든 붉은색을 모두 끌어모아 입술에 올려놓은 것처럼 그녀의 꽃잎은 진정 붉은 꽃빛이었다. 하현은 가늘게 뜬 두 눈에 그 빛을 가득 담고서 다시 천천히 눈을 감았다.

톡― 토옥.

마치 머릿속에 그대로 복사해서 영원히 새길 것처럼 그녀의 입술 선을 따라 느릿하게 움직이던 하현이 문을 두드리는 것처럼 그녀의 입술을 건드렸다. 그 노크에 연화는 반사적으로 살짝 눈을 떴다가 아주 잠시 멈칫했다. 그녀가 긴장한 것 이상으로 하현도 약간 굳어 있는 것 같았기 때문이었다.

그리고 그것은 그녀의 짐작이 아니었다. 손이 언뜻 닿아 있는 그의 가슴팍이 매우 크게 요동치고 있었으니까. 손을 타고 올라와 자신의 몸이 울릴 만치 두근두근 높이 뛰고 있었으니까.

연화는 자신만 떨리는 것이 아니라는 그 사실이 묘하게 더 흥분되어 두 손으로 그의 옷자락을 꽉 잡았다. 그리고 '들어가도 되겠습니까'라고 한 것처럼 정중하게 문을 두드리고서 가만히 기다리고 있는 그에게 기꺼이, 하지만 천천히 문을 열어 주었다.

"……!"

놀란 것은 하현이었다. 들어가기를 요청했지만 한 번에 열어 줄 거라고 기대하지는 않았다. 그저 흐름에 따라 본능적으로 그 안을 탐했는데 연화가 그 요청에 응한 것이었다. 그리고 하현은 그 허락을 아주 감사하게 받기로 했다.

"읍, 도—"

기다린 것은 점잖았지만 그 안으로 들어가는 것은 거세었다. 참고 눌렀던 것이 폭발한 것처럼 하현은 그녀를 안고 입술을 맞댄 채로 한 걸음 한 걸음씩 작은 보폭으로 앞으로 나아갔고, 한 발 한 발 밀리던 연화의 등이 이내 벽에 닿았다.

하지만 하현은 그것마저도 용납하지 않았다. 그녀가 기댈 곳은 벽이 아니라 자신의 가슴이라는 듯 그녀의 몸을 끌어당겨 품에 기대게 한 것이었다.

고개를 살짝 모로 틀자 뜨겁게 맞닿아 있던 입술 사이로 틈이 생겼고, 그 사이로 뜨겁고 도톰한 것이 미끄러지듯 들어갔다.

쉬이, 놀라지 말아요. 속으로 말한 그것이 전해지기라도 한 것일까, 연화는 몸을 빼지 않고 그대로 하현에게 기대고 있었고 하현은 그녀의 작은 얼굴을 두 손으로 감싸며 붉은 꽃잎 가득히 깊숙하게 입술을 묻었다.

'연화 씨.'

따뜻하고 아늑한 동굴 안으로 들어간 것은 목표물을 아주 수월하게 찾아내었다. 하지만 하현은 아직은 두려운 듯 하얗고 단단한 울타리 안에 숨은 그것을 노리지 않기로 했다. 지금은 이 이상 아무런 욕심이 없었다.

하현은 그것은 일단 가만히 두기로 하고 연화의 입 안을 탐색하듯이 천천히 움직였다. 윗 천장의 도돌도돌한 감촉이 제 것보다 부드러운 것 같았다. 어쩌면 이것마저도 보드라울까, 웃음이 나올 정도라 꼭 맞닿아 있는 하현의 입술이 아주 살짝 위로 호를 그렸다.

그리고 다음으로 건드린 것은 매끄럽고 단단한 잇몸, 그리고 그 위에 세워져 있는 작고 단단한 흰 울타리였다. 하현이 그것을 뭉근하게 쓸 듯이 두드리자 연화는 저도 모르게 흐읏, 작게 신음했다가 멈칫했다. 한 번도 겪어 보지도, 생각해 보지도 못한 생경하고 짜릿한 느낌, 온몸의 세포가 모조리 깨어나는 듯한 감각이었다.

그것도 놀라웠지만 더욱 신경이 쓰이는 것은 자신의 입술에서 새어 나온 소리였다. 그 비음이 자신이 낸 거라고 생각지 못할 정도로 낯설어서 어색하고 부끄러웠다.

하지만 하현은 전혀 신경 쓰지 않는 것 같은 표정이었다. 오히려 조금도 밖으로 새어 나가지 못하게 할 거라는 듯 다시 그녀의 얼굴을 꽉 잡고 다시 입술을 맞대어 왔고, 하현은 그녀가 움찔했던 그곳을 노리고 다시 한번 신중하게, 그리고 정확히 문질렀다.

"읏……!"

그러자 이번에는 연화의 몸이 크게 출렁였다. 마치 등에 큰 파도라도 친 것 같은 움직임이었다. 순간적으로 다리까지 풀린 모양에 하현은 두 손으로 잡았던 그녀의 얼굴을 놓아주고서 한 손으로는 그녀의 몸을 단단히 잡고 다른 한 손은 벽을 짚어 움직이지 못하게 고정했다.

"하아, 하아……."

그녀의 입 안은 마치 악기와도 같았다. 처음에는 누르는 것 같았지만 어느 순간부터는 참지 못하겠는지 건드릴 때마다 비음과 얕은 신음이 흘러나왔다.

입 안이 이런데 저 부드러운 몸은 어떨까, 그 생각을 하자 온몸이 뜨거워졌다. 이 이상 가면 정말 위험할 것 같아 하현은 저만치 앞서 날아가고 있는 이성을 가까스로 잡았다. 처음부터, 너무 놀라게 하면 안 돼.

"후……."

꿀로 꼭 붙인 듯 단단히 맞닿아 있던 입술이 천천히 떨어졌고, 그 사이로 꿀 타래가 실처럼 아롱졌다. 그리고 하현은 그것마저도 아까운 듯 얇고 투명한 그 실타래를 달게 혀끝으로 감아 삼킨 다음 살짝 입술로 그 위를 누르고 얼굴을 떼었다.

"……."

"……."

뜨거웠던 입맞춤이 끝났지만 연화는 아무 말도 하지 않고 서 있었고, 하현은 조금 걱정이 되기 시작했다.

놀란 것일까, 아니면 힘들었던 걸까. 그래서 그녀의 얼굴을 향해 몸을 숙였지만 연화는 고개를 저어 거부했다. 그리고 얼굴을 아래로 더 깊이 숙였다. 그 모양에 하현의 눈빛이 살짝 흔들렸다. 왜지?

"……연화 씨?"

"……."

"연화 씨, 나 좀 봐요. 얼굴 좀 봅시다."

역시 기분이 나빴던 것일까, 너무 빨랐나. 하지만 이것도 엄청 누르고 참고 절제한 건데.

하지만 역시 그녀에게는 당혹스러운 일이었을 수도 있어서 하현은 더욱더 걱정스러워졌다. 키스한 건 조금도 후회되지는 않지만 그녀가 놀랐을까 봐 걱정이 되었다.

하지만 연화는 여전히 고개를 숙이며 거부했다. 그래서 하현은 점점 안절부절못하기 시작했다.

'화…… 난 걸까?'

그녀가 계속 얼굴을 들지 않는다면 다리를 굽히고 아래에서 올려다보면 그만인 일이었다. 하지만 하현은 그러고 싶지 않았다.

첫째로, 그녀가 얼굴을 보이기를 싫어하니까. 무시하고 그 아래에 앉아서 올려다보면 당연히 볼 수 있겠지만 그녀가 싫어하는 일을 허락 없이 하고 싶지는 않았다.

그리고 둘째로는 만약 자신이 연화를 잡고 있는 이 손을 놓는다면 그녀는 그대로 주르륵 무너지고 말지도 모르기 때문이었다. 지금도 이렇게 잡고 있어서 간신히 버티고 있는 것 같으니까. 그래서 이러지도, 저러지도 못하고 그저 그녀의 머리를 내려다보기만 하는데 아래에서 작은 소리가 새어 나왔다.

"……이기 싫습니다."

"싫어, 예?"

이것을 두고 새 울음 같다고 하는 것일까. 내내 고개를 푹 숙이고 도리질 치던 새까만 머리 아래에서 짹, 소리가 새어 나왔다. 그리고 하현의 심장은 쿵 떨어졌다.

세상에, 싫단다. 이제까지 사사롭고 소소한 것에 모두 웃음 짓고 좋다고 말했던 그녀가 처음으로 '싫다'는 거부의 의사를 한 것이다.

하현의 얼굴에 순식간에 구름이 끼었다. 망했다.

"지금 얼굴이 너무 붉을 것 같은지라."

"……?"

"차마 도령의 얼굴을 볼 수가 없습니다. 소녀 몹시 부끄러워요."

"……."

주여.

하현은 미르가 입에 달고 살던 그 이름을 저도 모르게 중얼거리고 말았다.

하현은 지금이야말로 의국 애들이 틈틈이 드라마나 예능을 볼 때마다 외치던 그 말을 입에 담고 싶었다. 아파트를 부시고 싶다는 게 이런 말이구나. 빌딩을 뽑고 싶다는 게 이런 느낌이구나. 진짜 저 기둥들 다 뽑아 버리고 싶다.

그 생경한 느낌에 하현은 잠시 아무 말도 하지 못하고 가만히 있었고, 그의 무응답을 어떻게 생각했는지 연화가 아주 살짝 고개를 들어 힐끔 그를 올려다보았다.

그리고 눈이 마주치자마자 곧바로 팟 고개를 다시 숙였다. 그 아주 잠시 마주한 시선에서도 그녀가 얼마나 수줍어하는지가 보여서 하현은 소리 없이 입술을 꾹 깨물었다. 참아야, 하느니라.

'그리고…… 문이 열리면 난 이렇게 되는구나.'

나도 모르는 내 모습을 이렇게 보게 될 줄이야. 하현은 소리 없이 피식 입술로만 웃었다.

서른 넘어 처음으로 보는 자신의 모습이 신기하고 놀라울 정도로 어이가 없었지만 어쩌겠는가, 이미 시작을 해 버린 것을. 그리고 이제 정말로 저 얼굴을 좀 보고 싶은데.

하현은 연화의 어깨를 가만히 잡았고, 연화는 여전히 고개를 들지 않은 채로 가만히 있었다. 하지만 좀 전보다 약간 경직이 풀린 것 같기도 해서, 하현은 조심스럽게 그녀에게 허락을 구했다.

"봐도, 되겠습니까?"

"……."

"당신이 보고 싶어요."

아래에서는 아무런 말이 없었지만 싫다는 말 역시 나오지 않아서 하현은 그것을 수긍으로 받아들이기로 했다.

손을 떼면 그녀가 바닥에 주저앉지는 않을까 싶어 아주 살짝 어깨를 잡고 있던 손을 놓았는데 다행히 연화는 두 다리 단단히 딛고 서 있었고, 하현은 그것에 안도하며 천천히 두 다리를 접고서 아래로 내려왔다.

그리고 연화보다도 키가 훨씬 작아진 그가 이내 완연히 아래에 앉은 채로 그녀를 올려다보았다. 검은색과 주홍빛을 담은 눈이 똑 마주쳤다.

'……또, 입니다.'

연화는 속으로 작게 중얼거렸다.

피하려고 했지만 피할 수 없게 만드는 것, 여러 번 보았으나 언제고 다시금 시선을 두게끔 만드는 것, 바로 하현의 눈동자였다. 그 안에 담긴 온도가 너무나도 따스하여 그저 바라보는 것뿐인데도 불구하고 몸이 토닥토닥 다독여지는 것 같은 그런 기분이었다.

그래서 연화는 자신을 똑바로 올려다보고 있는 하현의 시선을 오롯이 마주한 채로 그를 말없이 내려다보았다. 그러자 한참이나 시선을 마주하고 있던 하현의 입술이 천천히 움직였다.

"무엇이 부끄럽습니까?"

"그……!"

그의 입술에 반사적으로 시선이 닿은 것은 연화를 탓할 게 아니었다. 그것은 방금 전까지만 해도 뜨겁게 맞대고 있었던 것일뿐더러 지금도 아름답게 움직이고 있었으니까.

그 붉은 꽃잎에 저도 모르게 시선을 두어 버린 연화는 또다시 붉게 확 달아오른 얼굴을 자신의 양손으로 가리려고 했다. 하지만 그녀보다 먼저 하현이 그 손을 단단히 잡았다.

"설마 키스한 게 부끄러운 건 아니겠지요. 감정의 표현 방식인데."

"……."

키스라니, 이제 그 뜻을 명명백백히 알아서 그런 것일까, 단어어감이 참으로 부끄러우면서도 아리따웠다.

좀 전에 오갔던 그 달큰했던 은실이 다시 떠올라 연화는 하현의 말에 곧바로 대꾸를 하지 못했고, 하현은 자신에게 잡혀 있는 하얀 손등을 손가락으로 가만가만히 쓰다듬듯 두드렸다.

"숨이 가쁜 것도 지극히 당연한 일입니다. 당신은 지금 폐활량이 너무 적으니까요. 물론 상황이 그럴 수밖에 없었겠지만."

"……."

그건 그저 숨을 쉬지 못해서 그런 것 같습니다만, 이라고 하고 싶었지만 어째 조목조목 듣다 보니 그의 말이 다 맞는 것만 같아 고개를 가만가만히 끄덕여 버리고 만 연화였다.

하기야 체력이 떨어지니 폐활량도 부족한 것은 사실일 테니까. 그래서 연화는 연거푸 두 번이나 그의 말에 수긍했고, 하현은 이제는 조금 당당하게 말했다.

"자, 그럼 이제 뭐가 부끄럽지요? 난 솔직한 감정 표현은 연인 간에 권장하고 지향해야 할 아주 좋은 일이라고 생각하는데."

여, 연인이래!

하지만 결코 아니라고 거부할 수도 없었을뿐더러 그 말이 몹시도 달게 닿아 와서 연화는 다시금 얼굴을 붉히고 말았다. 연인, 연인.

연화는 아주 잠시 뒤 발그레한 얼굴로 자그맣게 대꾸했다.

"……안 부끄럽습니다."

"그렇죠?"

하지만 어째 이야기를 하다 보니 그에게 말려드는 것만 같아 연화는 살짝 눈을 찡그렸다. 그러자 검은빛 돌도록 짙은 눈썹이 살짝 내려갔고, 코앞에서 그 모양을 쭉 지켜보던 하현은 그녀의 생각이 모두 다 얼굴에 드러나는 것만 같아서 작게 웃고 말았다.

이 아가씨는 방금 전에 언뜻 섞어 말한 분홍빛 단어를 알아채었을까.

그리고 하현은 다음 순간 하마터면 사레에 들릴 뻔했다.

"하지만 다음에 할 때는."

"컥!"

다음번? 사대부 집안의 고귀하신 아가씨와의 첫 번째 입맞춤도 아직 얼떨떨하고 감격스러운 마당에 다음번이라니.

아직도 숨이 찬 것인지 아니면 긴장한 것인지, 가쁜 숨에 담긴 말이 귓가에 닿아 하현이 놀란 눈으로 연화를 바라보았다. 그리고 여전히 숨이 벅찬지 크게 날숨을 들이켜던 작은 새가 짹 지저귀었다.

"묻지 말아 주시어요."

곧바로 홱 고개가 돌아갔지만 하현은 똑똑히 들었다. 묻지, 말아 달라고?

그리고 하현은 큽, 작게 웃고 말았다. 앞뒤 설명 없이 뜬금없이 톡 튀어나온 말과 함께 그녀의 귀라든가 뺨이라든가 드러나 있는 부분이 온통 붉게 달아올라 있었기 때문이었다.

아마도, 아니 분명히 그녀가 묻지 말아 달라고 한 것은 그것이겠지.

그럼 뭐라고 대답을 해 볼까, 눈을 잠시 깜빡이던 하현은 별안간 든 생각에 짓궂게 연화를 내려다보았다. 그렇다면,

"……읍?"

애써 고개를 돌리고 하현을 외면하고 있던 연화의 눈이 순간적으로 동그래졌다. 순식간에 무언가가 입술에 닿았다가 떨어진 것 같은 느낌인데……?

"뭅!"

뭡니까, 라고 하려던 그녀의 입술이 다시 막혔다. 이번에는 좀 전보다도 아주 조금 길게, 그리고—

"돕!"

'도'라고 시작하는 걸 보니까 도령! 이라고 하려던 모양이었다.

말하려는 족족 입이 꼭 막혀 버린 데다가 숨까지 막혀 와서 연화의 말간 얼굴에 당혹스러움, 그리고 또 다른 감정이 섞인 붉은 기가 한가득 어렸다.

그리고 하현은 입술이 막힌 채로 자신을 원망스럽게 올려다보는 연화가 너무나도 사랑스러워서 결국 큭큭거리며 소리 내어 웃고 말았다.

'아, 어쩌지. 정말 너무 귀여워! 심해!'

과연 한참이나 나이가 많을 조상님 뻘 되는 사람에게 해도 될 말인지는 모르겠지만 정말 심장이 아플 정도로 귀여웠다. 그것이 자신을 놀리는 거라고 생각했을까, 입술을 맞대고 있던 연화의 표정이 부루퉁해졌다.

말이 막혀서 기분이 상하기도 했지만 부드러운 입술이 좋았고, 자신을 놀리는 것 같아서 발끈했지만 어쩐지 아끼는 듯한 다정한 눈빛이라 뭐라고 할 수도 없었다.

그래서 아래위로 열심히 움직이는 입술 끝과 광대를 힘껏 당기려고 안간힘을 쓰던 연화는 아주 가까스로 뾰로통한 목소리를 만들어 내었다.

"큼, 뭡니까. 도령이 말을 족족 다 먹어 버려서 제가 할 말을 까먹었잖습니까."

"그럼 이러면 어떨까요?"

무엇을 말입니까, 하며 눈을 깜빡이던 연화는 하현의 얼굴이 다시금 가까워지자 반사적으로 질끈 눈을 감았다. 하지만 그녀가 예상하던, 그리고 조금은……

'어?'

입술에 그 무엇도 닿는 느낌이 없자, 연화는 살짝 눈을 떴다. 그리고 눈을 뜨자마자 입술을 꽉 깨물었다. 하현의 얼굴이 코 바로 앞까지 다가와서 자신을 지그시 바라보고 있었기 때문이었다.

하, 하, 하, 하마터면 심장이 쿵 떨어질 뻔했잖습니까!

"왜—"

"내가 뭘 할 줄 알고 그렇게 눈을 감습니까, 무방비하게."

그렇게 순순히 눈을 감아 버리면 누르기가 힘들어지잖아, 하현은 속으로 작게 투덜거리며 연화를 끌어당겨 가만히 안았다. 그에 연화는 얼떨떨한 표정으로 안겨 있다가 가슴팍에서 느껴지는 고동이, 그 박동이 두 갈래라는 것을 새삼스레 깨닫고 잠자코 그 소리와 진동에 집중했다.

"……느껴져요?"

"……."

연화는 대답 대신에 고개를 끄덕이며 그 소리를 가만히 들었다. 진동을 고요히 느꼈다.

쿵, 쿠웅, 쿵, 쿵. 처음에는 제각각 뛰던 것이 어느 순간 하나로 합쳐져 숨 쉬는 것처럼 함께 뛰고 있었다. 그 느낌이 새롭기도 하고 눈물이 날 만큼 마음이 간지럽기도 해서 두 사람 모두 한동안 그 소리와 울림에 귀를 기울였고, 의도치 않은 침묵을 깨트린 것은 하현의 나직한 고백이었다.

"고맙습니다."

"……예?"

연화가 저는 아무것도 한 게 없사온데, 하며 고개를 갸웃거리자 하현이 그 까만 머리 위에 턱을 얹고서 눈을 감았고, 연화는 그게 조금 간지러워 어깨를 살짝 움츠렸다가 귓가를 스치는 하현의 목소리에 집중했다.

"이제 더는 슬프지 않습니다."

"도령?"

"우울하지도 않아요. 좀 전까지는 그렇게 화가 났었는데."

정말이었다. 놀라울 정도로 아무런 화가 나지 않았다. 하현은 품에 얌전히 안겨 있는 연화의 따스한 온기를 느끼며 천천히 눈을 감았다.

'어쩌면 이렇게 조용하게 가라앉았을까.'

평소라면 분명히 아직도 속으로 삭히고 있었을 테지. 밖으로 쏟아 내지도 못하고, 그렇다고 잊지도 못해서 속이 상할 대로 상해 있었을 것이었다. 그런데 연화가 그것을 덮어 준 것이다. 그것도 그저 단순히 잊으라는 것이 아닌, 진정한 위로로.

그때 순간 생각난 것은, 지난날 그녀를 처음 만났을 때 자신이 했던 말이었다. 다갈색 눈동자가 빛에 드러났다.

"그 말, 생각납니까?"

"……?"

"당신을 처음 본 날, 내가 당신에게 여기에는 왜 왔냐고 했지요. 그 말은 들은 당신은 울었고."

그래서 운 것만은 아니온데, 하면서 중얼거리던 연화는 결국 민망하다는 듯 또르르 눈동자를 굴렸다. 어쨌거나 눈물을 보였던 것은 사실이니까.

한데 그때와 이리 상황이 달라질지 그 누가 알았을까. 상황뿐만 아니라 마음까지도. 아아, 하늘 할머니는 아셨을까.

연화가 대답 대신 고개를 살짝 끄덕이자 하현이 눈을 감은 채로 말을 이었다.

"아마도 나 때문이었나 봅니다."

"예?"

"먼저 가신 부모님이 내가 많이 걱정되었나 봅니다. 비뚤게 자라면 어쩌나 걱정이 너무 많아서 하늘에다가 누구 좀 보내 달라고 채근했나 봐요."

조금은 애 같기도 하고 유치하기도 한 그 말에 연화가 작게 소리 내어 웃었다. 다 큰 어른이 이 무슨 귀여운 소리랍니까. 다홍빛 입가가 예쁘게 반호를 그리고 올라갔다.

“하면, 그 말을 어여삐 들으신 하늘이 저를 예로 보내신……”

……건가요, 라고 농을 맞추듯 말을 잇던 연화가 순간 멈칫했다. 생각해 보니 틀린 이야기는 아니었기 때문이었다.

그날 분명 자신은 죽은 즉시 하늘 할머니께로 불려 갔고, 하늘 할머니는 종이에 적힌 것을 보고서 자신더러 아래로 내려가라 일렀다. 그리고 콕 집어 명한 곳이,

“연화 씨?”

이 사람 곁이었다.

연화는 심장이 다시 쿵쿵 뛰는 것만 같았다. 그렇다면, 만약에 나의 생각과 이 사람의 생각이 맞다면 이것은 단지 우연이 아닌 걸까? 월하 어른 그분의 붉은 실이 진정 이 두 손가락에 매어져 있는 걸까? 그런 생각을 하자 갑자기 얼굴이 뜨거워지는 것만 같았다.

‘사, 상상만 해도 너무 좋아!’

연화는 부끄러움과 설렘, 민망함이 고루 혼합되어 버린 감정을 어쩌지 못하고 도망치듯이 하현의 품에 얼굴을 깊이 묻었다. 하지만 문제는 그것이었다. 장소, 혹은 상황이라는 것.

“연화 씨?”

연화야 속마음과 상상, 그리고 생각으로 머릿속이 바쁘겠지만 하현은 그녀의 머릿속까지는 읽지 못했기 때문이었다.

그래서 팩트는, 즉 정확한 그림은 ‘키스하다가 멈춘 상황에서 남자의 품을 파고드는 여자’였다. 그리고 하현의 머릿속에서 툭,

실이 끊어지는 소리가 났다.

"도……!"

그리고 다음 상황은, 이전과 같았다. 아니 이전과 다른 점은 그때보다 배로 더 많은 폐활량이 필요한 것 정도랄까.

잠시 후 두 다리가 완전히 풀려 버린 연화는 결국 하현의 두 팔에 안겨 나올 수밖에 없었고, 그녀의 주치의가 처방한 것에 따르면 그녀에게 당장 필요한 것은 신선한 공기, 그리고 시원한 바람이었다. 그렇지 않다면 있는 대로 붉어져 버린 저 얼굴이 결코 식지 않을 것 같았으니까.

*　　*　　*

"……."

하현은 지금 갈등 중이었다.

"……이걸 어쩐다."

마음 가는 대로야 하고 싶긴 한데, 이성과 싸운다는 게 이렇게 힘든 일일 줄은 몰랐다. 아니 이만큼 버티고 있는 이성이라는 놈이 대단한 걸지도.

지금 하현은 이불 앞에 서 있었다. 새하얗고 도톰한 하얀 색 위로 옥빛 도는 보드라운 요가 깔려 있었고, 그 위에는 푹신하고 두툼한 붉은색 이불이 자리했다.

그리고 그 위로 나란히 놓여 있는 베개 두 개. 그것은 이제는 조금 익숙하고 자연스러운 모양이었다. 늘 똑같은 모양이기도 했다. 다만, 마음이 똑같지 않다뿐이지.

"……마음이라."

아무리 노력해도 숨길 수 없는 것이 있다면 재채기와 가난, 사랑이라고 했고 속이지 못하는 것은 눈빛이라고 했다. 아무리 연기하고 숨기려고 해도 눈빛만큼은 숨기지 못한다고.

하현은, 그 말을 어디서 들었는지 생각하다가 어디에서 들었든, 그 말이 진실이라고 생각했다. 그렇지 않고서야 아까 연화의 그 눈빛을 어떻게 말할 수 있을까.

그녀의 검고 깊은 눈에 가득 들어 있던 것은 긴장이었고, 설렘이었고, 확신이었다. 그리고 그것을 확인하는 순간 하현도 마음을 확정했다.

내가 이 사람을 진정으로 좋아하고 사랑한다는 것을. 비록 사람이 아니더라도, 비록 기한이 정해져 있다 하더라도 하늘이 정해 준 인연이라는 것을 이제는 시인하고 인정하기로 한 것이다. 그러자 쓴웃음이 나왔다.

'그토록 부정하던 운명이었는데.'

무당이 싫고, 영가가 싫다고 그렇게 도망쳤는데 그 끝에서 만나게 된 사람이 하늘에서 공인한 순수한 영혼이라니, 진정 아이러니한 일이었지만 이제는 인정할 수밖에 없게 되어 버린 것이다.

그러나 그러자마자 큰 문제가 발생했다.

"미치겠네."

내가, 참을 수 있을까. 하현은 깊이 고민했다. 참을 수 있을까?

이제까지는 그래, 상상만 아주 잠깐 했다. 연화는 분명히 예뻤다. 예쁘다기보다는 아름답다라는 말이 더 어울릴 만큼 수려한 사람이었다.

후배들이 좋다고 난리치는 여자 아이돌과 연예인도 하현에게는 그냥 얼굴이 동그란 사람1, 혹은 눈이 큰 사람1 정도였었다.

워낙 여자에게 관심도 없었고, 강제로 보는 선 때문에 아예 질렸으니까. 그런 하현이 난생처음으로 '아름답다'라고 생각하게 된 사람이 바로 연화였다.

그녀에게 직접적으로 이야기한 적은 없었지만 연화는 곱고 단아하고 아름다운 사람이었다. 게다가 귀엽기도 했고, 입을 맞추었을 때 언뜻 새어 나오던 신음은 색스럽기까지 했다.

"……."

머리를 스치고 지나가는 짧은 기억에 하현의 고개가 푹 숙여졌다.

'진정해, 아니 진정해 줄래.'

어째서 또 이렇게 되어 버렸는지. 그저 생각만 했을 뿐인데 또다시 머릿속 하나 가득 그려지는 그 열기 가득했던 기억에 하현은 고개를 저었다.

중증이다. 그저 키스를 (여러 번) 했을 뿐인데 이 정도라니, 좀 많이 심각하다고.

"도령?"

"……!"

그가 여기서 소리를 지르지 않을 수 있었던 것은 수십 년간 쌓아 온 담력 덕분이었다.

고맙다, 지난날의 영가들아. 머리가 깨졌거나 간신히 달려 있거나 뱃속이 시원하게 보이는 해괴한 모습으로 시도 때도 없이 불쑥불쑥 나타나는 모양에 강해질 수밖에 없던 신경인데 그 덕분에 지금 간신히 평정을 유지하(는 것처럼 보이)는 것처럼 보일 수 있었다.

그래서 하현은 아무렇지 않아 보이는 표정으로 간신히 고개를 돌렸다.

"버, 벌써 왔습니까?"

하지만 목소리가 떨리는 건 별개의 일이었다. 그러나 퍽 다행히도 연화는 별다른 걸 눈치채지 못한 표정이었다.

"예. 도령이 말한 대로 파를 데리고 오긴 했는데…… 혹여 무슨 일이라도 있는 건지요?"

둘을 연결하고 있는 끈이 길어진 덕에 연화는 하현을 떠나 자유로이 움직일 수 있게 되었다.

물론 습격도 있고, 개인적인 사정도 있어서 웬만한 일이 아니고서야 그녀를 떨어뜨리지 않을 생각이었지만 좀 전에 이불을 깔 때에는 자신의 얼굴 표정이며 생각이 너무나도 복잡해서 파의 핑계를 대며 그녀를 잠시 내보냈었다.

그 전에 주변에 또 다른 영가들이 있는지 미리 스캔했던 것은 말할 것도 없었다. 그리고 저건 마지막 안전장치이고.

하현은 속으로 중얼거리며 연화가 들고 있는 파를 건네받았다. 짧게 닿은 손이 보드라워 잡고 싶었지만 발치에서 아른거리는 이성을 불러서 아주 간신히 참았다.

하현은 파를 건네받으면서 짐짓 고개를 저어 보였다.

"아아, 별일은 아닙니다. 안전장치가 좀 필요해서요."

"안전장치요?"

하지만 연화의 표정은 일시에 근심스러워졌다.

"안전장치라면 무슨 위험한 일을 대비하는 것이 아닌가요?"

위험한 일일 수도 있지. 하현은 짧게 생각했다.

사실 파를 방에 두면 스스로를 제어하는 데에 도움이 되지 않을까 하고 가지고 오라고 한 것이었다.

이유는 모르겠지만, 아니 자신의 명령 때문인가 싶었지만 파는 연화를 몹시 마음에 들어 했고 그녀를 지키는 것을 굉장히 좋아했다.

그래서 그런 파를 옆에 두면 경각심을 갖는 데에 도움이 될 것 같았다. 하지만 연화에게 그것을 곧이곧대로 말할 수야 없으니.

그의 생각과 다르게 연화는 굉장히 근심스러워 보였고, 하현은 되는 대로 덧붙여 말했다.

"계약자와 떨어져 있는 것보단 가까이에 있는 게 좋으니까요."

"아아, 이해했어요."

되는 대로 급하게 말한 변명이었지만 연화는 바로 수긍했고 하현도 뭐, 급하게 내놓은 것치고는 괜찮은 변명이라고 생각했다. 백 퍼센트 틀린 말은 아니었으니까.

한편, 연화는 조심스레 눈을 들어 하현을 바라보았다. 그리고 인정했다.

'응, 연모하는 게 맞아.'

이렇게 심장이 밭게 쿵쿵쿵 뛰고 있는걸.

입맞춤 이후로 계속 생각했다. 그 전에도 생각하던 것이었지만 신체적인 접촉을 완연히 한 이후부터 마음과 고민이 점점 커져 숨길 수가 없었다.

'이 사람을 좋아하는 게 맞을까, 이 사람을 좋아해도 되는 걸까.'

이전에는 나를 지켜 주는 분, 이 세상에서 유일하게 나를 볼 수 있는 사람, 의지할 수 있는 사람. 그 때문에 기대고 몸을 의탁하느라 마음까지 기대어 그것에 혼동하고 있는 게 아닐까 염려했다.

사람을 마음에 두고 품은 적이 없어서, 앓은 적이 없어서 은애하는 것과 고마운 것을 구분하지 못하는 게 아닐까 걱정했다.

그러나 이제껏 내내 있었던 일들, 그리고 아까의 입맞춤으로 그것은 이 이상으로 확실할 수 없을 정도로 분명해졌다. 자신은 이 사람에게 고마워하는 것 이상으로 이 사람을 사랑하고 있다는 것, 마음에 두고 있다는 것, 진정으로 은애하고 있다는 것.

그러자 두 번째로 올라온 고민은 그것이었다. 이 사람을 좋아해도 될까, 라는 것.

자신은 분명 죽은 사람이었다. 하늘에서 아래로 내려 보냈다 하더라도 혼만 있고 육은 없는 상황, 그에게만 보이고 다른 이에게는 보이지 않는 영혼이었다.

그런 자신이 하현을 좋아해도 될지, 그와 연을 맺어도 될지 두려웠다. 그에게 영향이 있지 않을까 염려스러웠다.

'그래서 차라리 나 혼자 좋아하는 게 맞다고 생각했었는데.'

그가 알지 않기를 바랍니다. 저 혼자 안고 키우고 보듬다가 가겠어요, 라고 중얼거렸던 날을 기억했다.

그래서 비가 오던 날, 그에게 처음으로 안겼던 날 닫힌 저 문 뒤에서 하늘 할머니께 중얼거렸던 것인데.

"……."

안겼다, 고 생각하자마자 그의 입술이 눈에 들어왔다. 좀 전까지만 해도 가까이 맞대고 있었던 것이니 당연할 수밖에 없었다.

이번엔 하현의 얼굴이 새삼스레 눈에 들어왔다. 단단하고 날카로운 턱 선, 적당히 도톰한 붉은 입술, 살짝 올라가 있는 입꼬리와 그 위에 자리한 날렵한 콧대, 그리고…… 아름다운 두 눈동자.

"연화 씨?"

그녀의 눈빛을 느꼈을까, 하현이 시선을 내려 연화를 바라보았다. 그리고 그의 주황색 도는 눈동자와 똑, 마주해 버린 연화는 급히 고개를 돌렸다. 속내를 들킨 것만 같아 얼굴이 순간적으로 화끈거렸다.

"아, 아무것도 생각하지 않았습니다!"

"……전 아무 말도 안 했습니다만."

그렇게 당황하면 의심스럽잖아. 속으로 중얼거리며 작게 웃자 그것을 어떻게 생각했는지 연화가 곧바로 자진 실토했다.

"도령이…… 너무 잘생기셔서요."

"……."

잘생겼다, 멋지다, 연예인 같다, 라는 말을 은근히 자주 들어온 하현이었지만 관심 없는 사람이 말하는 것과 좋아하는 사람이 말하는 것은 정도와 밀도가 너무나도 다른 말이었다.

평소에 대수롭지 않게 들어왔던 잘생겼다는 그 인사말이 이렇게 기분 좋고 부끄러운 말일 줄이야. 그래서 하현은 순간적으로 바로 대답하지 못했고, 한 박자 뒤늦게 맞받았다.

"연화 씨도요."

아니, 저렇게 말하면 그쪽도 잘생겼다는 인사치레 같잖아! 그래서 하현은 급히 덧붙였다.

"연화 씨도 아름다워요."

"어마……."

연화는 작게 중얼거리며 고개를 숙였고, 하현은 천장을 우러러 올려다보았다.

오, 맙소사. 이렇게 어색한 상황이라니. 그녀가 처음 이곳에 왔을 때에도 이런 어색한 분위기는 아니었었다. 아니, 분명히 어색하기야 했지만 이렇게 어색하고 민망하고 부끄럽고 뭐라고 말을 꺼내야 할지 모를 정적인 분위기는 아니었다고.

하현이 말을 고르고 고르다 결국 아무 말이나 해야겠다고 입술을 떼려던 때, 연화가 천천히 이불 위에 앉았다.

그리고 그 움직임에 곱게 땋아져 있던 검은 실타래가 한쪽 어깨로 흘러내려 새하얀 목덜미가 드러났고, 하현의 시선이 반사적으로 그곳에 닿았다. 그래서 하마터면 하현은 연화의 말을 흘려들을 뻔했다.

"도령께서는 모든 것을 알고 계실 것 같고, 저 또한 이 이상으로 숨기지 못할 것 같기에 돌리지 않고 질러 묻겠습니다."

자리에 앉아 등을 돌린 채로 나온 그 말은 작았고, 제대로 들리지 않았기 때문에 하현은 천천히 걸어가 그녀의 뒤에 섰다. 그리고 나직하게 말했다.

"뭐든지 물어보십시오."

연화는 입술을 깨물었다.

마음속으로 수백 번 되뇌어 보았고, 머릿속으로 수없이 상상해 보았다. 하지만 생각과 실제는 정말 여러모로 달랐다. 상황도, 목소리도, 이 떨림도.

'하지만 지금도 망설인다면 난 앞으로도 계속 말하지 못할 거야. 그리고 이것이 맞는지, 아니면 나만의 착각인지 계속 고민하겠지. 그건 싫어.'

그리고 만약에 나의 착각이라면 저이를 얌전히 가만두지는 않으리. 연화는 단단히 마음을 먹고 두 손을 꼭 잡고는 말했다.

"저를, 마음에 두고 계십니까?"

"……마음, 예?"

하현은 입을 딱 벌렸다.

무엇이든지 물어보란다고 정말 이렇게 직접적으로 물어볼 줄은 몰랐다. 하현은 순간적으로 귀를 의심했고, 즉각 대답할 만큼 당연한 말이었지만 바로 대답하지 못했다.

하현은 대답하기 이전에 그녀를 바라보았고, 속으로 웃음 짓고 말았다. 그녀의 목덜미와 귓불이 새빨갛게 달아올라 있었기 때문이었다. 그렇다면 이 앞은 굳이 보지 않아도 알 것 같았다. 아마도 저 붉어진 목덜미만큼이나 발갛게 달아올라 있겠지.

"……."

하현은 대답 대신에 천천히 몸을 숙였다. 그리고 그녀의 드러난, 긴장된 목선에 자신의 입술을 깊이 묻었다.

"……!"

그 작은 움직임은 말보다도 큰 의미를 담고 있었고, 연화는 온몸이 뜨거워지는 것만 같았다. 이유 모를 눈물이 차올라 눈앞이 흐릿했다.

아아, 하늘 할머니. 저 찾았어요. 만났어요. 이루어 내었어요.

"……처음에는 귀찮은 일에 말려들었다고 생각했습니다. 바빴고, 신경 쓸 일 많았고, 무엇보다 저는 이쪽과 상관없는 사람이고 싶었으니까요."

붉어진 목에 묻혀 있던 붉은 입술이 움직이자 여린 몸이 파르르 떨었다.

이 말이 귀에 닿기는 할까, 귀까지 닿지 않는다면 안에 있는 마음에는 닿길 바라며 하현은 새기듯 입술을 움직였다. 그가 가녀린 어깨를 두 손으로 잡고 뒤로 끌어당겼다.

"그러나 날이 갈수록 당신이 눈에 들어왔고, 마음에 스며들었습니다. 이제는 없는 게 어색할 정도로요."

하현은 살짝 웃었다.

'아아, 그래. 이 말을 하지 않았구나. 서로의 마음만 확인했지, 가장 중요한 이 말을 하지 않았어.'

하현은 이제는 위부터 아래까지 완연히 붉어져 있는 작은 몸을 다정하게 바라보다가 천천히 손을 들어 연화의 가냘픈 어깨를 잡았다.

그리고 자신 쪽으로 부드럽게 돌려 가만히 끌어안았고, 연화도 순순히 그의 품에 안겨 뺨을 기대었다. 물론 그사이에 반짝이는 투명한 것을 보지 못한 하현이 아니었고, 하현은 그것을 닦아 주는 대신 그녀의 뺨에 흐르는 것이 자신의 옷에 맺히도록 가만가만히 머리를 쓰다듬었다.

"연화 씨."

만날 생각이 없었으나 만나게 된 사람, 이렇게 만날 줄 몰랐으나 하늘이 이어 준 사람, 나에게 찾아온 사람, 꽉 닫혀 있던 나를 열고 들어와 온전히 들어앉은 사람.

하현은 추운 겨울을 지나 자신에게 찾아온 봄을 소중히 품에 담고 복숭아꽃 그 향을 깊이 들이마셨다. 그리고 품 안 가득히 담긴 연인의 귀에 그이가 가장 듣고 싶어 할 말, 바로 말을 해 주었어야 할 말, 이전부터 계속 마음에서 울리고 있던 그 말을 속삭여 주었다.

"당신을 사랑합니다."

*　*　*

짹짹짹짹—

창밖에서는 조잘거리는 듯한 귀여운 새소리가 들렸고, 이불에 폭 파묻힌 등은 따뜻하다 못해 뜨끈했다. 더할 나위 없이 행복한 아침이었다.

연화는 눈을 감은 채로 그 기분을 만끽하면서 미소 짓다가 천천히 눈을 떴다. 그리고 그대로 굳어졌다.

오, 맙소사. 이런, 세상에—

"왜……!"

목소리가 나온 것이 기적이랄까, 숨이 넘어가지 않은 것이 다행이랄까. 똑 한 번 멎었다가 겨우 다시 뛰기 시작했는데 여기서 다시 한번 멎을 뻔했네.

연화는 순간적으로 아찔했던 정신 줄을 가다듬으려고 애쓰며 이불을 두 손으로 꽉 부여잡았다.

"왜, 왜 보고 계시는 겁니까?"

볼멘소리, 혹은 원망 어린 목소리랄까, 목소리만 들어도 볼이 부은 게 느껴질 만한 뾰로통하고 얼떨떨한 목소리였다. 그도 그럴 게, 눈을 뜨자마자 자신을 옆에서 빤히 바라보고 있던 주황색 눈 한 쌍과 똑 마주쳤으니까.

비명이 나오지 않은 것이 다행이었다. 언제였더라, 이것과 비슷한 일이 일전에도 한 번 있었던 것 같은데. 그에 약간 실눈을 뜨고 위를 올려다보았지만, 아침부터 그녀의 심장을 쥐락펴락한 범인, 하현은 몹시 태연한 표정이었다.

"그야 보고 싶으니까요. 거의 다 하기도 했고."

지극히 당연한 것을 묻는다는 그 말투에 연화가 뭐라고 하려던 차, 하현이 잽싸게 이어 말했다.

"어젯밤 일, 하나도 기억 안 나는 건 아니겠지요?"

"……일이라니요!"

점점 붉게 달아오르던 연화의 얼굴이 확 달아올랐다.

물론, 일이 있긴 했다. 제가 생각해도 꽤나 대담하게 질러 물어보고, 당돌하게 말하고, 저 눈을 똑바로 바라보며 나를 마음에 두고 계시는 게 참이냐 말했었으니까. 그리고 그에 이어 입술까지…….

"연화 씨, 키스 처음 해 보죠?"

너무나 아무렇지 않게 키스, 라는 단어를 입술에 올리는 하현의 말에 더 이상 붉어질 수 없을 정도로 연화의 얼굴이 달아올랐다.

"처, 처음 아닌데요."

"거짓말."

'거짓…… 말?!'

연화의 입술이 소리 없이 뻐끔거렸다.

아니, 지난번에 자신이랑 한 것은 그럼 키스가 아니고 뭐란 말인가. 분명히 이 입과 저 입이 부딪혔건만!

나무토막처럼 직립 부동자세로 똑바로 누워 어찌할 바를 모르고 눈만 또로록 굴리고 있던 연화는 아니라는 제 대답이 무색하도록 바로 되돌아오는 저 말에 살짝 눈썹을 들어 올렸다.

그러면서 이 말을 어떻게 받아쳐야 잘했다고 소문이 날까 곰곰이 고민을 하는데 비스듬히 누운 채로 그녀의 어깨를 자신의 팔로 누르고 있던 하현이 천천히 몸을 일으키며 잡고 있던 여린 어깨를 놓아주었다.

"많이 서툴던데요. 깨물기도 많이 깨물고."

"그……."

"여기, 피도 났습니다."

"……예에?"

피가 났다는 말에 나무토막처럼 누워 있던 연화가 용수철처럼 튀어 올랐다. 곧바로 일어나서 '어디요, 어디 좀 봐요. 많이 났어요, 지금도 아파요?'를 연발하며 입술 좀 보자고 달려드는 모양에 말을 꺼낸 하현이 오히려 멈칫하며 뒤로 물러났다.

하얗고 빨갛고 까만 게 울망울망한 표정으로 올려다보는 모습이라니, 게다가 오늘따라 왜 이렇게 새하얀 어깨와 목선이 자꾸만 보이는지, 그보다 조금 더 아래에 자리한—

살짝 흐트러진 옷깃 새로 언뜻 보이는 가슴선에 자꾸만 시선이 가는 것을 애써 거두며 하현은 고개를 저었다.

"괜찮습니다."

"제가 안 괜찮으니까 좀 보여 주세요."

"입 안인데요."

"그러니까요…… 읏!"

하현은 자꾸 제 입 안의 상처를 보겠다고, 보여 달라며 무릎으로 엉거주춤 일어난 새하얀 뺨에 촉, 입술을 대신 살짝 내주고서 자리에서 일어났다.

"당신이나 나나 깨문 건 피차 마찬가지니까요. 할 이야기가 있으니 준비되면 부엌 쪽 복도로 좀 나와 줄래요?"

"……네에."

또 뺏겼어, 라고 중얼거리며 새빨간 얼굴로 서 있던 연화가 다리 힘이 풀린 모양으로 무심코 목을 만지다가 살짝 따끔함에 멈칫했다.

"……따끔?"

어디에 긁힌 걸까, 아님 내 손으로 긁었나? 연화는 거울 앞으로 걸어가서 얼굴 이곳저곳을 살펴보기 시작했다. 이마, 코, 양 뺨, 입술 모두 다—

"……멀쩡한데."

하현처럼 입술을 깨물린 것도 아니고, 얼굴에도 잇자국 하나 없다. 뭘까 싶어 고개를 갸웃갸웃거리던 연화는 혹시나 싶어 아까 '따끔'했던 부분을 덮고 있던 천을 살짝 들춰 보았다. 그리고 그대로 굳었다.

"이게……."

목 바로 아래 쇄골에 고양이가 깨물어 놓은 것처럼 자그마한 자국이 있었다. 그리고 곧바로 떠오른 건 아까 자신의 목에 입술을 대고 있었던 하현, 그리고 '거의 다 했으니까'라는 말이었다.

설마…… 그게 이거였을 줄이야.

도드라져 올라온 붉은 자국을 손가락 끝으로 조심조심 만져보던 연화는 제 새하얀 목과 뚜렷하게 대비되는 그 붉은 것에 결국 얼굴을 바닥 쪽으로 푹 떨구고 말았다.

"시집 다 갔네."

연화는 자신이 남에게 보이지 않아서 참으로 다행이라는 생각을 다시 돌아온 이래 처음으로 하며 이미 사라진 하현의 빈자리를 밉지 않게 노려보았다. 정말이지, 짓궂다니까!

6장
푸른달

파는 굉장히 기분이 좋지 않았다.

아니, 좋지 않다기보다는 뭐랄까, 미묘했다. 좋기는 하지만 조금은 서운한 그런 기분? 잘되었다고 생각이 들기는 하지만 그래도 뭔가 조금 서운한, 그러면서도 다행이라고 생각이 들긴 하는데, 또 질투가 나기도 하는 그런 미묘한 기분.

어느 쪽에게 그런 마음이 드는지 그것조차도 잘 모르겠지만, 여하튼 굉장히 복잡한 기분이었다. 그리고 이것은 아마 어젯밤의 일 때문이겠지.

[…….]

반상에 반듯하게 올려져 있던 청록색 칼이 속이 답답해서 못 견디겠다는 듯 두어 번 드륵드륵 소리를 내며 양쪽으로 움직이더니 잠시 후에 그 위로 한 인영이 그림자처럼 올라와 날 위에 어렸다.

지난번 연화에게 보였던, 턱 선까지 오는 단발머리를 팔랑이는 여자였다. 지난번과 조금 다른 점이라면 그때보다 조금 더 뚜렷하게 보이는 것이랄까.

'아오, 나 왜 이렇게 기분이 나쁘지?'

여자는 칼날이 거의 비쳐 보이지 않을 만큼 반투명한 모양으로 푸른 단도 위로 올라와 있다가, 팔짱을 꼭 끼고서 고개를 돌려 방바닥을 쏘아보았다.

지금은 아무것도 없었지만 지난밤에는, 아니 오늘 아침까지만 해도 뜨끈한 이불이 한 장 깔려 있었다. 그 위에는 젊고 싱그러운 두 남녀가 서로에 기대어 잠들어 있었고.

'아주 달콤하고 곤하게도 자더만.'

파는 입술을 삐죽거렸다.

반듯하게 누워 있던 두 사람은 중간에 소곤소곤 무슨 이야기를 나누기도 했고, 작게 웃기도 했다. 그것을 흘끔 바라보았더니 글쎄 좀 떨어져 누워 있던 두 사람이 어느새 찰싹 붙어 있는 것이었다.

그 모양에 자신의 머리카락이 온통 곤두서는 것 같아서 그 후로 신경 끄자 두 눈 감고 바깥 이야기를 죄다 차단했더랬다.

[영가와 사람이 연심이라니, 사랑이라니.]

그들 눈에 가득하던 사랑을 자신의 의지와는 조금도 상관없이 지켜볼 수밖에 없었던 그녀의 입매가 비뚜름해졌다.

[……그것만으로도 심란해 죽겠는데.]

나는 대체 왜 여기다 둔 거야. 좋아할 거면 자기들끼리 좋아하면 됐지, 민망한 것은 졸지에 관음하는 처지가 되어 버린 자신이었다.

저를 데리고 오라 한 것은 하현이요, 두 손에 곱게 들고 온 것은 연화니까 그 두 내외를 다 잠시 동안 미워해 볼까나, 아주 몹시 진지하게 고민하는데 작게 웃는 소리가 문밖에서 들렸다.

"그래도 식까지는 안 올렸으니까 아직 내외는 아니잖아요?"

[밤을 같이 보냈으니까 제 기준으로는 이미…….]

부부거든요, 라고 대꾸하려던 그녀의 입술이 그대로 얼어붙은 듯 굳었다. 너무나도 당연하게 건네 오는 말에 아주 자연스럽게 대답한 것인데 이 상황은 절대로 있을 수 없는 일이었기 때문이었다. 내 목소리를, 들었어?

[…….]

푸른 단도에서 거의 나와 있던 파는 조심스럽게 한 다리를 다시 칼날에 넣었다. 영가 무섭게시리 이게 무슨 일이람.

하지만 얇은 문 건너편에서는 좀 전의 그 목소리가 다시 건너왔다. 기분 탓일까, 조금 웃는 것 같기도 했다.

"당신 목소리를 들은 게 맞습니다. 그런데 둘이 밤을 같이 보냈다니요? 설마…… 그걸 말하는 겁니까?"

[잠깐, 잠깐, 잠깐만요.]

여자, 그러니까 파는 칼로 끊듯이 딱 잘라서 말했다. 기다려 봐요, 나 먼저 정리할 거 있으니까.

파는 혼란스러움이 가득한 얼굴로 문가를 바라보았다. 머리끝까지 퐁당 잠겨 있던 잠시 전과 달리 지금 그녀는 거의 허리까지 칼날 바깥으로 올라와 있었다.

'방금 저 사람, 내 목소리를 들었어? 아니, 내 생각을? 그럼 이것도?'

"아무래도 그런 것 같습니다. 목소리라기보다는 생각이라는 게 더 맞겠네요. 그리고 미리 말하지 못해서 미안한데, 들은 지는 좀 됐습니다."

탁—

꼭 닫혀 있던 문이 활짝 열렸고, 문밖에 서 있던 미르는 좀 전의 타격으로 아주 약간 찢어져 버린 창호지 문을 못 본 척해 주기로 했다. 그것보다도 자신의 앞에 날아온 문제가 더 시급해 보였으니까.

그리고 말 그대로 그의 앞에 '날아온' 파는 미르의 얼굴을 뚫어지게 바라보았다. 검에게 눈이 달렸다고는 상상하지 못하겠지만 그렇다고 코앞에서 번쩍거리는 칼날을 무시하지도 못할 터였다.

파는 한자리에 동동 떠 있으면서 미르를 쏘아보았다.

'진짜 들려요?'

"정말 들리는데요."

'내 생각이 들린다고요?'

"아주 몹시 잘."

칼이 날아온 게 조금, 아니 사실은 많이 무섭기는 하지만요.

하마터면 쓩 하고 날아온 칼끝에 목이 찔릴 뻔했기 때문이었다. 물론 그런 일이 일어나지 않기 위해 자신도 파도 최선을 다해서 피했겠지만. 아, 그녀는 아니려나.

"그보다, 너무 가까운데요."

[……]

그 말에 파는 가까스로 아주 조금 물러났고, 미르는 그녀의 뾰족한 칼날을 피해 방 안으로 한 발 조심스럽게 들어왔다.

칼날 때문인지 시선 때문인지 그것도 아니면 둘 다의 문제인지 모르겠지만 얼굴이 지나치게 따끔거렸다. 잘생긴 얼굴에 상처 나면 안 되는데.

"……주인이 없는데 들어와도 될까나."

이미 들어와 버렸지만.

미르는 속으로 중얼거리면서 방 안을 휘 둘러보았다. 지난번에도 와 본 적이 있기야 하지만 지나치게 깨끗한 방이란 말이지. 어떻게 이불을 저렇게 각지게 접을 수 있냐고.

'둘 중 누구일까.'

여자가 들기에는 무거울 테니까 하현 형이려나. 아니, 그 이전에 영가니까 이불을 들 수 있…… 긴 하겠네. 보통 영가는 아니니까.

그 와중에도 이불을 하현이 개었을까 연화가 개었을까 고민하고 있는데 그의 생각을 끊듯이 파가 미르의 눈앞에 칼날을 가깝게 들이밀었다.

[저기, 한눈팔지 말고 나 좀 봐요.]

"잘 보입니다."

[딴소리하지도 말고 잘 들어요.]

여기서 '잘 들립니다'라고 하면 왠지 코앞에 있는 푸른 칼에 푹 하고 찔릴 것만 같아서 미르는 대답 대신 고개만 끄덕였고, 좀 전보다는 조금 더 진지해진 모습에 그의 앞에서 원을 그리듯 작게 회전하고 있던 파가 천천히 움직임을 멈추고 가만히 떠올랐다.

[대답해 줘요. 어떻게 내 목소리가 들려요? 언제부터요? 왜요?]

대답하기 곤란한 질문을 한 번에 세 개씩이나 묻다니. 미르는 조금 곤란한 표정을 지었다. 질문은 간단해도 답이 좀 어렵단 말이지요. 사실 미르 자신도 계속해서 고민하고 있던 문제였다. 왜, 하필 내가 저 사람의 목소리를 듣게 된 걸까.

결국 미르는 조금 고민하다가 사실대로 솔직하게 말하기로 했다.

"어떻게, 그리고 왜 들을 수 있는지는 모르겠습니다. 저는 하현이 형처럼 영가들을 볼 수도, 그들이 하는 말도 못 듣거든요. 유일하게 할 수 있는 것은 향이었죠. 정확히 말하면 죽음의 냄새랄까."

[하지만, 그 사람도 제 목소리는 못 들어요.]

미르의 말을 유심히 듣던 파가 바로 대꾸했다.

사실이었다. 이 검에 깃든 이후로 이제까지 그녀의 모습을 본 사람은커녕 목소리조차도 들은 사람이 없었다. 그저 이 검을 통해서만 자신을 볼 수 있었다.

그리고 하현의 피를 마신 다음에야 비교적 자유로이 날 수 있게 되었지. 그런데 그 '계약자'마저도 못 듣는 자신의 목소리를 이 남자가 들은 것이다. 그동안 의사소통이 원활하지 않아 얼마나 답답했던가.

하지만 기쁨과 반가움보다도 의아함과 의심스러움이 먼저 든 것은 그녀의 탓만은 아니었다. 자신이 왜 이 검에 깃들었는지, 언제 풀려나는지, 어떻게 풀 수 있는지 그 무엇도 알지 못해서 하늘을 많이도 원망했었다.

그래서 하현과 계약을 한 것이기도 했다. 이렇게라도 하면, 이렇게 하늘의 사건에 개입을 하면 뭐라도 달라질까, 무슨 변화라도 생길까 싶어서 덥석 계약을 물어 버린 것이었다.

그래, 적어도 자신이 손해 볼 것은 없을 거라고 판단했으니까.

파의 말에 미르가 순순히 고개를 끄덕이며 대답했다.

"그러니까 이상하다는 말입니다. 모든 영가의 목소리를 듣지만 정작 계약한 사람의 목소리는 듣지 못하는 하현 형도, 다른 영가들의 말은 하나도 들리지 않지만 오직 당신의 목소리만은 들을 수 있는 나도요."

미르는 파를 물끄러미 바라보았다. 자신의 손바닥만 한 푸르고, 예쁜 검이었다. 그리고 자신의 머릿속에 울리는 그녀의 목소리는 그 모습과 아주 잘 어울리는 것 같은 새침하고 도도한 아가씨 같은 목소리였다.

외모가 상상이 될 정도로 몹시 퍽 예뻤다. 아직은 친하지 않아서 잘 보이지 않지만, 조금 더 가까워진다면 검에 비친 저 모습이 더 뚜렷하게 보일까.

미르는 미미하게 미소 짓다가 덧붙여 말했다.

"그리고 언제부터냐고 물은 것에 대한 답은, 글쎄요, 오래되지는 않았습니다. 한 몇 달 전부터일까요. 아마 그 '습격'이 일어나기 좀 전부터였을 것 같은데요."

순간 파가 휙 미르를 바라보았다. 습격이라는 말을 듣자마자 하나가 딱 떠올랐기 때문이었다.

자신이 곧바로 쏘아져 나갔던, 온몸이 찌릿찌릿했던 그날의 일을 말하는 게 분명했다.

검은 물이 일렁인 날, 연화의 앞을 가로막은 날, 자신의 몸이 타들어 간 날, 방울 소리가 심장을 온통 뒤흔들었던 날. 그리고 그보다 조금 더 전이라면…….

['계약' 이후네요.]

"내 생각도 그렇습니다."

하현의 피를 이 검에 담은 날, 마신 날, 영혼의 약속을 한 날. 그는 그 이후로 자신의 목소리가 들렸다는 말이었다. 하지만 도대체 왜 하현도, 가주도 아닌 저 사람에게 들리는 걸까. 자신과 별다른 관계도 없는데 왜.

파는 미르를 물끄러미 쏘아보다가 톡 중얼거렸다.

[……제일 이상한 건 당신이에요.]

"그런가요?"

미르는 조금 재미있다는 표정을 지었고, 파는 그 표정이 마음에 들지 않았다. 눈은 아파 보이면서 입은 또 왜 웃는데? 둘 중 하나만 하라고요.

[나더러 사람이라고 했잖아요. 달 도령, 아니지 정하현도 꽃 아가씨에게 사람이니 어쩌니 그러더니 역시 가까이에 있으면 닮는가 보죠?]

영가에게 사람이라고 하다니, 무가 쪽에 몸담고 있는 사람이 하는 말이라기엔 퍽 우스운 말이었다. 하지만 미르는 그보다 더 끌리는 말이 있다는 표정으로 말했다.

"꽃 아가씨와 달 도령이라, 딱 어울리는 애칭이네요. 저도 앞으로 좀 빌려 쓰겠습니다."

자신도 말하면서 연화와 하현, 그 두 사람이 바로 그려지는 별명이라는 생각을 했었다. 그 칭찬 아닌 칭찬에 파의 입가가 살짝 움찔거렸다.

[그러시든가. 그리고 덧붙이자면 방금 말했던 이상하다는 거 욕은 아니에요. 그러니까, 내 목소리가 들린다는 사람이 생겨서 나쁘지는 않다는 거랄까. 적어도 복장 터져 죽지는 않을 테니까요.]

이미 죽은 몸이지만, 이라고 덧붙이고 싶었지만 파는 굳이 말하지 않기로 했다. 내가 산 사람이 아니라는 것은 이 검에 들어가 있는 것만으로도 충분히 잘 알 테니까.

그리고 미르는 그녀의 말을 분명하게 이해했다는 듯 싱그럽게 미소 지으면서 말했다.

"그럼 이상하다, 라는 말은 좀 바꿔 주시겠습니까? 지난 경험상 그다지 좋아하지 않는 말이라서요."

하기야 하현도 저 사람도 일반인은 아니니까. 보통 사람이 보면 이상하다 못해 괴상하고 조금 심하게 말하면 소름 끼치는 사람일 것이었다.

남이 보지 못하는 것을 보고, 듣지 못하는 것을 듣고 생과 사 그 이상을 보는 이들이니까. 그래서 파는 그의 말을 쉬이 납득했고, 순순히 되물어 주었다.

[이를테면요?]

"음, 특이하다든가."

뭐래?

파의 표정이 황당해졌다.

[……그것도 비슷한 어조잖아요.]

특이한 거나 이상한 거나 그게 그거 아닌가? 정상이 아니라는 거잖아.

파는 더 황당해졌다. 그 순간 미르가 순순히 고개를 끄덕이며 시무룩하게 인정했기 때문이었다.

"그런가……."

그런가는 무슨 그런가야, 백 퍼 그런 거지. 고개를 절레절레 흔들던 파는 시선을 돌리려다가 미르의 시무룩한 표정에서 눈을 떼지 못하고 결국 한숨을 길게 푹 내쉬어 버렸다.

'생긴 것도 덩치 큰 강아지처럼 생긴 남자가 표정까지 시무룩하니까 진짜 개 같잖아.'

그 바람에 푸른 검이 부르르 떨렸고, 파는 미르가 자신을 향해 고개를 들기 전에 먼저 말했다.

[그래요, 좋아요. 그럼 특별하다 정도로 하죠. 어쨌거나 둘 다 서로에게 특별한 건 맞으니까.]

이상하다에서 특이하다, 특이하다에서 특별하다까지 올라오게 된 미르는 '아주 좋네요'라고 대답하면서 악수하듯이 파의 검신을 잡았다.

생각지도 못한 접촉에 놀란 파는 하마터면 검날로 그의 뺨을 후려칠 뻔했고, 곧이어 들려온 말에 그대로 얼어붙듯 공중에 굳어 버렸다.

"그런데, 둘이 어젯밤에 잤어요? 진짜?"

이 개 같은 양반이 진짜! 파의 얼굴이 확 달아올랐다.

[시끄러워요! 당신의 그 생각을 예상하고 분명히 정정하건대, 둘 다 옷은 입었었으니까 시뻘건 생각일랑 지금 즉시 지우시죠.]

"……그렇게 티가 났습니까."

[…….]

진짜 때려 버릴까.

파는 순간 아주 진지하게 고민했다.

*　　*　　*

타악—

하현은 냉장고 문을 닫은 채로 잠시 서 있었다. 정리가 좀 필요했다. 아직도 머릿속이 여러모로 복잡했다.

그리고 그중 하나는…… 파였다.

'어제…… 그건 뭐였지?'

파를 데리고 온 것은 다른 것을 위해서였다.

원래의 목적은 그래, 파가 지켜보고 있으니 내 인내야 힘을 내라, 참지 못하고 손을 댔다간 그녀를 지키기 위해 파가 날아올지 모른다, 등등의 약간의 장난을 담아 방 안으로 들인 것이었다. 단지 그것뿐이었다.

그런데 어제, 파는 '다른 용도'로 사용되었다. 그렇게 된 것도 처음 봤고, 그런 용도로 쓰일 수 있는지도 어제 알았다. 굳이 말하자면 디텍터라고 해야 할까.

"그리고 '그것'도 단순한 가위…… 같진 않았는데."

영가가 가위에 눌린다는 것도 놀라울 일이었지만 그건 단순한 가위로는 보이지 않았다. 잠시 생각에 잠겨 있던 하현의 표정이 미미하게 굳어졌다. 어젯밤의 기억 때문이었다.

당연하겠지만 연화도 의식이 되는 것은 마찬가지인지 항상 눕자마자 곤하게 잠들던 평소와 달리 어젯밤에는 한동안 잠을 이루지 못하고 뒤척거렸더랬다. 그도 그럴 게 서로 입을 맞추고,

마음을 나누고, 살을 맞대고 한 이불을 덮었으니까.

그 이상으로 간 것은 아닌데 이렇게 말하면 조금 억울하려나, 라고 중얼거리던 하현의 입가가 아주 잠시 풀어졌다가 곧 일자로 다물어졌다.

하현 역시 그런 그녀를 두고 먼저 잠들 수도 없었는데 과연 평소보다도 더 예민한 청각과 신경으로 시계 초침이 움직이는 똑딱 소리마저도 생생하게 들릴 정도였고, 결과적으로 연화가 아주 살짝 잠에 빠졌을 때까지도 하현은 졸음은커녕 말 그대로 뜬 눈으로 벽지의 무늬를 하나하나 세어 보고 있었다. 그리고 이러다가 환 공포증이 생기는 것은 아닐까 싶을 무렵……

"도령?"

"……!"

……깜짝이야.

갑자기 들린 목소리에 하현은 하마터면 손에 들고 있던 것을 놓칠 뻔했다. 그러다가 아주 가까스로 물컵을 잡아내자 연화가 놀란 걸음으로 다가왔다.

이제는 언뜻 그림자까지 보이는 것 같아 그녀는 사람이나 거의 다름없었다. 내 눈에만 보이는 사람, 그뿐이었다.

그리고 연화는 급하게 다가와 하현을 올려다보았다.

"미안해요, 놀라게 할 생각은 아니……"

"괜찮습니다. 그보다……."

하현은 연화에게 물컵을 건네면서 그녀의 빈손을 자연스럽게 잡았다. 연화는 잠시 움찔했지만 거부하지도, 빼지도 않았고 잠시 후 가느다란 손가락으로 하현의 손가락을 마주 잡고 얽었다.

그리고 하현은 꼭 잡은 그 손에 아주 작은 틈도 없도록 다시 한번 힘주어 깍지 끼고서 문을 열어 빛이 있는 곳으로 나왔다.

약간 어둑어둑했던 주방과 달리 복도로 나오자마자 창을 투과한 햇빛이 나무 바닥을 나뭇잎 모양대로 점점이 물들였고, 두 사람은 약간의 온기마저도 느껴지는 그 환한 바닥을 가만가만 밟으며 걸었다.

"몸은, 괜찮습니까?"

"예?"

저 안에서 애매하게 말을 끊은 후 한참이나 말이 없던 하현이 밖으로 나와 처음으로 한 말에 연화의 표정이 약간 의아해졌다.

몸은 괜찮냐고? 그 말에 어젯밤이 떠오른 것은 굉장히 반사적인 일이었다.

'그러나 날이 갈수록 당신이 눈에 들어왔고, 마음에 스며들었습니다. 이제는 없는 게 어색할 정도로요.'

그 말만으로도 심장이 쿵쿵 뛰었다.

이러다가 멎는 건 아닌지, 너무 세게 뛰는 이 소리가 도령을 시끄럽게 하진 않을까 하는 걱정이 될 정도로 아프도록 뛰어 벅찼다. 기뻤다. 그리고 그다음 떠오른 말에 진정 이 작은 심장이 멎는 줄로만 알았다.

'당신을 사랑합니다.'

"……."

연화의 얼굴이 붉게 달아올랐다.

애써 생각하지 않으려 했는데, 아침부터 이제껏 일부러 하현의 얼굴을 보지 않으려 애쓰면서 심장을 다독여 왔는데 그런 노력이 옴팡 무색하도록 머릿속 한가득 그 얼굴과 목소리가 들어차 버린 것이다.

그리고 그다음에는 어김없이 뜨겁고 다디단 입맞춤이 있었다. 보드랍고 따끈한 입술과 그 안에서 움직이던 다정한 도닥거림, 자신의 목선과 어깨를 어루만지던 큰 손, 그리고…….

"소, 소녀 신체 무탈합니다!"

연화는 고개를 도리도리 저으며 반사적으로 자신의 목을 손으로 가렸다. 하지만 하현의 표정은 무탈하지 않았다.

"그럼 혹시 어젯밤 이부자리가 불편했습니까?"

뜬금없는 질문에 연화의 표정이 의아해졌다.

"아니요."

"아니면 걱정거리라도 있습니까?"

"그것 또한 없사온데……."

하늘 할머니께서 일 년 이내에 사랑을 찾아오라 명하신 그것까지 모두 다 이루어 버린 통에 염려스러운 일이 무에 있을까. 하나 있다면 끝이 있는 연모의 날이라는 것이겠지만 이른 지금부터 마음 쓰고 싶지 않았다. 그래서 그것은 애써 잊으려 하는 중이었고.

연화가 연거푸 그런 일 없다, 그렇지 않다 대답하자 하현의 표정이 더욱더 묘해졌고 그래서 이제는 연화까지도 무슨 일인지 궁금해져 버렸다.

"제가 어제 잠결에 잠자리가 불편하다 했습니까?"

"아니요."

"하면 울기라도 했습니까?"

"그것 또한 아니지만……."

하현은 잠시 말을 끊었고, 연화는 속으로 몰래 안도했다. 지난번 하현 앞에서 눈물을 쏟았을 적 저를 보는 그의 표정이 몹시 걱정스러웠고, 자신의 눈치까지도 보는 듯한 느낌이 들어서 웬만해선 다시 울고 싶지 않았기 때문이었다.

정신이 없는 꿈결에서라도 그의 앞에서는 웃고만 싶었다. 미소 지은 얼굴로 기억되고 싶었다. 습관적으로 저도 모르게 입가를 매만지던 흰 손이 순간 멈칫했다.

'입…… 가? 내가 어제, 내 얼굴을 만졌던가?'

연화는 천천히 자신의 손을 내려다보았다. 뭔가 이상했다. 기시감이 들었다. 뭐지, 이거. 뭐지.

"도령."

하현은 대답대신 연화의 두 눈을 바라보았고, 연화는 입매를 재차 만지던 손을 천천히 내려 자신의 턱 선을, 그리고 그 아래의 목을 매만졌다.

감촉이 새삼스러웠고, 목에 닿는 느낌이 왠지 생경했다. 연화의 검은 눈동자가 하현을 향했다.

"이상할 말인 것 압니다만 여쭙겠습니다. 혹여 제가 어젯밤에 제 얼굴을 만졌나요?"

묻기에도 민망한 질문이라고 생각했다. 제 얼굴을 스스로 만졌냐는 질문이라니, 잠결에 얼마든지 만질 수 있는 일이니까. 하지만…… 이상했다. 묻고 싶었다.

그리고 하현은 그 말에 웃지 않았다.

"……아니요."

그래서 그녀가 그다음으로 물은 것은 좀 전의 질문보다도 조금 더 강하고, 구체적인 것이었다.

"하면, 혹여 제가 어젯밤에…… 스스로 제 목을 조였습니까?"

"연화 씨?"

하현은 놀란 눈으로 연화를 바라보았다.

평소의 그녀라면 결코 하지 않았을 말이었다. 하지만 연화는 무언가 짐작하는 듯 하얗게 질린 얼굴로 답을 요청하고 있었고, 그 표정에 하현은 말을 삼키고 이번 역시 천천히 고개를 저었다.

어젯밤 연화는 분명 불편해 보였고 힘들어 보였지만 스스로 목을 조르지는 않았다. 자신이 옆에 있었으니까 그렇게 두지도 않았을 것이고.

하현의 말에 연화의 얼굴이 조금 누그러졌지만, 그래도 불안한 표정으로 그녀는 입술을 꾹 깨물었다.

'이상해.'

무언가 하나하나 떠오를 것만 같았다.

불편했냐고? 이부자리는 편했고 하현의 품은 따뜻했고 그 무엇도 편치 않은 게 없었으나 그래, 마음이 좀 불편했다. 머리가 좀 편치 않았다. 왜일까, 무엇 때문일까.

혹 이부자리가 아니라—

"연화 씨."

연화는 문득 자신을 부르는 소리에 고개를 들었다. 그리고 멈칫했다.

하현의 주황색 눈동자가 자신을 곧게 내려다보고 있었기 때문이었다. 영혼을 보는 눈동자, 영가를 보는 눈동자, 보이지 않아야 할 것을 보는 눈동자. 새삼스럽게 그 사실이 떠올라 그를 가만히 올려다보는데 하현이 천천히 손을 들어 연화의 머리카락을 가만히 귀 뒤로 넘겨 주었다.

그 손길이 몹시도 조심스러워 연화까지도 숨을 죽였고, 하현은 흘러나온 그녀의 잔머리를 다 넘겨 준 다음 작게 한숨을 쉬었다.

아침에 눈을 뜨자마자 그녀를 데리고 나와야겠다고 생각했다. 바깥 공기를 쐬고 하늘의 해를 바라보게 하고 싶었다. 밤새 힘들어했으니까, 괴로워했으니까.

그래서 하현은 어떻게 먼저 말을 꺼내야 하나 잠시 고민하다가 천천히 말을 골랐다.

"당신은 어젯밤 내내 신음했고, 괴로워했고, 밭은 숨을 쉬었습니다. 옆에서 깨우려고 노력했으나 잠에서 깨지도 않았고 눈을 뜨지도 않았습니다. 그 가운데 당신이 연거푸 한 그 말은, 나를……"

"놓아주세요."

"……."

하현은 연화의 머리를 쓰다듬던 모습 그대로 굳은 채 연화를 바라보았다. 순간적으로 소름이 끼쳤기 때문이었다. 그리고 연화도 마찬가지로 창백해진 표정으로 하현을 바라보다가 천천히 이어 말했다.

"날, 놓아주세요."

새하얀 얼굴로 멍하니 중얼거린 그 말은, 어젯밤에 그녀가 날이 새도록 중얼거린 바로 그 말이었다.

* * *

하현은 내심 당황하고 있었다.

보통 잠꼬대로 한 말은 기억하지 못하기 마련이었다. 설령 기억한다 해도 이렇게 분명하게 말하지는 못할 텐데, 연화는 똑똑히 기억하는 것처럼 확신 있게 말을 한 것이었다. 그리고 지금 그녀는 방금 전 자신이 말을 해 놓고도 충격을 받았는지 한참이나 가만히 있는 중이었다.

목, 신음, 괴로움, 놓아주세요……. 하나하나 따로 봐도, 하나로 이어 보아도 좋지 않은 느낌인 건 확실했으니까. 하지만 뚜껑은 열어 봐야 확실히 아는 법이었다.

그래서 하현은 연화의 어깨를 손가락으로 가만히 두드렸다.

그리고 똑똑, 그 두드림이 마치 자신의 마음을, 혹은 머릿속을 두드리는 것만 같아 연화는 천천히 시선을 들어 그를 바라보았다.

크고 새까만 눈동자 한가득 사슴이 겁을 먹은 것처럼 연약한 불안함과 두려움이 어려 있었고, 하현은 그녀의 어깨를 잡은 채로 눈을 분명히 맞추었다. 걱정 말아요.

"나도, 들어가도 되겠습니까?"

"……도령?"

앞뒤 설명 없이 뜬금없이 불쑥 나온 말에 연화가 어디에 들어가신다는 말입니까, 라며 입술을 달싹이려고 하는데 하현이 이어 말했다.

"아주 가끔씩 당신이 내 머릿속에 들어왔다 나가는 듯한 기분이 듭니다. 물론 당신은 아니라고 하겠지만."

"……."

그에 괜히 뾰로통해진 연화가 제가 할 말까지 미리 일러 말하지는 마시어요, 라며 입 안으로 중얼거리자 하현이 천천히 다리를 굽혀 그녀와 시선을 마주했다.

높았던 시선이, 들어 올린 고개가 낮아졌다. 연화의 얼굴이 아래를 향했고, 하현의 눈빛이 위를 향했다. 말없이 바라보는 그 달큰한 눈빛에 아주 조금 불퉁했던 그녀의 마음이 살며시 녹아버리는데 하현이 천천히 말했다.

"아무리 노력해도 나는 결코 들어갈 수 없는 것 같으니, 이야기를 해 줄래요? 당신 머릿속에 있는 그 이야기."

"……."

내 이야기.

"어젯밤에 무슨 꿈을 꾸었습니까. 들을게요, 말해 줘요."

이렇게 다정하게 말하는데 거절할 수 있을 리가 없었다. 게다가 아까부터 줄곧 마음을 옥죄어 오고 있는 일이라 말하고도 싶었다.

외려 들어 달라 청해야 할 사람은 자신일지도 모르는데 이 사람은 어떻게 이렇게 항상 내 마음을…… 다 아는 것만 같을까. 진정 모두 다.

연화는 어느덧 자신 앞에 한쪽 무릎을 꿇고 있는 하현의 큰 손을 제 두 손가락으로 살짝 잡았다. 따뜻했다. 마음이 녹았다. 눈물이 날 것 같았다. 그래서 천천히 입술을 뗐다.

"……저는 아무도 없는 곳에 서 있었습니다."

말은 언제나 급작스럽게 시작하는 법이었고, 연화는 특히 늘 그랬다. 그리고 하현은 대꾸 없이 조용히 고개를 끄덕이며 자신의 손가락을 잡은 손을 가만히 덮어 주었다.

잘 듣고 있어요, 라고 말하는 듯한 그 다독임에 굳어 있던 연화의 어깨가 조금 누그러졌다.

"사방은 희고, 고요했습니다. 마치 하늘의 그곳처럼요. 그래요, 그런 느낌이네요. 아무도 없고 하얗고 조용한 길이었어요. 오가는 사람도 없고 마땅한 길도 없는 공간이었지요. 그리고 저는 그곳에 우뚝 서 있다가 무작정 발걸음을 떼었습니다. 마냥 서 있을 수도 없었으니까요. 한데……."

조곤조곤하게 말을 꺼내 놓던 연화가 문득 말을 멈추었다.

자신은 어디로 가야 한다는 생각도 없었고 갈 곳도 없었다. 이대로 가만히 서 있기엔 뭣하니 앞으로 혹은 뒤로 가면 되겠지, 그 생각으로 무작정 걸음을 떼었다.

그리고 한 걸음을 뗀 순간 세상이 달라졌다. 엎어졌다. 마음이 가빠졌다.

"발을 한 발 앞으로 디딘 순간 눈앞이 온통 뒤집어진 느낌이었습니다. 저를 제외한 모든 곳이 하얘졌어요. 그건 오직 저 홀로 새까맣게 되어 버린 느낌, 하늘에서 빛이 저만 빼고 비추는 듯한 느낌이었어요. 그리고 그 빛은 달이었습니다. 달이 저를 비추지 않았어요. 그리고 다음 순간, 갑자기 뒤에서……!"

자그맣고 말간 얼굴이 순식간에 창백해졌다. 연화는 급히 손을 들어 자신의 목을 만졌다. 지금은 당연히, 그 무엇도 만져지지 않았지만 자신의 목을 죄었던 그 느낌이 너무도 생생했다.

'이걸 왜 잊었을까, 아침에 어떻게 이것을 기억하지 못할 수가

있었을까. 이렇게 끔찍한데, 생생한데, 확연한데.'

연화가 창백하게 질린 얼굴로 자신의 목을 확 잡자 하현이 그 손을 끌어 자신의 두 손으로 담뿍 덮었다.

괜찮아요, 괜찮아. 그 작은 다독거림에 떨림이 잦아들었다. 쉬이, 괜찮아. 꿈이랑 달라, 지금은 내가 당신 옆에 있어요. 그 말에 꽉 메어 있던 답답함이 눈 녹듯이 풀려 갔다. 그래서 연화는 하현의 손을 꼭 잡은 채로 겨우겨우 간신히 말을 이어 내었다.

"……갑자기 뒤에서 검은 머리카락이 달려들어 저를 확 낚아채었습니다. 제 목을 쥐고 뒤로 끌었습니다! 저는 끌려가지 않으려고, 풀려나려고 무진 애를 썼으나 목을 감은 머리카락은 무척 억셌고, 마치 몸에서 목을 쥐어뜯어 낼 것처럼 저를…… 뒤로 잡아끌었어요."

연화는 몸을 떨었다. 이것을 어떻게 잊고 있었을까, 기억하지 못하고 있었을까. 이렇게 생생한데, 소름이 끼치는데.

얼굴을 스치던 거친 머리카락의 느낌이 생생했다. 이마, 콧대, 입술을 지나 목을 정확히 얽었던 그 느낌이 떠올랐다. 그건 마치 다 말라붙은 지푸라기 같은 그런 느낌이었다. 연화는 반사적으로 자신의 목을 만졌다. 보드라워서 다행이었다. 제 살이라서 다행이었다.

"아픈 것보다도 무서운 것이 컸고, 촉각보다도 더 소름 끼친 것은 청각이었습니다. 목소리요. 여자의 목소리가 들렸습니다."

"뭐라고 하던가요?"

"네가 왜."

즉시 나오는 말에 하현은 입을 다물었다.

'네가, 왜……?'

"몸부림을 치느라 그 뒷말은 듣지 못했습니다. 네가 왜 여태 살아 있는 것이냐, 네가 왜 이곳에 있는 것이냐, 뭐 그런 말이 아니었을까 생각은 합니다만…… 혹여 이것도 하늘 할머니와 가주 할머니께서 말씀하신 악령이라는 것의 농간일까요? 꿈에까지 들어올 정도로 제 상황이 위험해진 걸까요?"

불현듯 떠오른 생각에 연화의 눈동자가 떨렸다.

그래, 한 가지가 더 있었다. 사랑을 찾거라, 사랑을 만나거라, 라는 것은 분명 하늘 할머니의 명령이 맞았으나 그 기한이 다할 때까지 몸을 지켜 온전히 살아남는 것 그것이 남아 있었다.

하면 숨이 붙어 있어야, 온전히 살아 있어야 다시 되돌아갈 수 있다는 말일까. 이 몸을 지키지 못하면 올라가지도 못하고 영영 스러져 버린다는 말일까.

순간 연화의 얼굴이 창백해졌다.

'그렇다면 앞으로 시간이 지날수록, 기한이 다 해 갈수록 나는 더더욱 위험해진다는 말일까. 이것보다도, 지금보다도 더?'

어젯밤 귀에서 맴돌던 그 목소리가, 얼음장같이 냉랭하고 차가운 목소리가 다시금 떠올라서 연화는 입술을 떨었다.

'그건…… 사람이었을까, 영가였을까.'

말을 끝낸 연화가 고민에 빠져 있는 한편 하현은 생각을 정리하고 있었다.

연화가 한 말, 그녀가 꾼 꿈. 그저 꿈이면 정말 다행이겠지만 영가가 꿈을 꾼다는 건 들어 본 적도 없는 일일뿐더러 그냥 넘기기엔 뭔가 굉장히 찜찜했다.

그녀라서, 이런 상황이라서. 그리고 어제 파의 모습이 겹쳐 보여서.

'파.'

하현은 어젯밤의 파를 떠올렸다. 그 검과 함께 지낸 지 손가락을 다 꼽고 넘을 만큼 시간이 흘렀지만 어제와 같은 모습은 처음이었다.

명령도 하지 않았는데 움직이다니, 있을 수 없는 일이었다. 그리고 오늘 아침 본 모습으로는 자신이 어젯밤에 했던 일을 파 스스로도 자각하지 못한 것 같았다. 하현은 그 모습을 똑똑히 기억했다.

어젯밤, 연화가 괴로워하고 신음하던 바로 그때 반상 위에 가만히 놓여 있던 파가 갑자기 떠올라 벼락같이 연화의 위를 횡으로 그어 버렸다.

계약 이래로 늘 언제나 항상 그의 명령이 있어야만 움직이던 파가 스스로 움직인 것이다. 하현은 가만히 생각했다. 파가 움직일 수 있는 길은 그가 알기로 두 가지밖에 없었다. 하나는 자신의 명령, 또 다른 것은 연화의 위험.

'무슨 일이 있더라도 반드시 연화를 지켜라' 그것이 계약의 유일한 조건이었으니까.

그렇다면 어젯밤에 연화는 진정 위험했던 것일까. 하지만 그렇다면 왜 파는 기억을 하지 못하는 걸까. 아니면 하지 못하는 척하는 것일까.

생각에 생각이 꼬리를 물고 늘어져 머리가 아파 왔다. 그래서 하현은 일단 파는 옆으로 밀어 두고 다시 지금 상황에 집중하기로 했다.

'악몽, 아무도 없는 흰 길. 검은 머리카락, 달, 네가 왜.'

여기에서 지금 바로 분명히 말할 수 있는 것은 하나뿐이었다. 어쩌면 다른 것과 강하게 연결된 걸지도 모르는 것, 바로 '달'.

하현은 연화를 곧게 바라보았다.

"연화 씨."

그녀의 떨림이 진정이 된 것은 온기 덕분이었다. 어느덧 하현은 두 무릎을 다 바닥에 대고 있었고, 연화 역시 거의 앉아 있는 모습이었다.

하현은 연화를 두 팔로 끌어 자신의 품에 기대게 하고 가만히 등을 쓸어 주었다. 품이 따뜻했고, 손이 따스했고, 목소리가 다정했다. 처음 안기는 것도 아닌데 안길 때마다 새로이 떨렸다.

그 설렘의 떨림이 강하여 몸이 안정되었다. 두근두근, 기분 좋은 박동이 두 몸을 울렸다. 그에 자신의 것을 연화의 마음에 맞추며 하현은 그녀를 여전히 품에 안은 채로 가만가만 속삭였다.

"생전에 우리 부모님은 날 두고 달이라고 하셨습니다. 할머님은 지금까지도 가끔 그러시지요. 당신이 쉽게 이해하게 하려면, 그래요, 아명이라고 하면 될까요."

연화가 알겠다는 듯 고개를 끄덕였다.

아명이라 하면 쉬이 이해할 수 있었다. 이이의 아명이 달이었다니 귀엽기도 하고 어여쁘기도 해, 상황에 어울리지 않게 웃음이 났다. 살짝 올라간 붉은 입술 끝을 보았을까, 하현의 목소리가 귓가를 울렸다.

"그리고 당신도 알다시피 내 이름자는 달의 모양 중 하나입니다. 해서 당신의 꿈을 허투루 들을 수가 없어요. 영가가 꿈을 꾼다는 사실도 신기하지만."

이것 또한 웃어야 할지 화를 내어야 할지 몰라 결국 웃고 마는데 하현이 이어 말했다.

"하지만 꿈에서처럼 달이 당신을 비추지 않을 리는 없을 겁니다. 그럼 내가 당신을 떠날 거라는 말인데 난 당신만 비추면 비췄지, 당신을 두고 떠나지는 않을 거니까요. 그러느니 모두 다 안 비추고 말지."

"……!"

순간적으로 연화의 얼굴이 새빨갛게 달아올랐다. 전혀 준비가 안 되어 있는 상황에서 훅 들어온 말이 너무나도 뜨겁고 달았기 때문이었다.

연화는 잠시 반응을 못 하고 있다가 가까스로 '그랬다가는 달이 하늘에게 혼날 겁니다'라고 중얼거리면서 고개를 푹 숙였고,

그 말에 하현은 작게 웃었다. 말이 그렇다는 거지요.

그리고 하현은 연화의 손을 잡고 그녀가 일어날 수 있도록 도와주었다. 아무리 해가 든다고 해도 찬 바닥에 오래 앉혀 두는 게 마음에 걸렸기 때문이었다.

연화도 순순히 그가 이끄는 대로 일어나며 치마를 정돈하려다가 무언가 생각난 듯한 표정으로 하현을 바라보았다.

"그, 잘못 본 것일 수도 있겠으나 머리카락인지 혹은 그 외의 다른 것인지 모르겠지만 거기에서 붉은 무언가를 언뜻 본 것도 같습니다."

"붉은 무언가라고요?"

"네, 그것이 약간……."

연화는 잠시 주저했다. 확실하지도 않을뿐더러 스스로 생각하기에도 좀 이상했기 때문이었다. 하지만 하현은 묵묵히 다음 말을 기다리고 있었고, 연화는 결국 어깨를 으쓱이며 말했다.

"약간 닭? 그런 모습이었습니다."

닭?

난데없는 소리에 눈을 깜빡이던 하현이 별안간에 웃음을 터뜨렸다.

예기치 못한 곳에서 갑자기 터진 웃음에 연화의 두 눈이 동그랗게 커졌지만 하현은 큭큭거리면서 웃다가 이번엔 아예 연화의 목에 얼굴을 묻고 웃음을 삼키기 시작했다.

이것을 화를 내야 하나, 같이 웃어야 하나, 그도 아니면 그냥 이

대로 가만히 두어야 하나. 연화는 진지하게 고민했다. 물론 어깨에서 느껴지는 그의 숨결 때문에 집중하기가 무척 힘들었지만.

그리고 다행히, 혹은 아쉽게 그녀가 마음의 결정을 하기 전에 하현이 웃음을 그쳤고, 하현은 숨을 정돈하면서 고개를 들었다.

"아마, 당신이 본 것은 봉황 문양일 겁니다. 그리고 봉황이라면 짐작 가는 것이 있기야 하지만…… 정말이지 당신이 말한 것과 너무나도 딱 들어맞아서요. 닭이라니, 진짜 적절하잖아."

그러면서 또 터져 버리는 웃음에 영문도 모르는 연화는 이번엔 정말로 옴팡 토라져 버렸고, 하현은 고개를 홱 돌려 버리는 그녀를 뒤늦게 달래며 진땀을 흘렸다.

"당신을 놀리려던 건 아니니까 화내지 말아요. 당신이 우스운 게 아닙니다. 정말이에요."

"하지만, 저를 보고서 웃으셨잖습니까. 제 말을 듣고서요!"

"그건 떠오르는 게 있어서 그랬습니다. 설명해 줄게요, 듣고 화 풀어요."

연화는 샐쭉한 표정으로 하현을 바라보았다.

이곳에 온 이래로 사실 연화는 약간, 아니 사실은 알게 모르게 많이 의기소침해 있었다. 몇백 년 후의 세계라는 것이 참 요상하기 그지없어서 그녀가 아는 상식선 내에서 움직이는 게 단 하나도 없었기 때문이었다.

그가 들고 다니는 자그마한 얇은 판때기에는 온갖 그림들이 다 들어가 있었고 세상에, 움직이는 그림은 물론이거니와 목소리까지 들려서 처음 그 '전화'라는 것을 두 눈과 두 귀로 직접 보고 들었을 때에는 정말이지 (자신이 할 말은 아님에도 불구하고) 그 물건에 귀신이 들린 게 아니냐며 오들오들 떨었더랬다.

그리고 그것은 아주 작은 시작에 불과했다. 그 기묘한 작은 판때기(하현은 그것을 스마트폰이라고 알려 주었지만 쉬이 입에 붙진 않았다), 거실에 걸려 있는 커다란 검은 판자(TV), 문을 열면 한기가 가득 밀려오는 작은 얼음방(냉장고) 등등 그녀가 모르는 것은 아주 많았고, 배워야 할 것은 거의 전부였다.

그녀의 그런 모습을 볼 때마다 하현은 가르쳐 주기 전에 일단 웃고 시작했다. 물론 그건 비웃음이 아니라……

"당신이 귀여워서 그럽니다."

이런 마음 가득한 시선이었지만.

그리고 그 말을 들은 연화의 얼굴이 발갛게 달아올랐다. 아무렇지 않은 표정을 지으려고 노력했지만 그것은 마음뿐, 이미 그녀의 표정은 풀어진 지 오래였다.

서책에서나 보던 달콤한 말들을 이리 실제로 들으니 정말 심장이 남아나지 않는 것만 같았다. 그래서 연화는 자꾸자꾸만 올라가는 입술 끝을 힘껏 끌어 내리려고 열심히 노력했다.

"흐흠, 큼. 그러면 어디 한번 말해 보시어요."

내 한번 듣고 화를 풀지, 계속 가지고 갈지 생각을 해 보겠노라는 연화의 그 표정과 팔짱에 하현은 소리 없이 웃고 말았다.

그렇게 예의를 갖추고 얌전했던 모습은 어디 가고 이제는 이렇게 귀여운 아가씨 한 명이 앉아 있는 것일까. 그래, 이게 원래 그녀의 모습이겠지. 때 하나 묻지 않은 도화지에 그녀가 아는 세상과 색깔이 하나둘씩 덧씌워져 진정한 그녀를 만들어 가는 거겠지.

하현은 작게 웃고서 천천히 입술을 떼었다. 그러나 어느덧 그의 목소리에서는 웃음기가 싹 걷어져 있었다.

"확실한 것이 아니라서 단정 지어 말할 수 없지만, 내가 말할 수 있는 것은 하나뿐입니다."

주황빛 도는 눈이 빛났다.

"송씨 가문의 문양은 봉황입니다. 하지만 오늘날의 그 집 수준은 닭이죠. 봉황의 끝자락도 가지 못한 닭, 딱 그 정도."

싸늘하게 말을 마치는 그 모습에 연화는 말없이 고개를 끄덕였다. 송씨, 라면 그 집이었다. 하현에게 선을 넣었던 집안, 그리고 거절당한 집안. 그 집도 무당 가문이었지.

여기까지 생각한 연화가 조금 주저하면서 말했다.

"한데 그 집 사람이 저에게 왜……?"

나는 그 집과 아무런 연관도 없고, 이곳에 내가 있는 줄도 모를 텐데?

그 당혹스러운 말에 하현도 천천히 고개를 끄덕였다.

"그러게 말입니다. 슬슬 움직일 거라고는 생각했지만 해 봤자 가문, 혹은 나에게 손을 뻗을 거라고만 생각했으니까요. 영가라서 더 민감한 것일 수도 있겠으나…… 할머님께 말은 해 봐야겠군요. 무엇보다…….”

하현은 검은색 큰 눈을 깜빡이며 자신을 불안하게 올려다보는 연화의 머리를 부드럽게 쓰다듬었다.

“내 사람을 꿈에서라도 괴롭게 하다니 배 이상으로 갚아 줘야지요.”

부드러운 목소리와는 전혀 다르게 그의 눈빛은 겨울바람처럼 서늘했고, 그 말이 사실로 되돌아오기까지는 그리 오래 걸리지 않았다.

*　　*　　*

넓고 조용한 방 그 가운데 유일한 소음원인 컴퓨터 앞에서 이원은 눈을 감고 있었다.

머리를 정리해야 했다. 예상한 것도 있었으나 예상하지 못한 것들이 훨씬 더 많았으니까.

“……하나도 없을 거라며.”

몇 달 전, 해를 넘기기 전에 조사한 바로는 그랬다.

그의 주위에는 그 어떤 영가도 없었다고 들었다. 영 능력은 많았으나 엮여 있는 것이 그 무엇도 없었던 것이다.

덕분에 집안에서도 안심했고 자신도 안심하고 있었다. 정하현은 무가 쪽에 관심이 없는 것이 사실이라고, 그 집안을 이을 생각은 아예 없는 거라고 생각했다.

이대로 정씨 가문의 계승은 끝났다고 확신했다. 그런데 왜—

"둘씩이나 붙어 있는 건데?"

그것도 둘 다 여자, 그게 더 마음에 안 들었다. 하나는 칼에 들어 있고, 다른 하나는 지척에 달려 있고.

둘 다 거슬렸지만 이원은 그 '달려 있는' 게 더 마음에 들지 않았다.

"푸른 실과 붉은 실 그 차이가 뭐야, 대체."

입술을 잘근거리던 이원은 손톱 끝을 물어뜯었다.

어젯밤, 부리고 있는 영가 하나를 이용해서 그 집을 두루 훑어보았다. 과연 정씨 가문에 그 대단하신 가주가 가택 정 가운데 들어앉아 지키고 있는 곳이라 그런지 결계와 부적이 많아도 보통 많은 게 아니었다.

대부분 예전부터 내려오고 있는 오래된 것들이었으나 개중에는 아주 최근, 올해 초 혹은 몇 주 전에 새로이 만들어진 것들도 있었고, 하나하나 다 보통 까다롭고 복잡한 게 아니라서 담 하나를 넘는 것만으로도 꽤 오랜 시간이 걸렸다.

그래서 하현을 찾아낸 것은 거의 날이 밝을 때의 일이었다. 그것도 새벽녘, 동이 트기 전 간신히 발견한 것이다.

그런데 제대로 살펴보기도 전, 그보다도 더 신경 쓰이는 것을 발견했다. 정하현과 푸른 실로 이어져 있는 칼, 그 안에 들어 있는 단발머리 계집과 마찬가지로 그와 붉은 실로 이어져 있는 땋은 머리 계집. 죽기 전에 사극이라도 찍고 있었나, 생긴 건 또 눈에 띄게 반반한 게 더욱 마음에 들지 않았다.

'지가 뭔데 그 옆에 붙어서 자는데? 짜증 나게.'

그녀가 더욱 짜증 나는 것은 그 영가의 손을 잡고 있는 하현의 모습이었다.

'영가의 손을 잡고 있다고? 손을 잡고 함께 자고 있다고? 미친 거 아냐?'

다시 그 장면이 생각나서 이원은 얼굴을 확 찡그렸다.

'나는 가까이 가 보지도 못했는데, 가까이는커녕 직접 본 적도 없는데 그년은 왜 옆에 있는 거야. 난 기껏 해 봐야 사진 혹은 인터넷에 있는 정보로 봤을 뿐인데 그년은 뭔데 그 옆에서 손까지 잡고 자고 있는 거냐고.'

너무 짜증이 난 나머지 결국 섣부르게 움직여 버렸다. 원래는 조용히 염탐만 하고 올 생각이었는데 그만 그 영가에게 손을 대어 버린 것이다. 평소답지 않았고, 자신답지 않은 행동이었다.

'외부'의 영가를 직접적으로 맞대어 물리적인 행동을 한 거니까.

하지만 그 정도로 그년이 그와 붙어 있는 게 마음에 들지 않았다. 떼어 버리고 싶었다. 찢어 버리고 싶었다.

그래서 그년의 목을 쥐고 끌어내 버리려고 했는데 예상하지 못한 일이 일어났다. 뒤로 잡아채어 내려는 순간 눈앞이 번쩍한 것이었다.

"그 검…… 대체 뭐야?"

분명히 말하건대, 그 안에 깃든 영가의 움직임은 없었다. 사방은 분명히 고요했는데 검이 자체적으로 푸르게 빛난 것이었다. 그리고 그 빛으로 인해 자신이 부리던 영가는 물론이고 직접 연결한 것마저도 끊어졌다. 말 그대로 튕겨 나갔다.

영가가 깃든 물건이라는 것도 범상치 않았지만 스스로 행동하는 물건이라는 것은 상식적으로 있을 수 없었다. 물론 자신들의 세계는 이미 상식이라는 것을 벗어났지만.

"……거슬려."

일자를 그리고 있던 이원의 붉은 입술이 일그러졌다.

마음에 드는 게 하나도 없었다. 속이 후련해지기 위해 훑어본 건데 오히려 더 답답해져 버렸다.

붙어 있는 게 하나도 없던 사람에게 영가, 그것도 년들이 둘이나 붙은 데다가 그 검은 진짜 도대체 뭐란 말인가. 굉장히 오래되어 보이긴 했는데.

잠시 생각에 잠겨 있던 이원은 고개를 저었다. 고작 이런 걸로 아버지 그 사람에게 갈 수는 없었다. 가기 싫었다. 이런 것도 모르느냐며 비웃을 게 분명했다.

무엇보다도 부르면 어쩔 수 없이 가게 되더라도 스스로 그를 찾아가기는 싫었다.

"그러느니 차라리 실패가 나아."

그리고 실패는 한 번으로 족하고.

이원은 그렇게 생각하면서 모니터를 흘끗 바라보았다. 커다란 화면에는 흰 의사 가운을 입은 하현의 사진, 그리고 병원 홈

페이지가 크게 떠 있었다.

*　　*　　*

'조심조심.'

미르는 소리 없이 복도를 걷고 있었다. 일부러 뒤꿈치를 들어 올리고 살금살금 걷고 있었지만 그 행동에는 자신도 확신이 없었다.

평범한 인간의 범주를 넘는 사람인데 이렇게 해도 볼 건 다 보이고 느낄 건 다 느끼고 있겠지.

"뭐 하냐?"

바로 이렇게.

미르는 매우 재미없다는 표정으로 발뒤꿈치를 내렸다. 인간이 아니라니까.

"형. 예의상이라도 놀라는 척 좀 해 주면 안 돼요?"

"예의 좋아하네. 그리고 뭐 놀랄 게 있어야지 놀라지. 왜 안 하던 짓을 하고 그러냐, 그게 더 무섭게?"

치, 미르는 입을 삐죽이며 하현을 바라보았다. 어떻게 말을 꺼내야 할지 몰라서 혼자 한참을 고민했지만 그래도 결론은 안 났다. 달리 다른 방법으로 알리게 할 수도 없어서 그에게 그냥 있는 그대로 말하기로 한 것이다. 아주 심플하게 직구로.

"형, 저 목소리가 들려요."

하지만 앞뒤 설명을 빼도 너무 빼 버렸고, 하현은 조금 당황했다. 뭔 목소리가 들린다는 거야? 설마.

하현의 표정이 좀 전과 달리 심각해졌다.

"설마 너도 들리냐?"

"형?"

이 형이 뭐라는 거야? 그게 들린다고?

미르의 표정이 당혹스러워졌다. 그리고 그것을 긍정의 의미라고 생각했는지 하현의 표정이 한층 더 굳어졌다.

"진짜야? 들려? 너한텐 뭐라고 하는데?"

"에, 저, 저요? 특별하다던데요?"

"특…… 뭐?"

얼떨떨한 표정으로 대답해 버린 미르가 그 표정 그대로 하현을 바라보자, 하현 역시 얼떨떨한 표정으로 미르를 바라보았다. 얘가 지금 뭐라는 거야?

"이야기를 들어 주는 사람이 있어서 좋다고…… 어어, 형?"

그를 빤히 바라보던 하현은 '뭔 소리를 하는 거야, 대체'라고 정신 나간 사람을 보듯 중얼거리며 벌써 저만치 걸어가고 있었고, 졸지에 가볍게 무시당한 미르는 당황한 표정으로 급히 그 뒤를 쫓아갔다. 이 말이 아니었나?

"왜요, 형은 무슨 말 한 건데요? 나는 파 이야기 한 건데?"

"파?"

성큼성큼 앞장서서 걷던 하현의 표정이 의아해졌다. 이번엔 또 무슨 이야기냐?

"그, 방금 전에 그랬잖아요. 목소리가 들린다고. 나 얼마 전부터 파의 목소리가 들려요, 형."

그제야 하현은 발걸음을 멈추고 미르를 뚫어지게 바라보았다. 미르 역시 하현의 시선을 피하지 않고 그를 곧게 마주 보았고, 그 표정이며 눈빛에 진지함이 가득한 것을 보고 하현은 방금 미르가 한 말이 농담이 아니라는 것을 알아챘다. 매사가 농담인 녀석이라 헷갈린단 말이지.

하현의 표정이 똑같이 진지해졌다. 그리고 그의 앞을 가로막듯 서 있던 미르는 조금 긴장했다.

'계약은 나랑 했는데 왜 목소리는 너에게 들리냐고 물으면 어쩌지? 나도 모르는데?'

모르는 것을 모른다고 하는 건데 하현은 그것도 모르냐고 그러겠지. 어쩌겠는가, 진짜 모르는걸.

그리고 하현의 입술이 떨어졌다.

"예쁘냐?"

"예쁘…… 예?"

이 형이 지금 뭐라는 거야?

미르가 당황한 표정으로 바라보자 하현이 어깨를 으쓱였다.

"너는 농담은 해도 거짓말은 안 하는― 아니 못하는 녀석이고, 이제야 나에게 이 말을 한다는 것은 이미 파랑 말이 끝난 상황인 거겠고, 결론은 그거잖아. 너 달라고."

"아, 아닌데요?"

멍청이! 미르는 순간 제 입을 치고 싶었다. 아니라니, 아주 조금은, 아니 사실은 아주 많이 맞잖아!

하지만 파가 하현에게 어떤 의미인지도 잘 알고 (너무 잘 알아서 탈이었다) 하현과 얼마나 같이 오랜 시간을 지내 왔는지도 잘 알아서 감히 말할 엄두도 내지 못했다. 그런데 그걸 저렇게 직구로 말할 줄이야.

한편 미르가 한 말이 의외였는지 하현이 눈썹을 들어 올렸다. 그리고 미르는 동시에 불안해졌다. 아, 저런 표정을 지을 때는—

"아니야? 그럼 말든가."

이렇게 말할 때지.

단번에 미르의 안색이 핼쑥해졌다. 망했다, 망했어. 이놈의 입이 방정이지.

미르는 급히 손을 내저으며 하현의 앞을 다시 가로막았다. 형, 나 좀 봐요. 형, 내 말 좀 들어 줘요.

"아, 아, 아, 아니에요, 사실 맞아요. 진심이에요. 갖고 싶어요. 무진장 갖고 싶기는 한데! 내가 어떻게 형한테 파를 달라고 해요, 형한테 파가 얼마나 소중한데."

거의 동시에 쏟아져 나온 말에 하현은 다시 한번 걸음을 멈추고 미르를 돌아보았다.

"너 오늘 좀 이상해."

"제가 뭐 안 이상한 날이 있었나요."

그건 맞는 말이긴 하다만. 하현은 고개를 끄덕여 긍정했다가 흘끔 미르를 바라보았다. 그 쪼끄맣던 녀석이 언제 이만큼 컸대. 키는 나보다 더 큰 것 같잖아.

하현은 일부러 허리를 곧게 쭈욱 펴면서 아무렇지 않게 말했다.

"네가 데려가든가."

미르는 순간적으로 귀를 의심했다. 내가 방금 잘못 들었나?

하지만 하현은 농담하는 표정이 아니었고, 순간 미르는 이 상황이 놀랍다 못해 무서워지기 시작했다. 뭐야, 이거. 무서워. 형이 이상해.

"하, 하현 형?"

갖고 싶다는 마음은 언제나 간직하고 있었어도 언감생심 자신이 어떻게 저 검을, 저 보물을 손에 넣을까 싶어서 이야기도 꺼내질 못했었다.

그런데 파, 그녀의 목소리가 들리기 시작하면서 살짝 그 마음을 내비친 건데 하현이 곧바로 답을 질러 준 것이다. 그것도 긍정적, 아니 확정적으로 단번에.

미르의 눈동자가 불안하게 흔들렸다.

'꽃 아가씨와 오랫동안 함께 있어서 무슨 영향이라도 받은 거 아니야?'

그래도 영가는 영가이니 혹시 정신적으로 무슨 영향이라도 끼친 건가 싶은 미르가 더없이 불안하게 쳐다보는데 하현이 간단하게 말했다.

"나한테는 더 귀한 검이 있어서. 두 개의 날까지는 없어도 될 것 같거든. 그리고 너는 예전부터 푸른 게 좋다고 그랬었고."

두 개의 날, 이라는 말이 무엇인지 확실하게는 모르겠지만 그 뒤의 말은 너무나도 잘 알았다. 푸른 게 좋다는 말을 아직도 기억하고 있을 줄이야. 아주 어렸을 때 말했던 건데.

"……형……."

좀 전과는 다른 의미로 미르가 말을 잃고 대답을 하지 못하자 하현이 피식 웃었다. 자식, 감동하긴.

그래서 하현은 조금은 으쓱하게, 그리고 다정하게 덧붙여 주었다.

"하지만 계약한 기간이 남아 있어서 지금 당장 완전히 주기는 어려워. 일 년까지는 아니어도 아직 좀 더 파가 필요해. 그것도 내가 아닌 연화 씨에게. 그러니까 좀만 더 기다려 봐."

그 후에는 너한테 완전히 줄 테니까, 이어지는 말에 미르가 눈가를 손가락으로 살짝 훑었다. 날씨가 풀리긴 하나 보네, 물기가 이곳저곳에 어리고.

"그렇게 들으니까 무슨 딸 주는 아버지 같은 느낌이잖아요. 따님은 제가 소중히 모시겠습니다, 뭐 그런 말해야 될 것 같은 느낌이야."

"그건 좀 비슷하다만 잘못하면 내가 아니라 걔한테 죽을걸."

작게 중얼거리며 하현이 피식 웃었다.

미르가 파를 어떻게 닦고 보관하고 예뻐할지 안 봐도 머릿속에 그려졌다. 워낙에 갖고 싶어 하던 데다가 이제 목소리까지 들린다니까 매일같이 들여다보겠지.

하현은 둘에 대한 걱정은 조금도 하지 않고 약간은 후련한 마음으로 미르를 바라보았다.

"그래서."

"예?"

미르는 아직까지도 감동에 젖어 있었고, 하현은 진지하게 이어 말했다.

"그래서 예쁘냐고?"

"아, 형, 좀. 그럼 꽃 아가씨는 예뻐요?"

"응, 예쁜데?"

"……."

미르는 할 말을 잃고 하현을 쳐다보았다가 '나는 명백한 사실을 말했을 뿐인데 왜 그런 표정이냐'는 당당한 표정에 고개를 절레절레 저었다. 내가 알던 하현 형이 아니야. 딱 그 부분에서만 사람이 좀 많이 변했어.

이 달라진 모습을 나 말고도 더 많은 집안사람이 알아야 할 텐데, 라고 중얼거리며 미르는 여기로 온 본 목적을 말하기로 했다. 거참, 이 말 하려고 멀리도 돌아왔네.

"형, 솔직히 요즘 별로 안 바쁘죠?"

"……뭐?"

하현의 머리 위에 물음표가 떠올랐다. 얘가 오늘 대체 왜 이러지? 이상한 소리를 계속하네? 그걸 아는지 모르는지 미르가 순진하게 말을 이었다.

“재작년까지만 해도 형 얼굴을 일 년에 한두 번 볼까 말까 했던 것 같거든요. 명절 때도 안 오고, 전화도 아주 가끔 하고.”

“근데?”

“그런데 요즘에는 이 집에서 계속 머무르고 있는 데다가 밖에 나가는 날도 있지만 안 나가는 날도 있고, 그래서 아 이제는 바쁜 게 거의 끝났구나~ 그런 생각이 들어서요.”

“…….”

하현은 미르를 물끄러미 바라보았다. 얘는 내 상황이 어떤 상황인 건지 진정 잊은 걸까.

“미르야.”

“응, 왜요?”

“나 지금 레지 몇 년 차일까?”

갑작스러운 질문에 미르의 검은 눈이 느리게 깜빡였다. 형이 시험 봤을 때가, 헐, 벌써 4년이 넘었어? 그럼……

“4년…… 차?”

콕 찌른 정답에 하현의 표정이 곧바로 해사해지면서 고개가 끄덕여졌다. 그리고 미르는 괜한 말을 했다고 후회하기 시작했다. 젠장, 총대 메지 말걸. 그런데 가주 말씀인데 어떻게 도망을 쳐!

하지만 하현의 말은 이미 시작되었고, 미르의 안색이 살짝 하얗게 질렸다. 누, 눌러 버렸어!

"2년 동안 근무는 물론이거니와 매일 아침 7시 반부터 병동 회진 돌았고, 그 후 시간에는 의국 회의, 논문 토론, 임상 결과 논의를 했어. 외래 진료와 PK 실습은 뭐 기본이고 그것 끝나면 또 다시 병동 회진이었고."

"혀…… 형."

생각하니까 눈에서 땀이 흐르네, 하얗다 못해 파랗게 질려 가는 미르의 모습이 보였지만 하현은 가볍게 무시하고 허허 웃으며 몇 년 전의 과거를 되새겼다.

네가, 지금, 나에게, 한가하다고? 안 바쁘다고? 이걸 옆에서 봐 놓고도? 네 일 아니라고 잊었거든 다시 기억나게 해 주마.

"끝난 줄 알았지? 아니, 이제 시작이야. 저거 끝나면 전공의 교육이랑 회의가 또 있어. 토요일도, 일요일도 없이 매일매일 매일이라고. 그리고 네가 한가하냐고 말한 요즘은."

"……."

제가, 말을 진정 잘못했나 봅니다. 모르고 버튼을 눌러 버렸어요. 우리 형아의 스트레스가 알게 모르게 많이 쌓였었나 봅니다. 미르는 뒤늦게 후회했지만 아무리 그라도 이미 뱉은 말을 주워 담을 수는 없었다. 오, 주여.

"요즘은 전문의 시험 준비하라고 그런지 재작년, 작년에 비해 근무 강도가 상당히 많이 낮아지긴 했지. 그래서 응, 한가하다."

"죄송합니다."

미르는 자신도 모르게 각 잡고 제대로 사과했고, 하현은 흥,

고개를 돌렸다가 픽 웃었다.

그래, 그랬었지 진짜. 숨도 병원 안에서만 쉬었던 적이 있었는데 이제 바깥공기를 더 많이 마시고 있네.

"그런데, 이 이야기는 왜 했는데?"

말투는 평소보다 조금 많이 딱딱했지만 그래도 아주 많이 화가 난 것 같지는 않아서 미르는 하현의 눈치를 살짝 보다가 조금 주저하며 말했다. 이거 불에 기름 붓는 거 아니겠지.

"그, 가주님이 형 여기서 계속 살 거면…… 오피스텔 빼는 게 낫지 않겠……"

"나 당장 내일 집으로 돌아간다."

"……."

봐요, 내가 이런 반응 나올 줄 알았다니까. 미르는 속으로 중얼거리며 하현을 바라보았다.

사실 미르는 가주의 마음을 아주 잘 이해하고 있었다. 하현은 이 정씨 가문의 유일한 손이었으며, 대를 이을 사람이었다. 게다가 모든 사람이 인정하고 수긍할 만큼의 능력 또한 있었다.

그래서 더 아쉽고 안타까웠다. 그가 아니면 지금 대가 마지막으로 정씨 가문 그 오랜 무가의 대가 끊어지게 되니까. 그 때문에 집안 내에서는 하현을 두고 이기적이라고 하는 사람도 있었다.

하지만 미르는 하현의 상황 또한 이해했다. 본인이 원해서 이곳에서 태어난 것도 아니었고, 본인이 원하는 일은 따로 있었다. 그리고 그 방향을 향해 나름의 노력으로 여기까지 달려왔는데 모든 것을 접고 네 운명을 따라 순응하라니, 남이니까 말은 쉽지 본인들에게 하라고 하면 절대로 안 할 거면서.

그 때문일까, 하현은 본가에 있는 것을 굉장히 불편해했고, 늘 언제나 자신 스스로를 외부인으로 생각했다.

그래서인지 그가 본가에 찾아오는 것은 일 년에 몇 번 정도로 굉장히 드문 일이었고, 이번 역시 하룻밤 정도 머물다 가겠거니 하고 생각했는데 이게 웬걸, 그는 세 달이 다 가도록 이곳에서 지내고 있었다. 그러니 아예 정리하고 이 집으로 들어오너라, 하는 가주의 말이 나올 법도 한 것이었다.

하지만 하현은 단호한 표정이었다.

"난 진심이다, 미르야. 다른 사람들이 보기에 생각 없이 반항하는 걸로 보일 수도 있겠지만 난 정말 이 길을 갈 생각이 없어. 절대로."

부담 때문이 아니었다. 기대 때문도 아니었다. 운명이겠거니 하고 너무나도 당연하게 생각하는 것, 물론 조금은 상관있겠지. 신을 받지도 않았는데 당집에서 태어났다는 이유 하나만으로 그 길을 가야만 하는 것은 절대로 이해할 수가 없었다. 더욱이,

"난 하고 싶은 게 있어. 죽은 이를 보는 게 아니라 산 사람을 보고 싶다. 사람을 살리고 싶다고."

"형……."

그 단호한 말과 눈빛에 미르는 순간 아무 말도 하지 못했다.

자신이야 스스로 선택해서 이 길로 왔지만 하현은 그렇지 않

으니까. 그리고 이 결정을 하기까지 그 역시 많은 고민을 안고 있었겠지.

무겁게 고개를 끄덕이려는데 하현이 쉼 없이 이어 말했다.

“그러니까 파를 소중히 해 줘.”

“네?”

파? 여기서 파가 왜 나오지?

미르는 의아한 표정으로 하현을 바라보았지만 하현은 그저 어깨만 으쓱였다. 형님의 큰 그림이랄까 그런 거란다, 아우야.

“그리고 집에 돌아가는 것도 괜히 한 말이 아니야. 당장 내일은 무리더라도 이번 주 내로는 갈 거야. 그러니까 너도 안에다가 그렇게 전하고.”

까먹지를 않으시네, 조그맣게 투덜거리던 미르도 곧 이어 나온 ‘집 오래 비워 두는 것도 여러모로 성가시니까’라는 말에 고개를 끄덕이며 동의했다.

꾸물꾸물 스멀스멀하는 것들이 기웃거릴 테니까. 게다가 이제는 연화가 있으니 더 신경 쓰이겠지. 어느덧 연화와 하현을 하나의 세트로 생각하게 되어 버린 게 재밌기도 하고 우습기도 해서 미르는 살짝 웃으며 문을 열고 나왔다.

“그래도 종종 들어와요. 우리 사랑하는 형 못 봐서 상사병 걸리면 신혼집으로 쳐들어갈 거예요.”

“뭐?”

사랑? 상사병? 신혼집?

어디에다가 대꾸를 해야 할지 몰라 하현은 아주 오랜만에 당황했다. 이름 따라간다고 얘가 갈수록 미끌미끌해진다니까. 용이 아니라 미꾸라지 쪽으로.

* * *

"예?"

연화는 눈을 동그랗게 떴다.

미르 그 사람과 이야기를 하고 들어왔다던 하현의 표정이 어쩐지 평소와 다르게 조금 더 심각해 보인다 싶어서 말을 걸려고 했는데 그녀보다 먼저 뚝 떨어진 말이 좀 전의 '그것'이었기 때문이었다.

하지만 대뜸 내던져진 말이 참으로 생뚱맞고 앞뒤가 없어서 연화는 영문을 모르겠다는 표정으로 하현을 올려다보았다. 이분이 지금 뭐라 하신 거지?

"집을, 나가신다 하시었습니까?"

"예."

그리고 곧바로 되돌아오는 반듯한 대답에 연화의 고개가 살짝 기울어졌다. 어째 이것은 가출 선언…… 같은데.

연화는 속으로 단언했다. 출가가 아니라 가출이었다. 혼인해서 나가는 것이 아니니까.

그녀의 표정이 묘해졌다.

"세 가지만 여쭈어도 되겠습니까?"

"열 가지라도요."

그 정도의 질문거리는 없습니다, 라고 중얼거리며 연화는 차분하게 생각하려고 애썼다.

이곳에 오고 난 후 그녀의 세계가 수도 없이 너무나도 많이 흔들거려 멀미가 날 지경이었다. 조금 적응할 만하면 흔들흔들하고, 다시 잔잔해졌다 싶으면 또 출렁하고.

연화는 자신이 마치 요동치는 물 위에 뜬 나뭇잎 같다는 생각을 하면서 생각을 골랐다.

"첫째, 어디로 가십니까?"

"예?"

단정하게 똑 떨어진 말에 이번에는 하현의 표정이 묘해졌다. 그는 그것을 물을 줄은 몰랐다는 표정이었지만 연화는 연화 나름대로 아주 진지했다.

"예는 제가 이곳으로 당도하고 처음으로 온 장소입니다. 다시 말해 하늘과 이어져 있는 길이자 하늘로 돌아갈 수 있는 곳일 수도 있다는 말이지요. 한데 제가 이곳을 떠나도 되겠습니까?"

하현의 표정이 진지해졌다. 꽤 그럴듯한 말이었기 때문이었다.

지난번 연화가 한 말에 의하면 하늘에서 밀려나서 눈을 꼭 감고 떴더니 이곳으로 오는 길이었다고 했다. 그렇다면 돌아갈 때도 같은 방법이지 않겠느냐, 그것이었다. 하지만 하현은 매우 간단하게 대답했다.

"내내 궁금했는데 잘됐군요. 말이 나온 김에 제대로 물어보지요."

"……?"

"하늘에서 정확히 이곳으로 가라 했습니까?"

"예?"

연화의 눈이 동그래졌다.

이제껏 해 온 말을 어디로 들으신 건지, 그래서 의아한 표정으로 고개를 갸웃거리는데 하현이 재차 다시 말했다. 이전보다는 조금 더 자세한 말이었다.

"너는 정씨 가문의 당집을 찾아가라, 분명하게 그리 말했냐는 말입니다."

"아니, 그것은 아니온데……."

"그럼요?"

연화는 살짝 난감한 표정을 지었다. 오래전 일은 아니지만 약간의 시간이 지난 일이라 조금 가물가물했기 때문이었다. 그래서 연화는 살짝 고민하다가 팟 떠오른 듯한 표정으로 고개를 들었다.

"……붉은 천과 흰 천이 꽂힌 집을 찾아가라 말씀하시었습니다!"

"서낭기지요."

"예, 그것이 꽂힌 집에서 저를 도울 사람을 만날 것…… 이라고……."

연화는 말을 흐렸다. 그녀 앞에 서 있던 하현이 손가락으로 스스로를 가리켰기 때문이었다. 그러자 쿵, 새삼스레 심장이 뛰었다.

"내내 생각했습니다. 왜 하필 서낭기일까, 왜 하필 당집일까, 그리고…… 왜 하필 여기일까."

나직한 그 목소리에 연화가 하현을 천천히 바라보았고, 하현 역시 그 눈길만큼이나 천천히 말하면서 희고 말간 얼굴을 바라보았다. 버들가지처럼 낭창하고 보드랍고 연한 그 얼굴을, 그 선하고 아름다운 눈빛을 주홍빛 두 눈동자에 담았다.

"서울에는 수많은 당집이 있고, 수많은 사람이 있지요. 그런데 당신은 그 많고 많은 깃발 가운데 굳이 이곳에 왔습니다. 그리고 도울 사람을 정확히 만났지요. 그렇다면 그 말은."

콩콩, 뛰고 있던 연화의 심장이 좀 전보다도 조금 더 세게 뛰기 시작했다. 그 말은—

"당신은 나를 찾아온 것이 아닐까요. 이곳, 장소가 아니라 나라는 사람을 향해서 날아온 거죠."

연화의 얼굴이 확 달아올랐다.

어쩜, 달콤한 말은 조금도 하지 못할 것 같은 얼굴과 표정으로 이리도 간지러운 말을 잘도 하실까. 하지만 그 말을 거부하지도, 부정하지도 못한 것은 그 말에 홀랑 넘어가 버린 심장 반, 그리고 그도 그럴 수 있겠다고 납득해 버린 이성 반 때문이었다.

겨우 남은 반절의 이성은 반 조각마저도 흔들흔들거리는 심장을 간신히 부여잡으며 연화의 입술을 겨우겨우 움직이게 했다.

"하, 하면 따로 갈 곳이라도 있으신 겁니까?"

하현과 함께라면 길바닥이라도 좋다고 생각은 하지만, 그것은 생각일 뿐이고 현실적으로 보았을 땐 숙식은 해결되어야 했다.

자신이야 아무래도 상관없지만 하현은 분명히 살아 있는 사람이니 잠도 자야 했고, 식사도 해야 했으며, 몸을 단정히 하기 위해 씻기도 해야 했다.

다시 말해, 단지 집을 나가고 싶다는 마음 하나로 섣불리 저지를 수는 없는 일이라는 뜻이었다. 하지만 하현은 당당했다.

"이래 봬도 저 나름 능력 있습니다."

"예?"

오늘 들어 몇 번을 되묻는 건지, 어쩌면 이게 시작일 수도 있겠다고 생각하며 연화가 다시금 고개를 갸웃거리자 하현이 어깨를 으쓱이며 대답했다.

"오래전부터 홀로서기 하는 게 저의 큰 목표였고, 대학 들어간 직후 자취 시작해서 벌써 손가락 열 개 넘긴 지 오래입니다. 할머님 도움 안 받고 부모님 유산이랑 제힘으로 어찌어찌해서 아파트 한 채는 마련했지요. 전세 말고 자가로요."

이 어찌 훌륭한 자수성가의 모델 아니겠는가. 물론 유산의 힘이 조금, 아니 사실은 아주 많이 컸지만.

하지만 연화의 머리 위에는 연신 투명한 물음표가 떠오르고 있었다.

"……?"

아파트? 전세? 자가?

도무지 따라갈 수 없는 대화 진행, 그리고 속도에 연화가 어리둥절한 표정으로 고개를 갸웃거리기만 하자 하현이 귀엽다는 듯 피식 웃었다.

"당신 한 사람 정도는 먹여 살릴 수는 있다는 말입니다."

"……!"

새하얀 도화지가 순식간에 도화색으로 옴팡 물들었다.

'머, 먹여 살려……!'

네 한 몸 거둘 수 있으니 안으로 들어와라, 그 말 아닌가!

그에게 좋아한다, 연모한다, 이런 말을 듣기는 하였으나, 그리고 서로의 마음을 확인하여 만남을 가지고는 있으나 그가 이렇게 직접적으로 내 안에 거하라는 식으로 말한 것은 처음이었다.

그래서 연화는 새빨갛게 달아오른 얼굴을 이러지도, 저러지도 못한 채 입술을 깨물다가 급히 말을 이었다.

"하, 하면 그곳으로 가시면 되겠습니다."

"네, 당신과 함께요."

"네, 저와 함께…… 에?"

너무나도 자연스럽게 나온 뒷말에 마찬가지로 너무나도 자연스럽게 따라 말하던 연화는 자신의 혀가 그리는 말이 무언가 이상하다는 것을 알고 순간적으로 혀를 깨물 뻔했다.

"예에?"

하지만 이번 역시 그녀의 말보다도 하현의 입술이 빨랐다.

"그럼 당신은 여기 남아 있으려고요? 나를 혼자 보내고?"

"하, 하오나……."

"여기로 온 목적이 나인데 나를 보내면 이곳에 내려온 이유가 없질 않습니까."

"그렇기는 하지만……."

연화는 당혹스러운 얼굴로 하현을 바라보았다. 그의 말이 사실이긴 하지만 어째 뭔가 굉장히 말려드는 것 같은 기분이었다. 하지만 하현은 매우 진지한 표정이었다.

"설마 잊으신 건 아니겠지요, 내게서 멀어진 후에 화가 몇 번이나 닥치지 않았습니까?"

"……!"

연화의 표정이 순간 멈칫했다. 그러고 보니 끈을 늘이기 전과 그 후에도 길이와 상관없이 하현과 멀리 있었다가 위험했던 적이 한두 번이 아니었기 때문이었다.

맨 처음 영가에게 습격당했을 때도 문밖에 서 있겠다고 고집부렸다가 위험에 처했고, 검은 물이 일렁거렸던 그때에도 하현과 끈을 늘여 아주 멀리 있었다가 큰 화를 당할 뻔했던 것이다. 연화의 얼굴이 순식간에 창백해졌다.

"도령……."

"그러니 하는 말입니다. 당신은 나와 함께 있어야 안전해요."

물론 완벽하게 안전하지는 못하겠지만, 아니 그러니까 노력은 하겠지만요. 그렇게 중얼거리며 하현은 연화를 바라보았다.

"그러니 나와 함께 가요."

"……."

연화는 저도 모르게 입술을 꾹 깨물었다.

만약, 혹여 이 말에도 흔들거리지 않는 심장이 있다면 그것은 분명 여인네의 것이 아님이 틀림없었다. 정말 저도 모르게 고개를 끄덕일 뻔한 것이다.

하지만 혼례도 올리지 않은 이들이 한방에서 지내는 것만으로도 놀라운 일인데 이제 함께 가출, 아니 출가하여 한집에서 단둘이서만 지내는 것이다.

많이 물렁해졌다 하더라도 역시 옛날 사람인 연화로서는 망설여질 수밖에 없는 상황이었다.

'이것은 남녀칠세부동석과는 차원이 다른 일이란 말입니다.'

그리고 그런 연화를 잘 아는 하현은 강행하는 대신 그녀를 설득하고자 했다.

사실 그 혼자 정하고 움직이면 그만인 일일 수도 있었다. 잠시 나가는 거라고 이르고 그녀를 데리고 나가 앞으로는 예서 머물면 됩니다, 그렇게 말할 수도 있었다.

하지만 하현은 그러고 싶지 않았다. 그에게는 연화의 의사가 우선이었고, 그녀의 허락이 먼저였다. 자신과 함께하겠다는, 같이 있겠다는 그 마음을 먼저 확인받고 싶었다.

그리고 그 마음은 고스란히 그의 눈빛에 녹아들었고, 다디단 그 진한 눈빛을 오롯이 작은 몸에 받게 되어 버린 연화는 눈 둘 데를 찾지 못하고 발갛게 달아올라 있다가 잠시 뒤 주저주저하면서 말했다.

"하면, 그…… 혼인인 겁니까?"

하현은 살짝 망설이면서 혼인 그 두 글자를 조심스레 입술에 담는 연화의 모습이 너무나도 사랑스러워 순간적으로 그녀를 끌어안을 뻔했다.

하지만 여기에서 안아 버리면 그녀가 원하는 답이 되지 않겠지. 그래서 하현은 간신히 그 마음을 억누른 다음 그녀의 어깨 대신에 희고 낭창한 손목을 가만히 쥐어 제게로 끌어당겼고, 연화도 순순히 그에게로 한두 걸음 다가섰다.

그리고 하현은 이전부터 계속 생각하던 것을 천천히 입술로 그려 내었다.

"혼인, 홍인, 붉은 낙인."

"……도령?"

그가 마치 말장난 같은 말을 늘어놓은 것이 의아해 연화가 고개를 갸웃거리는데 하현은 진지한 표정이었다.

"그 옛날부터 내려오던 것, 당신이 살던 날 그 이전부터 내려오던 이야기 말입니다. 월하노인이라는 어른이 인연인 사람들에게는 그 발목에다가 붉은 실을 서로 엮어 준다고 하지요."

연화가 고개를 끄덕였다. 그 이야기는 자신도 알고 있었으나 하현이 왜 갑자기 이 상황에서 그 이야기를 하는지 영문을 알 수가 없었다.

하지만 연화는 되묻는 대신에 잠자코 고개를 끄덕였고, 하현은 천천히 자신의 손을 바라보았다. 연화를 잡고 있는 자신의 손, 그리고 잡혀 있는 연화의 손.

"저는 그것이 당신과 나를 이은 끈이라고 생각합니다."

끈, 이라는 말에 연화의 눈이 순간적으로 동그래졌다. 그리고 곧바로 떠오른 빛에 하현이 가만히 고개를 끄덕였다. 그녀와 자신이 이어져 있는 끈, 보이지 않는 그것.

"절대 끊을 수 없는 끈. 늘일 수는 있어도 끊을 수는 없는 끈, 그 끝에 하나씩 서 있어서 결국에는 만날 수밖에 없는 끈."

짧은 단어가 연결되어 문장이 되었고, 문장이 이어져 마음을 두드렸다. 그리고 연화는 입술로 중얼거렸다.

'결국에는, 만날 수밖에 없는…….'

그리고 하현이 나지막하게 이어 말했다.

"그 끈이 이어져 있다면, 시대와 시간을 거슬러 이리 만나게 되었다면 이게 바로 홍인이 아닐까요. 이미 맺어진 게 아닐까요."

연화는 이곳으로 왔을 때를 아직도 똑똑히 기억했다.

도화 나무로 인하여 하현과 묶였을 때의 그 찌릿함, 떨어질 수 없이 팽팽히 조이던 그 감촉을 기억했다. 그리고 지금도, 여전히 그와 묶여 있음을 진정으로 알 수 있었다. 느낄 수 있었다. 이미, 맺어져 있다.

"……."

이것을 무어라 말하면 될까. 두근거림이라 하기에는 너무도 그 감정이 짙고 깊어 가벼이 말할 수가 없었다.

한 번 멎었던 심장이 이 이상 크게 박동하지 못할 것 같을 정도로 힘차게 쿵쿵 뛰고 있었다. 나 여기에서 숨 쉬고 있노라며 위아래로 크게 존재를 알려 하현이 눈치챌 것만 같았다. 하현의 귀에 닿을 것만 같았다.

그러나 손으로 꾹 누르기엔 그녀의 양손이 하현에게 붙잡혀 있는지라 이러지도 저러지도 못하고 심장아 조금만 작게 뛰어 주겠니, 라며 속으로만 달래는데 따스한 숨이 뺨에 닿았다.

"……?"

그리고 그에 의아하게 고개를 들던 연화의 눈이 순간 꾹 감겼다.

"도……"

날숨보다도 들숨이 빨랐고, 숨결과 함께 연화의 목소리까지도 하현에게로 넘어갔다. 이 사람은 어쩜 숨결까지도 이리 달까, 하현은 속으로 중얼거리면서 연화의 뺨을 한 손으로 감싸며 부드러이 입을 맞추었다.

예년보다 일찍 봄이 온다, 꽃이 핀다며 이른 봄꽃 소식에 신문과 방송에서는 하루도 빼놓지 않고 꽃 이야기로 한창이었다.

하지만 하현은 이제 온 세상이 잿빛이라도 상관없다고 생각했다. 바로 여기, 눈앞에 복숭아꽃이 한 소담 발갛게 피어 있으니까. 세상 그 어디에도 없는 단 하나뿐인 꽃송이가.

유난히 큰 하현의 손에 담긴 얼굴이 유난히 작고 하얘서, 그 보드레한 살결을 검지로 살짝 쓰다듬으며 하현이 깊이 입술을 묻었다.

훗, 작게 새어 나오는 그 숨소리도, 떨림을 누르지 못하고 바들바들 떠는 이 여린 등도, 숨이 가빠 살짝 열린 촉촉한 그 입술도 너무나도 사랑스러워 하현은 그녀를 한 품 가득 담아 가볍게 안아 올렸고, 연화의 작은 웃음소리와 함께 다시금 숨을 입에 머금었다.

그리고 그가 향긋한 꽃 내음과 함께 내놓은 말은,

"나와 함께 가 줄래요?"

그것이 꼭 '나와 혼인을 해 주시겠습니까' 그 비슷한 말로 들려 연화의 얼굴에 한층 더 붉은 꽃이 피었다. 그리고 연화는 조금도 망설이지 않고 고개를 끄덕였다.

"예, 가겠습니다."

게가 어디든 예를 떠나도 내 앞에는 달빛만 가득할 테니.

믿음 가득한 승낙, 새로운 시작이었다.

* * *

제일 큰 것 하나를 정리하니 속이 다 후련했다. 다른 집안사람들이야 왜 저 사람이 아직도 안 나가고 몇 달째 이곳에 있나, 생각이 바뀐 건가 등등의 생각일 테고, 하현에게 그런 수군거림은 귓

등으로 넘길 정도로 익숙했기 때문에 신경이 쓰이지도 않았다.

조금 걸리는 건 할머님의 잔소리와 가업을 또 외면하는 거냐는 핀잔들이었지만 이 역시 무시할 문제였다. 매번 딱 잘라서 말하지만 가업이지, 자신의 업이 아니었으니까.

그래서 하현은 쇠뿔도 단번에 뽑으랬다고 이왕 결심이 선 것, 아예 오늘 바로 나가 버릴 생각이었다. 갈 곳도 있고 동행인의 승낙도 받아 냈으니까.

"그럼 준비할 게 또 뭐가 있을까나."

올 때도 빈손으로 왔으니 갈 때도 맨몸으로 가면 될 거 같은데. 집이야 번호 키로 들어가는 거니까 열쇠도 필요 없고. 그렇게 중얼거리며 하현은 방 안을 휘 훑었다.

어째 맨몸으로 왔지만 이런저런 게 많이 얹혀 나가는 기분이었다. 더해진 것은 연화 하나밖에 없었…… 이 아니구나.

"파."

퍽 오랜만에 입에 담는다고 생각했다. 얼마 전까지만 해도 몸에서 떼 놓은 적이 없었는데.

하현이 파, 작게 그 이름을 부르자 낮은 반상에 올려져 있던 푸른 칼이 왜 부르냐는 듯 작게 우웅, 울 듯이 진동했다.

'하지만 목소리는 들리지 않지.'

조금 우습기도 하고 그보다 조금은 더 신기하기도 하고, 아주 조금은 심통이랄지 황당이랄지 좀 묘한 기분도 들어서 하현은 그 검 앞에 두 다리를 접고 앉아 가만히 내려다보았다. 내가 주인이라면서 어떻게 다른 외간 남자에게 그럴 수가 있냐?

"파."

[……]

"말해 봐."

[……]

한편, 파는 황당한 표정으로 하현을 올려다보고 있었다.

당연히 그의 눈에는 안 보이겠지만 작고 하얀 얼굴 한가득 그녀의 어이없다는 표정이 어려 있었다. 이 인간이 갑자기 뭐라는 거야?

'오랜만에 얼굴을 비친 것도 괘씸한데 대뜸 하는 말이 말해 보라고? 말한다고 들리기나 하냐? ……그 사람이라면 모를까.'

꼬리를 물 듯 당연히 따라붙은 미르의 청량한 얼굴에 파는 고개를 흔들어 지우려 애쓰며 하현을 비뚜름하게 올려다보았다.

턱 선에서 짧게 찰랑이는 검은 머리카락이 칼날에 흐릿하게 비쳐 보였다.

[이 바보 주인이?]

그리고 하현은, 파가 욕을 하든 투덜거리든 조금도 듣지 못하고 자신의 손바닥을 바라보는 중이었다. 그의 넓은 손바닥에는 이제는 붉은 선 정도로 보이는 흔적이 손금처럼 그어져 있었다. 지난번 계약할 때 파로 그은 상처, 바로 그 자국이었다.

지극정성이라고 해도 과언이 아닐 정도로 연화가 살뜰하게 치료하고 걱정한 덕분에 옅은 자국 정도로 그쳤지만 지금 생각하면 정말 대책 없는 일이긴 했다.

의사에게 있어서 손과 손가락은 단지 몸의 일부가 아니었다. 수술을 집도하는 직업상 손은 의사에게 무엇보다 중요한 것이었고, 어떻게 보면 의사의 생명이 걸려 있는 것이라고도 할 수 있었다. 그것을 앞뒤 가리지 않고 바로 벨 정도의 마음이었다니. 스스로 자각은 하지 못했지만 그때 이미 연화가 깊이 자리하고 있었던 모양이었다.

'교수님께 다친 걸 들키지 않으려고 엄청 노력했지.'

그 생난리 아닌 난리가 생각나서 하현은 반사적으로 쓴웃음을 지었다가 고개를 저으며 다시 파를 바라보았다. 얘는 왜 이렇게 조용해?

"말해 보라니까?"

[말했다니까?]

파는 바로 쏘아붙였다.

듣지 못하는 건 바보 주인 네놈이라고, 라고 친절하게 덧붙였지만 불행인지 다행인지 하현은 역시 조금도 알아듣지 못한 표정이었다.

그리고 다음 순간, 파는 하마터면 심장이 굴러떨어질 뻔했다. 갑자기 하현의 손이 불쑥 다가와서 자신을 움켜쥐었기 때문이었다. 정확히 말하면 검신이었지만—

[으악, 치한! 어딜 만지는 거야!]

전혀 예상하지 못한 상황에서, 게다가 하현은 보지 못하는 중이었지만 검 안에 있는 것도 아니고 검 밖으로 몸을 내밀고 있는 상황에서 덥석 잡혀 버린 파는 성희롱이라도 당한 기분이었다.

파는 있는 힘껏 팔을 파닥거렸다.

[뭐야, 이거. 기분 나빠! 날 손에서 놓을 때는 언제고, 다른 여자에게 홀랑 빠지더니!]

어떻게 들어도 의심스러운 말이었고 굉장히 묘한 말이었지만 정작 말한 파는 아무 생각이 없었고, 하현은 들을 수 있을 리가 없었다. 그래서 결과적으로, 문밖에 서 있던 미르는 그야말로 가시방석이었다.

'뭐야, 뭐. 대체 무슨 상황인 건데? 만지다니, 형이? 파를? 어디를?'

정말 진심으로 아무 생각 없이 우연히 하현의 방 근처를 지나가다가 새가 짹짹거리는 것 같은 소리가 들려서 무슨 소리를 저렇게 지저귀나 궁금해서 들어 봤는데 잠깐은 무슨, 아예 대청에 뿌리박게 생겼다.

문을 열고 들어가자니 대화를 엿들었다는 것을 실토하는 꼴이고, 그렇다고 그냥 지나갈 수도 없고. 미르는 이러지도 저러지도 못하고 얼어붙어 있었다. 그리고 여전히 자신의 몸(?)을 쥐고 있는 하현에게 파가 다시 고함을 지르려던 때였다.

[당장 손 치우지 않으면 거 아래를 콱 찔러 버린……]

"고맙다."

[……다?]

스스로 생각하기에도 퍽 바보 같은 목소리가 나왔지만 파는 알아차리지 못했다. 하현이 한 말이 쉽게 이해가 되지 않았기 때문이었다. 뭐가 고마운데?

그러나 하현의 표정은 낯설 정도로 진지했다.

"사실 너를 몸에 지니고 다녔던 것은…… 아버지의 유품이기 때문이었어. 어렸을 때부터 늘 네가 눈에 들어오고 갖고 싶긴 했지만 이런 식으로 물려받을 줄은 몰랐다. 만약에 받게 된다면 당연히 아버지가 나에게 직접 주실 거라고 생각했어."

[…….]

파는 입을 다물었다.

하현이 이런 이야기를 할 줄을 몰랐고, 이런 이야기를 이렇게 들을 줄은 몰랐다. 그녀에게 있어서 주인이 바뀌는 것은 셀 수 없을 정도로 많고 잦은 일이었고, 하현 역시 그저 스쳐 가는 사람일 줄 알았으니까.

'계약'하기 전까지만 해도.

한편 그녀의 마음을 모를 하현은 계속 이야기하고 있었다.

"그래서 너를 처음에 손에 쥐었을 때 많이 슬펐다. 죄송했고, 후회했어. 살아계실 때 너를 많이 원한 게 이렇게 돌아온 걸까, 이런 식으로는 절대로 갖고 싶지 않았는데, 갖고 싶다는 생각 자체를 하지 말걸, 이런 식으로 많이 후회하고 자책했다. 그 후로 너를 갖고는 다녔지만 보지 않았어. 그래, 그랬기에 할머님은 아셨던 거겠지. 내 후회와 원망이 너에게 어려 있음을 아신 거겠지. 그래서 정화해 준다고 내놓으라 하셨던 거겠지."

[……그거, 당신 탓 아닌데.]

그것은 그 사람의 명이 거기까지였던 것이고 거기에 당신이 얹은 것은 없어. 만약 있다면, 다른 사람의 검은 손이겠지.

하지만 이것 역시 하현에게 들리지 않을 말이었고, 파는 어찌 해야 할지 조금 고민하다가 살짝 몸을 띄웠다. 듣지 못하니 보이는 수밖에 없네.

"……파?"

[그러니까 어울리지도 않는 우울함 걷어치우라고. 너 같지 않잖아, 바보 주인.]

최근에 연화와 함께 있을 때 보이는 그 모습도 엄청 어색하고 낯간지럽지만 차라리 그편이 몇만 배는 더 나았다. 이런 우울한 진지함은 사양이라고.

파는 흥, 중얼거리면서 허공에서 몸을 살짝 부르르 떨었고, 하현은 '설마 이게 내 말을 알아들은 건가' 싶은 표정으로 검을 바라보다가 어깨를 으쓱였다. 들었나 보지, 뭐.

"그리고 연화 씨를 지켜 줘서 고마워."

[그건 내 계약인 거고.]

계약 만료일까지 잘 지키면 돌아오는 게 있으니까 지키는 것뿐이야, 라고 덧붙이려고 했지만 그보다도 하현이 빨랐다.

"그때 다쳤었다며. 삭았다고 연화 씨가 많이 마음 아파했어."

[……뭐 쪼끔 아프긴 했지만 걱정했다니까 기분은 좋네.]

파가 알기로 그때의 연화라면 '걱정'이라는 말로 끝나지 않을 정도였지만.

제 앞을 가로막고 도화 나무 단도로 스스로 심장을 겨누던 모습은 지금 생각해도 소름이 돋을 정도로 강렬했다. 여려 보이기만 하던 새하얀 아가씨가 그렇게 나올 줄은 몰랐으니까.

자신을 등지고 서 있어서 뒷모습만 보였지만 그 많던 악령들이 일시에 멈칫할 정도의 엄청난 기백이었다. 위험이 가신 다음에 자신에게 보인 모습도 놀라웠고.

'하지만 움직이면 화낼 거라니, 누가 누구에게 할 말을 한 건지.'

자신이 영을 베는 신검임을 알면서도 꼭 끌어안은 사람(?)이 할 말은 아니었으니까.

파는 작게 중얼거리듯 투덜거렸고, 홱 고개를 돌리는 것처럼 새초롬하게 다시 반상 위로 내려오는 그 모양을 보면서 하현도 슬쩍 웃었다. 예전보다 꽤 사람다워졌단 말이지.

아무튼 한쪽은 쌍방, 그리고 다른 한쪽은 일방적으로 말하는 대화 아닌 대화를 나누고 있던 두 사람의 대화는 갑자기 예기치 않게 뚝 끊겼다.

갑자기 들리는 '소리' 때문이었다.

찌릉—

[……!]

갑자기 울린 방울 소리에 파는 자리에서 펄쩍 뛸 정도로 놀랐다. 어디선가 들었던 것 같은 소리, 묵직하고도 힘 있는 소리였다.

귀뿐만 아니라 온몸의 털이 다 솟구치는 듯한 그런 느낌이었다. 그래서 파는 저도 모르게 몸을 부르르 떨었고, 그와 동시에 대청에 긴 그림자가 늘어졌다.

*　　*　　*

“파?”

하현은 고개를 갸웃거렸다. 좀 전까지만 해도 생동감 넘치게 움직이고 있던 파가 갑자기 허공에 굳은 것 같은 모양으로 떠 있었기 때문이었다. 조금 다르게 표현하자면 굳은 것이라기보다는 보이지 않은 단단한 실에 매인 것 같은 느낌이었다. 그때였다.

“그래, 기어이 나가겠다는 거로구나.”

하현의 표정이 굳어졌다. 여기에서 들을 거라고는 생각하지 못한 목소리였기 때문이었다.

“……할머님.”

볕이 들어오는 문을 등지고 긴 그림자가 늘어져 있었다. 작은 체구였지만 빛 덕분에 그녀의 몸은 불투명한 창호지가 발려져 있는 문을 가득 메우고 있었고, 하현은 그녀 옆에 서 있는 또 다른 발을 보았다.

“형…….”

미르였다.

표정이 아주 난감한 게 이러지도, 저러지도 못하겠다는 생각이 얼굴에 가득 드러나 있었다. 당혹스러움과 걱정스러움이 가득 어린 눈빛이었고, 하현은 그의 시선을 받으며 가주를 바라보았다.

미르가 모시고 온 게 아니라는 건데. 하현의 짙은 눈썹이 살짝 움직였다.

'그럼 왜?'

평소 '산다'기보다는 '들른다'라는 말이 적절할 정도로 본가에는 그다지 발을 붙이지 않는 하현이었다. 그리고 지금 어쩌다 보니 한집에서 그나마 오래 같이 살고 있기는 하지만 하현과 가주가 얼굴을 마주하는 것은 아주 드문 일이었다.

하현이 먼저 그녀를 만나러 가는 일은 손에 꼽을 정도였고, 그나마 그녀가 부를 때나 찾아뵈었다. (사실 끌려간다는 말에 더 가까웠다) 반대로 가주가 하현을 만나러 오는 일은 없었다. 아예, 한 번도.

"어쩐 일이십니까?"

그렇기에 그는 미심쩍은 말투가 나올 수밖에 없었다.

어렸을 적부터 단 한 번도 먼저 찾아온 적 없는 사람이 불쑥 찾아와서 대뜸 한다는 소리가 기어이 나간다는, 속을 긁는 듯한 말이니 곱게 나가지는 못한 것이다.

하지만 가주는 하현의 말에 대답하지 않았고, 그 대신에 미르를 바라보았다.

"너. 너는 저 푸른 아이를 데리고 나가 있거라."

"예?"

뾰족뾰족하고 냉랭한 분위기에 어쩔 줄 모르고 난감한 표정으로 서 있던 미르의 눈동자가 동그랗게 커졌다.

"저, 저 말씀이십니까?"

"하면, 너 말고 저 죽은 이한테 말할까? 썩 가서 허공에 얼어버린 저 아가 데리고 나가 있으란 말이다. 산 사람이 들어서 안 될 것도 있고, 죽은 이가 들어서도 안 될 것도 있으니. 아, 퍼뜩!"

죽은…… 이라면, 여기에도 영가가 있다는 말이겠지.

태연하게 명령하는 모습에 미르는 자신도 정상은 아니지만 이 일가에 비할 바는 아니라고 생각했다. 미르는 어색하게 파에게 손을 내밀었다. 이거, 이래도 되나?

"저기."

[…….]

파는 아무 대답도 하지 않았고, 미르 역시 뭐라고 말해야 할까 조금 망설이다가 무작정 입을 떼었다. 더 이상 지체하다가는 뒤통수에 뾰족한 호통이 날아올 것만 같았다.

"그, 상황이 상황이고 내 사정이 사정인지라 허락이나 동의까지는 아니어도 양해는 좀 구하겠습니다. 그러니까, 치한이라고는 하지 말아요."

[…….]

이번 역시 아무 대답도 돌아오지 않았지만 아까 하현에게 짹 날아간 것 같은 비명 소리는 울리지 않자 미르는 조금 안심하며 아담한 푸른 검신을 조심스럽게 잡았고, 그가 손을 댄 것과 거의 동시에 허공에 딱 맺혀 있던 파가 풀어지듯이 그의 손에 내려앉았다.

마치 작고 여린 파랑새 같은 모양이었다.

'놀란…… 건가? 많이 떨고 있는데.'

어느 쪽을 봐도 평소 같지 않은 모습들이었다.

빈사 상태로 아버지 등에 업혀서 이 집 담을 넘은 이래로 가주께서 하현 형 방을 찾아온 것도 처음이었고, 하현의 당황한 모습도 거의 처음이었으며 파가 이렇게 파들파들 떨고 있는 모습을 보는 것도 처음이었다.

파의 모습이 마치 작은 새가 떨고 있는 것만 같아 미르는 반사적으로 다른 손으로 검신 위를 다독이듯 덮어 주었고, 그와 엇비슷하게 하현과 눈이 딱 마주쳤다. 미르의 입술이 순간적으로 달싹였다.

'하현…….'

'괜찮아.'

그래도 주인이 따로 있는데 왠지 결례를 범하는 것만 같아서 미르는 미안한 표정으로 그를 바라보았지만, 하현은 그저 고개만 끄덕였다.

가주의 말이 무슨 의미인지는 모르겠지만 그녀가 그런 말을 한 이유가 분명히 있을 거였다. 그렇다면 그 말을 따르는 게 낫겠지.

게다가, 그래, 두 쪽 다 편해 보이기도 하고.

미르는 하현이 괜찮다는 표정으로 고개를 끄덕이자 그제야 마음이 놓인다는 표정으로 문고리를 잡았고 잠시 후 탁, 문이 닫혔다.

그리고 그 조용하고 밝은 방에서 먼저 입을 연 것은, 여느 때와 같이 하현이었다.

"별일입니다, 당신께서 여기까지 직접 오시고."

"온다 하는 걸 마다한 적은 없다. 정 없는 네 녀석이 오지 않아 부러 불렀을 뿐이지."

"그리고 제게 하신 말씀은 언제나 같았지요."

"괘씸한 대답도 늘 한결같았고."

두 사람은 미리 짜 둔 것처럼 빠르게 오가는 대화를 주고받으면서도 표정 하나 변하지 않았다.

상대가 무슨 말을 할지 다 알고 있다는 듯한 모양이었다. 그러나 이번에 가주가 꺼낸 말은 하현이 전혀 예상하지 못한 말이었다.

"네가 나가는 것은 이제 상관하지 않으마."

무표정한 얼굴로 가주의 발 근처를 내려다보고 있던 하현의 시선이 단박에 그녀의 얼굴에 닿았다.

나가는 것을, 상관하지 않는다고?

"그럼 대를 이으라고 더는 강요하지 않겠다는 말씀이십니까?"

"네가 강요한다고 해서 들을 아이였다면 초저녁에 이것들을 받았겠지."

그리고 꺼내 드는 물건들에 하현의 표정이 한층 더 묘해졌다.

가주가 허리춤에서 꺼내 든 물건들은 방울과 거울이었다.

신당에 있어야 할 물건을 왜 여기까지 갖고 나오신 걸까. 평소에도 가지고 다니는 것 같지는 않았는데. 도무지 영문을 알 수가 없어서 대답 대신 고개를 갸웃거리는데 그런 하현에게 가주가 딱 잘라 말했다.

“그러나 모든 것을 거둘 수는 없는 법, 단 하나만 두고 가거라.”

하현은 미심쩍은 표정으로 가주를 바라보았다.

뭔가 이상했다. 아니, 확실히 이상했다. 자신의 방을 찾아온 것도 이상했지만 자신을 놓아주겠다는 말은 더 이상했다.

십몇 년을 각종 협박과 회유, 여러 가지 조건들로 구슬려 왔다. 그것들을 피하고 거부하고 반항하면서 도망쳐 왔는데 그렇게 오랜 기간을 질척거린 것치고는 너무나도 깔끔하게 정리가 된 것이다.

무당 여자들을 며느리 후보라고 줄줄이 데리고 와서 기함했던 게 바로 요전의 일들인데 이게 웬일이람.

조금 찝찝하긴 하지만 하현으로서는 절대로 마다할 일이 아니었다.

“좋습니다. 그러죠.”

“그럼 아가를 두고 가는 거로 하자.”

하현은 순간적으로 귀를 의심했다. 뭐를, 두고 간다고?

하지만 가주의 표정은 단호했고, 하현은 방금 들은 것이 헛소리 혹은 환청이 아니라는 것을 깨달았다.

단박에 그의 눈동자가 싸늘하게 가라앉았다. 그래, 믿은 내가 바보지. 순순히 놓아준다는 것을 믿은 내가 순진했지.

"무슨 소리를 하시는 겁니까? 그렇게는 못 합니다. 차라리 절 계속 잡고 계시죠, 영영 잡혀드리지 않을 테니까."

이제껏 그랬던 대로 열심히 잡으려고 애써라, 나는 계속 도망 다닐 테니까 그 말이었다.

현재 가주의 표정만큼이나, 아니 그 이상으로 하현의 얼굴은 단단하게 굳어 있었다. 그러다가 도무지 이해가 되질 않는 듯 다시 입술을 뗐다.

"갑자기 왜 그러시는 겁니까? 하나로 이어져 있다, 너희 둘은 단단히 묶여 있다, 날이 도달하여 끈이 저절로 풀어지기 전까지는 떨어지지 못한다고 하신 것은 할머님 당신이십니다. 그런데 왜 갑자기 떨어뜨리려고 하시는 거죠? 이해가 안 됩니다."

하현은 아직도 똑똑히 기억했다.

'묶였구나.'

하현이 저 신당을 지켰던 날, 연화와 만난 다음에 신당 문지방을 넘자마자 가주가 한 말이었다. 자신이 묶은 것도 아니고 연화가 묶은 것도 아니었다.

하늘 혹은 그 비슷한 무언가로 인해 하나가 된 것인데 이제 와서 왜 떼어 놓으려고 하는 걸까.

하지만 가주의 표정은 조금도 변하지 않은 채 얼음처럼 단호했다.

"끈 길이를 늘여 달래서 원하는 대로 늘여 줬고, 이 집 안에 영들을 두루 세워 네 방 앞을 지키게 했다. 그리고 그간 같이 붙어 다니는 모양을 쭈욱 지켜보았지."

하현의 눈이 커졌다.

'영들을 두루 세워 방 앞을 지키게 했다고? 내가 눈치 못 채게?'

하현 스스로는 물론이고 가주가 직접 인정할 정도로 그의 영력은 보통이 아니었다. 그런데 그런 그가 조금도 알아채지 못할 정도로 해 두었다는 것은 보통 신경을 쓴 게 아니라는 말이었다.

그래서 놀란 눈으로 그녀를 바라보는데 가주 역시 하현을 똑바로 바라보며 말했다.

"그러나 이거 하나만 물어보자. 넌 아가를 제대로 지킨 적이 있느냐?"

"……!"

하현은 순간적으로 아무 말을 할 수가 없었다.

연화를, 제대로 지킨 적이 있냐고? 그 말을 듣자마자 머릿속에 '검은 물' 사건이 스치고 지나간 것은 당연한 일이었다.

연화가 가장 위험했던 때, 파가 자신의 온몸으로 연화를 지켜 주었던 때, 그리고 연화가 스스로의 심장에 칼을 겨눴을 때.

그때 나는 그녀 곁에, 없었다.

"……."

하현은 아무 말을 하지 못했고, 가주는 예상했다는 듯 재차 또박또박 말을 이었다.

"아가가 위험에 처했을 때, 목숨이 경각에 다다라 간절히 너를 찾았을 때 너는 그 곁에 없었다. 맞느냐?"

"……."

맞다.

그때 자신은 가주에게 끈을 늘여 달라 요청했고, 홀가분하게 외출했다. 자신이 한 것은 그저 미르와 파에게 연화를 부탁한 것뿐이었다. 그리고…… 뒤늦게 달려와 놀란 연화를 다독여 준 것뿐.

하현은 마땅히 할 말이 생각나지 않아 한참 말을 못 잇다가 겨우 입술을 떼었다. 가주는 비난하는 것도, 질책하는 말투도 아니었으나 마음이 찔렸다. 심장이 따끔거렸다.

연화, 연화 씨. 미안합니다.

"그래도…… 그녀를 해하려는 악령을 찔러 제거했습니다. 그리고 자욱해 오는 악귀들로부터 그녀를 보호하려고 했……"

"나는 하려 한 것을 물은 게 아니다. 한 적이 있는지를 물은 것이지. 그래, 그 하나를 멸한 것은 잘한 일이지만."

"……."

잘했다는 말이 이렇게 기분이 나쁠 줄도 몰랐다. 당연히 해야 할 일로 칭찬 아닌 칭찬을 들은 하현은 입술을 지그시 깨물었고, 가주는 그를 무표정하게 바라보면서 말을 이었다.

"네가 그 아가의 옆을 비웠을 때 아가를 지킨 것은 저 밖에 나간 하얀 녀석 하나와 푸른 아가, 그리고 나다."

"……."

미르, 파, 그리고 가주. 거기에 자신은 없다고.

하현은 인정할 수 없었다. 하지만 반대로 인정할 수밖에 없었다. 옆에 있다고 지키는 것일까, 마음만으로 지키는 것일까.

그 사건 이후로 미르는 한동안 다친 속을 치료한다고 여러 가지로 고생했고, 파의 푸른 검신에는 아직도 그 하얀 자국이 선명했다.

그리고 연화는, 스스로는 모르겠지만 하현은 눈치채고 있었다. 연화는 검은색을 두려워하기 시작했다. 더욱이 지난번 꿈 이야기를 했을 때 검은 머리카락이라는 단어가 나오자마자 겁에 질리던 눈동자를 잊을 수가 없었다. 어떻게 그것을 잊을까.

그래서 하현은 쉽게 말할 수 없었다. 그리고 그 생각을 꿰뚫기라도 한 것처럼 가주가 천천히 말을 이었다.

손가락으로 가만가만 만지는 방울에서 작게 찌릉, 찌릉 소리가 들렸고 하현은 그 소리가 마치 등골을 타고 흐르는 것처럼 느껴졌다.

"앞으로 시간이 흐를수록 아가는 더욱더 위태로워지고 위험해질 것이다. 하루하루가 다르게 노리는 잡것들이 늘어가고 그만큼 더 괴로워질 게야."

가주는 '지금도 편하지는 않을 것이나'라고 작게 중얼거렸지만 하현은 똑똑히 들었다. 지금도, 편하지는 않을 것이라고.

"……."

그 말을 듣자마자 가위에 눌렸던 연화와 푸르게 허공에 떠올랐던 파가 생각났다. 하현의 주황색 눈동자가 작게 일그러졌다. 젠장.

그 마음을 읽은 것처럼 가주가 그를 똑바로 바라보았다. 왜일까, 착각일까. 어쩐지 그녀의 눈빛에 연민이 있는 것 같기도 했다. 그래서 더, 이유 모를 짜증이 났다.

이유도 모르고 방향도 모를 화가 났다. 그 화는 스스로에게 나는 것일까, 가주에게 나는 것일까 아니면 이 상황에 나는 것일까. 셋 다겠지.

하현의 생각을 끊듯이 가주가 서늘하게 말했다.

"매 순간 그 곁을 지키고 보호해 주어야 하는데 하는 일도, 욕심도 많은 너로서는 어느 것 하나도 포기하기 어려울 것 아니냐. 그러나 모든 것을 다 두 손에 움킬 수는 없는 것, 그러니 내가 그 일을 해 주겠다는 것이다."

하현은 입술을 깨물었다. 하는 일도, 욕심도 많다고.

그래, 사실이었다. 지금 자신은 솔직히 아주 바쁜 상황이었다. 평생의 꿈으로 갖고 온 전문의 시험도 준비해야 했고, 은 교수님과 함께 준비 중인 프로젝트들도 있었으며 나의 일, 나의 인생, 내 앞길을 준비해야 했다.

분명 다른 곳에 눈 둘 틈 없이 숨 가쁘게 달려야 할 시점이었다. 하지만 연화를 만났다.

"……."

바닥을 향해 있던 하현의 눈동자가 천천히 위로 올라왔다.

포기할 게 있고, 놓아야 할 게 있고, 미뤄야 할 게 있다. 잡아야 할 타이밍이 있고 잠시 놓을 타이밍 또한 있다. 그러나 연화는 아니었다.

연화는 지금이 아니면 만날 수 없었고, 지금이 아니면 지킬 수 없는 사람이었다. 일 년 아니 그보다도 더 짧은 시간 그 안에만 함께할 수 있는 사람, 시간이 정해진 사람.

제 일이 아무리 바쁘고 가쁘다 한들 저 사람만 할까. 모래시계의 가늘고 잘은 그 시간을 바람결에 담아 보내는 저 사람만큼이나 할까. 아니, 아니, 아니. 다른 일이 아무리 급하고 중대하다 한들 그녀 이상은 없었다. 절대로 연화를 놓을 수 없었다.

하지만 그래도 쉬이 안 된다, 그러지 못하겠다, 라는 대답이 나올 수 없었던 것은,

'안전…….'

연화의 안전 때문이었다.

할 일이 많아서가 아니었다. 자신이 없어서도 아니었다. 일은 어떻게든 하면 된다고 생각했다. 잠을 줄이고 목숨을 깎아서라도 어떻게든 하면 된다고 생각했다. 이제껏 그렇게 살아왔으니까.

그리고 자신이 없어서도 아니었다. 드러내 놓고 말한 적은 없지만 하현은 영력에 있어서 누구에게도 밀린다고 생각해 본 적 없었다. (물론 이 앞에 있는 가주는 예외지만) 수련하는 이들은 물론이거니와 현재 활동하는 무당들도 신을 받지도 않고 받을 생

각도 없는 하현을 경계하며 의아해했다.

자신에게 있는 신을 누를까 봐, 자신을 누를까 봐, 자신의 신이 떠날까 봐. 그래서 하현이 이 집에 더 안 오는 것이기도 했다.

하현에게는 힘이 있었고, 자신이 있었다. 하지만 가주의 강력한 힘은 하현의 확신을 유일하게 무너뜨릴 수 있었다. 가주는 그가 이기지 못하는 단 한 사람이었다.

"저 아가를, 예 두고 가거라."

하현은 연화의 안전을 가주 앞에서 단언할 수 없었다.

여기에 있는 게 더 안전하지 않을까, 내가 지키는 것보다 할머님이 지키는 울타리가 더 튼튼하지 않을까 하는 생각이 들어 함부로 말을 할 수가 없었다. 가주가 자신보다 강하다는 것, 그리고 이곳이 더 안전하다는 것은 더 말할 필요도 없는 확실한 사실이니까.

그리고 하현이 대답하려는 찰나, 새하얀 새가 방 안으로 소리 없이 날아 들어왔다.

"싫습니다!"

하현은 고개를 들었고, 한눈에 들어오는 얼굴에 숨을 잠시 멈추었다. 연화가 울고 있었다.

언제부터 들었던 걸까, 어디부터 듣고 있었던 걸까. 하현은 반사적으로 이제까지 자신이 했던 말을 돌아보았지만 더욱더 아무 말도 할 수가 없었다. 한 말이 없었기에, 자신은 그저 말없이 듣고만 있었기에.

하현의 침묵을 수긍한다, 인정한다, 라고 생각한 것은 아닐까. 뒤늦은 후회가 치밀고 올라왔다. 그리고 그 모습을 가만히 바라보던 가주는 허리춤에서 거울을 꺼내 들었고, 이리저리 둘러보다가 마침내 하현의 시선이 닿은 자리를 비추었다.

"……아가."

그리고 하현은 그 거울을 잠시 바라보았다가 다시 눈을 돌려 연화를 똑바로 바라보았다.

아무리 영 능력이 강하고 힘이 있는 그녀라도 연화를 보려면 도구가 필요했다. 직접 볼 수 없었다. 그의 눈에 빛이 어리기 시작했다.

'이 세상에서 나만이 이 사람을 똑바로 바라볼 수 있어. 직접 눈동자를 들여다보고 이 살결을, 몸을 만질 수 있어. 안을 수 있어. 오직 나만이.'

연화는 눈물로 흠뻑 젖은 얼굴로 가주를 바라보고 있었다. 하현과 그녀 사이를 가로막고 서 있었다. 작고 여린 등이 가늘었다. 파들파들 떨렸다.

"겁박하셔도 소용없습니다."

"아가."

미안, 미안해요. 죄송해요.

연화는 울음을 삼켰다. 이곳에 당도하자마자 따스하게 맞아주신 분, 몸을 기대게 허락해 주신 분, 하현의 할머님, 유일한 가족.

지금껏 하신 말씀이 자신을 지켜 주려는 것을 알았다. 저를 위해서 하는 말임을 알았다. 그리고 그것이 사실인 것도 잘 알았다. 하지만 말해야 했다. 조금만 더 독하게, 조금만 더 이기적으로.

살면서 단 한 번도 그리 해 본 적 없으니 투정 부리는 저를, 떼를 쓰는 저를 너무 미워하지는 말아 주세요.

"제 안전을 볼모로 도령의 마음을 심란하게 하시려는 것을 부디 멈추세요. 이제 그만 거두시어요."

대관절 내가 무엇이어서 저 사람을 이리 오래 침묵하게 만들었을까, 얼마나 깊고 깊은 고민이 되어 그 오랜 시간을 아무 말도 못 하게 만들었을까.

얇은 창호지 문 너머에 서서 이 방에서 오간 그간의 모든 대화를 하나도 빠짐없이 전부 다 들었다. 아니, 그것은 대화라기보다는 가주의 독백에 가까웠다. 하현은 거의 말하지 않았으니까. 아주 오래 침묵만 지켰으니까. 그래서 결국 듣다 못한 그녀가 견디다 못해 이리 날아온 것이었다.

"아무리 위험하고 아무리 위협을 받아도 소녀가 있을 곳은 오직 도령의 곁입니다."

연화의 입매가 일자로 다물어졌다가 풀렸다.

부디 당신이 못 한 말이 이것이었길 바라요. 아무리 위험해도 곁에 있어야 한다, 이 말이었길 바라요. 만약 아니더라도 이것이 나의 오롯한 진심이니까.

"애초에 도령 없이는 이곳에 오지도 않았을 것이고 그 방울 소리를 듣지 못했다면 소녀는 여태 구천을 떠돌았을지도 모를 일이옵니다. 그랬다면 진즉에 저를 노리던 이들에게 털끝 하나 남기지 못하고 모두 삼켜졌겠지요."

그 말에 가주는 아니라고 하지 않았고, 하현 역시 그렇지 않다고 말하지 않았다. 충분히 가능성이 있는 말이었고 지금도 그런 위험에 놓여 있으니까. 더 위험해지고 있었으니까.

그리고 연화의 얼굴은 새하얀 빛에서 점점 붉어지고 있었다. 새하얀 백지가 복숭앗빛, 다홍빛으로 점점 달아올랐다. 그리고 그 붉은 마음이 닿은 곳은 앞에 선 이가 아닌 등 뒤에 선 이였다.

"또한 소녀, 진정으로 몹시 서운합니다."

"……!"

좀 전과 살짝 달라진 말투, 하지만 차가울 정도로 단정한 말투에 하현이 연화를 바라보았다.

그러나 연화는 조금도 뒤돌아보지 않았고, 하현은 아직까지 앞만 바라보는 반질반질한 까만 머릿결을 바라만 볼 수밖에 없었다.

그녀의 얼굴이 보고 싶었지만, 자신을 등지고 있는 연화는 단호했다.

"어찌 사내가 되어 좀 전에 제게 사근이신 것을 입 안에만 담아 둔단 말입니까. 연정을 품게 하셨으면, 또한 그것을 두루 확인하셨으면 소녀가 혼자 가슴앓이하지 않도록 온 세간에 바르게 확언하셔야지요. 소녀, 변명은 듣지 않을 것입니다."

뭐라 말하려고 입술을 달싹이던 하현은 그대로 다시 입을 다물었다. 그녀가 듣지 않겠다고 했을뿐더러 지금 상황에서 말하는 것은 그게 무엇이든 다 변명이 될 테니까.

그래서 조용히 숨만 쉬었는데 그것이 또 마음에 들지 않았는지 댕기 머리가 홱 허공을 매섭게 쳤다.

"하지 말란다고 진정 안 하십니까? 이리 말을 잘 듣는 분인 줄은 미처 몰랐습니다!"

"아니, 당신이 하지 말래서……."

"시끄럽습니다."

사람이 바뀐 것 같아. 하현이 작게 중얼거렸지만 연화도, 가주도 일절 신경 쓰지 않았다. 그리고 곧 하현은 이어 나온 말에 귀가 화끈해진다는 게 무슨 말인지 온몸으로 체험하게 되었다.

"당신께서 저더러 홍연이라 하지 않으셨습니까, 이 두 발목을 단단히 묶어 이어진 붉은 실이라 하지 않으셨습니까."

"여, 연화 씨. 그건……."

여기서 말하기엔 너무 낯간지러운 말이라고요, 라고 하현이 막으려고 했지만 달그림자를 덮는 꽃가지처럼 연화가 또렷하게 말했다.

"그 실이 이리 길게 이어지는 것이라면 저는 싫습니다."

"……."

충격의 연속이었다. 얌전하기만 하던 연화가 문을 박차고 뛰어든 것도 놀랄 일이었는데 가주에게 항의를 하질 않나, 거절하질 않나, 자신에게 화를 내고 시끄럽다, 라는 말까지 했다.

게다가 이제는 싫단다. 연거푸 머리를 치는 것 같은 충격으로 모자라서 그중 가장 센 '싫다'라는 말에 하현은 입술을 벙긋거렸고, 다음 순간 나온 말에는 입술을 꾹 다물었다.

"제가 더 밭게 묶고 묶어 아예 처음 붙었던 그 끈대로 가까이 줄이고 말 것입니다. 저는 따라갑니다, 그곳이 어디든 도령을 따라갈 것입니다."

정정한다. 그녀는 얌전한 규수가 아니라 자기주장이 확실한, 원하는 것을 쟁취하고자 하는 신여성이었다.

이것이 그녀의 원래 성격인 거겠지. 그래서 하현은 꽁꽁 얼어붙은 분위기에 어울리지 않는, 약간은 간질거리는 웃음을 머금고 말았다. 정말, 이 사람은 어쩌면 이다지도—

"저를 두고 가지 마세요, 어디든 간에 줄곧 함께 가 주시어요."

사랑스러울까.

이제야 정신이 드는지, 아니면 자신이 한 그 달큰한 말들의 과즙이 흘러나와 입 안을 달게 채운 건지 연화의 귓불이 붉게 달아올랐다.

하현은 여전히 자신에게 등을 보이고 서 있는 연화의 작은 몸을 끌어안고 싶은 충동을 있는 힘껏 누르고 있었다. 만약에 가주가 이 방에 없었다면, 둘뿐이었다면 진즉에 안았을 것이었다.

……안기만 했을까, 그 이상이었겠지.

하현은 그의 이성을 지켜 준 건지 혹은 방해한 것인지 모를 사람을 슬쩍 바라보았고, 여전히 방 안에 함께 있던 가주는 말없이 연화를 바라보다가 결국 한숨을 작게 쉬고 말았다.

“정말이지, 부창부수라더니 닮을 게 없어 황소고집인 것 또한 닮았구나.”

부창부수, 라는 말에 하현은 소리 없는 사레에 들렸고 연화 또한 잔뜩 당황한 모양으로 가주를 바라보았다. 하지만 두 사람 다 절대로 그 말에 부정하지 않았고, 가주는 조금은 놀리는 듯한 시선으로 두 사람을 바라보다가 천천히 손을 들었다.

“아가.”

“……송구합니다.”

왜 미안하다는 말이 나오는지 모른다. 왜 갑자기 왈칵 눈물이 솟는지 모른다.

따스한 목소리를 들은 순간, 걱정 어린 눈동자를 본 순간, 주름진 손을 본 순간 눈물이 났다.

그것은 닿을 수 없는 손, 아니 닿지 않을 손길이었으나 그 쓰다듬이 느껴지는 것만 같아 눈이 감겼다. 눈물이 났다. 할머니, 할머니. 어머니.

“아가.”

“…….”

재차 따스하게 부르는 그 목소리에 연화는 눈물 가득한 눈으로 가주를 바라보았고, 그녀는 따뜻하게 연화를 바라보다가 손을 들어 새까만 머리를 가만가만히 쓰다듬어 주었다.

"사랑을 찾았구나."

"예."

"그럼, 놓을 수 없겠지. 놓으라 하는 게 가혹할 터, 어쩔 수 없는 일이구나."

연화는 대답하려다가 문득 기시감을 느꼈다.

사랑을 찾았구나? 왜 이분이 이 말을 하지? 어디선가 들었던 것 같은 느낌이 들어 연화는 의아한 표정으로 가주를 바라보았지만 이미 그녀의 시선은 멀뚱하게 서 있던 하현에게 닿아 있었다.

"너, 내가 말한 것을 기억하느냐?"

"예?"

대뜸 지목당해 자신이 한 말을 기억하냐고 묻는 말에 하현이 눈을 깜빡였다.

"……워낙 하신 말씀이 많아 전부 다 기억하지는 못합니다만."

"말장난할 시간 없다. 외출을 하더라도 해가 뜨기 전 새벽녘에라도 들어와서 아가 옆에 한 시진은 붙어 있으란 그 말 말이다. 그래야 이 아가가 달 기운을 받아. 응?"

달 기운을 받는다고?

그 말이 마음에 닿아 와서 하현은 고개를 깊이 끄덕였고, 가주는 그제야 조금 마음이 놓인 듯한 표정으로 연화를 바라보았다.

"아가는 내 했던 말 기억하지? 대청 아래로 내려가지 말라던 그 말. 으응?"

연화가 곧바로 고개를 끄덕였다. 검은 물도 무서웠지만 신신당부하던 그녀의 말이 머릿속에 계속 맴돌아 대청 아래로 내려갈 생각은 조금도 하지 않았다. 그 덕에 진정 위험이 닥치기 전 파가 왔고, 방울 소리가 도와주었지.

고개를 끄덕이던 연화의 시선이 가주의 허리춤에 문득 닿았고, 거기에 달려 있는 방울에 닿았다. 두 눈동자에 감사함이 담겼다. 그리고 그것과 엇비슷하게 가주가 말했다.

"이제 이 집을 벗어나니 다르게 말하마. 아무리 바깥세상이 궁금하고 낯선 이들이 보고 싶더라도 현관을 벗어나면 안 된다. 그 앞 문지방을 넘으면 안 돼. 알겠느냐?"

현관? 조금은 낯선 말에 연화는 머리를 갸웃거렸지만 대강의 의미는 이해할 수 있어서 머리를 끄덕였다. 집을 나가면 안 된다는 말이겠지.

연화와 하현이 나란히 고개를 끄덕이자 가주는 어쩔 수 없다는 표정으로 길게 한숨을 푹 내쉬며 천천히 문가를 향해 걸어가기 시작했다.

"내가 무슨 업이 있어 내 대에 이런 일이 생길꼬…… 해도 내칠 수 없는 이유는 네가 이 아이의 홍연이 맞기 때문이니."

순식간에 두 사람의 얼굴이 일시에 새빨개졌다. 아까는 홧김에, 혹은 경황이 없어 생각나는 대로 말을 한 것인데 이렇게 다른 사람의 입으로 들으니 굉장히 간지러웠기 때문이었다.

그러면서도. 과연 홍연이 맞다는 그 말이 달았다.

천천히 닫히는 그 불투명한 창호지 문에 가주의 말이 함께 맺어졌다.

"하면, 마음이 정해졌으니 금주 내로 정리하여 신혼집으로 들어가거라."

"시, 신혼……."

스스로 생각은 하고 있었지만 이렇게 똑바로, 그것도 집안의 가장 큰 어른에게 공식적으로 들을 줄은 몰라서 하현은 저도 모르게 입을 딱 벌리고 말았고, 가주는 그런 그를 마땅찮게 바라보면서 희게 세어 버린 눈썹을 높이 들어 올렸다.

"으응?"

그게 꼭, '무르기라도 할 게냐?'라는 것으로 보여 하현은 재빨리 고개를 저었다. 아니, 끄덕임으로 정정했다.

"알겠습니다!"

그리고 곧 방 밖으로 길게 그림자 몇 개가 다시 늘어졌고, 문 밖에서 파를 품에 두고 조마조마하게 기다리던 미르는 하현과 눈이 마주치고 나서야 한시름을 놓은 듯 어깨를 늘어뜨렸다.

과연 여러모로 새로운 시작이었다.

7장
누리달

둘의 이사는 아주 수월했다.

아니, 사실은 이사라고 말하기도 뭣한 게 짐이라고 할 만한 게 하나도 없었기 때문이었다. 몇 번 말했다시피 하현은 이 집에서 거의 손님 같은 입장이었고, 들고 온 짐이 없었기에 나갈 때도 왔던 그대로 몸만 나오면 그만이었다.

그래서 지금, 하현은 아주 간단한 서류 가방만 든 채로 대문 밖에 서 있었다.

"형이 집을 또 나간다니…… 나 혼자 이 넓은 집에서 어떻게 지내라고. 흑흑."

물론 그의 옆에는 당연히 미르가 배웅 나와 있었다.

하현은 그의 말에 소름 끼친다며 부르르 몸을 떨었지만 두 사람 곁에 서 있던 연화는 하현에게 무슨 일이 생기게 된다면 언제나 그 옆에는 미르가 있을 거라고 생각하며 작게 웃었다.

그만큼 사이좋아 보이기도 하고 무엇보다 미르가 하현을 아주 많이 좋아하는 것처럼 보였기 때문이었다. 하현도 뭐, 말로는 징그럽다 간지럽다 투덜거리면서도 그의 응석을 다 받아 주는 모양이었고.

그 훈훈한 모양에 하현 모르게 살포시 웃는데 그것을 보았을까, 하현이 조금 멋쩍은 표정으로 중얼거렸다.

"야, 그렇게 말하면 내가 무슨 가출이라도 하는 것 같잖아. 한두 번 집에 가는 것도 아닌데 뭘 또 새삼스럽게 이러냐?"

하지만 미르는 할 말이 몹시 많은 표정이었다.

"그건 그거고, 이건 이거죠. 게다가 그때는 진짜 한 며칠 있다가 갔지만 이번에는 며칠이 뭐야, 몇 주라고요! 무려 몇 달인데! 몇 달을 한집에서 식구같이 살았는데! 그러니까 내가 서운해, 안 해. 응? 말 좀 해 봐요, 꽃 아가씨. 제가 서운하겠어요, 안 서운하겠어요?"

"서, 서운하겠습니다."

제 몸에서 난다던 그 꽃 내음이라도 맡았는지 정확하게 자신이 서 있는 쪽을 향해 말을 던지는 미르의 모양에 연화는 놀라서 파다닥 반사적으로 대꾸하고서 다시 작게 웃고 말았다.

'내가 대답한다 해도 저이가 들을 수가 없을 텐데.'

해서 연화는 이번 역시 짙게 내음이 나길 바라며 서운함이 가득한 미르의 얼굴 앞에서 깊이 고개를 끄덕여 주었고, 이번에는 그 모습들을 모두 다 볼 수 있는 하현이 풋 웃음 짓고 말았다. 이 귀여운 것들을 어찌하면 좋을라나.

그리고 하현은 주인 잃은 표정으로 시무룩하게 어깨를 늘어뜨리고 있는 미르를 바라보다가 슬쩍 귀 옆머리를 긁적였다.

'……다른 사람은 몰라도 이 녀석한테는 말해도 되겠지.'

잠시 생각에 잠겨 있던 하현은 어깨를 으쓱이고서 바지 뒷주머니에서 휴대폰을 꺼내 들었다. 그리고 몇 번 화면을 가볍게 두드렸다.

곧바로 우웅, 미르의 손에서 진동이 울렸고, 미르는 그것을 홀끗 뒤집어 확인하다가 눈을 커다랗게 떴다.

"형?"

"뭐, 정 궁금하면 나중에 한번 놀러 오든가."

미르는 눈을 비볐다.

세상에 맙소사, 이게 무슨 일이람? 눈으로 보고 있는데도 믿을 수가 없었다. 세상에, 하현 형의 집 주소를 내가 받았어!

"혀엉……."

미르의 눈에 감동이 어른거렸다. 제 친형과 다를 바 없는 하현은 모든 게 비밀투성이였다. 주소는 물론이거니와 지역구까지 비밀이었고, 심지어는 일하는 병원 이름까지도 집안에는 비밀이었다.

자신이야 뭐, 아버지라는 연락 방법이 있기도 하고 그것만큼은 알려야 한다, 무슨 국정원 직원도 아니고 비밀이 왜 이렇게 많느냐며 난리쳐서 일하는 병원을 알려 주긴 했다. 하지만 그가 자신이 살고 있는 집 주소를 알려 준 것은 최초로 있는 일이었다.

나의 정성을 이리 알아주시다니, 살아 있길 잘했어. 미르의 눈이 감동으로 그렁거렸다.

"형…… 내가 앞으로도 잘할게요. 진짜로요."

"나는 진짜로 네가 징그러워지려고 해. 파한테나 잘해."

그 말에 하현의 주머니가 바르르 떨렸다. 아무래도 파가 뭐라고 웅웅거리는 것 같긴 한데 하현은 그녀의 말을 알아들을 리 없으니 그저 웅웅거리는 진동으로밖에 안 들리는 것이었다.

하지만 미르는 알아들은 듯 살짝 웃었다. 그 웃음이 어째 조금 다정하게 느껴져서 하현은 흘끗 주머니를 바라보다가 어깨를 으쓱였다.

"그리고 몇 달만 좀 더 기다려, 곧 넘겨줄 테니까. 이 녀석도 그편이 더 좋을 테고…… 자기 이야기를 들어 줄 사람 있다는 거 되게 행복할 거 같거든."

그 말에 연화가 곧장 고개를 크게 끄덕였다.

하현에게 잠깐 전해 듣기로 파와 미르의 사이가 조금 특별하다고, 계약자인 자신마저도 못 듣는 목소리를 미르가 듣는다고 했던 게 기억났기 때문이었다.

아무도 못 듣는 자신의 목소리를 듣는 유일한 사람이 바로 코

앞에 있는 연화로서는 그의 말을 절절히 잘 이해할 수 있었다.

'이야기를 들어 줄 사람이 있다는 것'을.

"네, 몹시 아주 행복합니다. 파 역시 분명 그럴 거예요."

연화는 미르에게는 들리지 않겠지만 하현에게는 똑똑히 들리도록 말하며 살짝 웃었고, 하현은 픽 웃으면서 손을 뻗었다. 그리고 연화의 여린 손목을 스쳐 그녀의 가느다랗고 긴 손가락 사이에 자신의 것을 넣고 꼭 엮어 잡았다.

손가락과 손가락이 자연스레 얽어 깍지가 된 그 모양을 연화는 얼굴을 발갛게 붉힌 채로 내려다보았고, 하현은 그 손을 단단히 쥐면서 미르에게 반대의 손을 몇 번 흔들어 주었다.

"나 이제 진짜 간다. 너도 어서 들어가고."

"응, 형. 나 정말 조만간에 찾아갈게요. 그리고 아버지한테 안부 전해 주세요!"

"오냐."

저것도 스스로 하면 될 텐데. 집에다가 연락 좀 하라며 하현에게 잔소리하는 미르였지만 아이러니하게도 정작 자신은 제 아버지, 은 교수에게 연락을 자주 하진 않았다. 염치가 없다나 뭐라나.

하현은 여전히 뒤에 서 있을 미르에게 대충 손을 흔들어 주고서 몇 걸음 걷다가 잠시 고민했다.

그런데 아무래도, 그게 낫겠지?

"연화 씨."

"예?"

연화는 하현의 발걸음에 맞추어 나란히 걷다가 자신을 부르는 소리에 문득 고개를 들어 그를 바라보았다.

"도령?"

연화는 얼굴이 작고 다리가 긴 체형이었다. 그리고 하현은, 그녀보다 30센티 정도 한참이나 컸고, 다리 또한 훨씬 길어서 두 사람의 보폭은 크게 차이 났다.

예를 들어 표현하자면 뱁새와 황새 정도랄까. 주로 하현이 한 걸음 걸으면 연화가 부지런히 그 옆을 쫓아가는 모양이었다.

게다가 하현은 시시각각이 바쁜 병원 생활로 인해 보통 사람에 비해 걸음 보폭이 배 이상은 빨랐고, 자각하기 전까지는 그것 때문에 연화가 아주 애를 먹곤 했다.

언제였던가 하현과 연화가 한창 이야기하던 와중 연화의 대답이 없자 하현이 문득 옆을 돌아보았고, 그녀가 바로 보이지 않았다. 혹시나 하면서 돌아보았는데 저 뒤에서 연화가 파닥거리고 있었던 것이다. 그 이후로 하현은 걷는 속도를 그녀에 맞춰서 느리게 떼기 시작했다.

그런데 연화가 보기에 지금의 하현은 그런 수준이 아니라 아예 정지해 있었다.

사실 하현은 살짝 심각한 고민에 잠겨 있었다.

'그래도 이건 너무 속성인 것 같은데.'

그도 그럴 게 몇 걸음 걷자마자 순식간에 빌딩 숲이 펼쳐졌으니까. 금줄이 둘려 있던 한옥 밖으로 나오자 갑자기 매우 현실적인 문제에 닥쳐 버린 것이었다. 문제의 그 사람, 연화는 아직 바닥만 보면서 부지런히 걷느라고 잘 몰랐겠지만.

하현의 표정이 조금 복잡해졌다.

'아, 진즉에 미리미리 좀 설명할걸. 저 사람이 여기와 너무 위화감이 없어서 잊고 있었어.'

딱히 대화할 때 어려움이 없어 잊고 있었지만, 이곳은 연화가 살던 세계와 달랐다.

몇백 년이 흐르면서 사람들이 사는 곳, 먹는 것, 하물며 땅과 하늘까지 모두가 변했다. 아마 연화가 알고 있는 '바깥세상'과는 아주 많이 다를 터였다.

지금만 해도 딛고 있는 바닥이 그냥 돌바닥이 아니라 아스팔트인 데다가 사방 곳곳에 서 있는 게 한옥이 아닌 높고 각진 아파트였으니까.

그래서 하현은 이것을 어떻게 간결히 그녀가 납득할 수 있을 정도로 설명해야 할지 잠시 고민하다가 일단 이동하면서 말해 주기로 했다.

그녀가 모습을 드러내자마자 어른거리는 회색 그림자들이 거리 곳곳에서 보였기 때문이었다.

'눈치도 빠른 것들.'

하현은 이제 가주가 그녀에게 말한 '달', 즉 자신의 곁에 머무르라는 말을 조금은 알 것 같았다. 그 영가들은 연화의 기척은 느껴지지만 제대로 보이지 않는 듯 고개를 쭈욱 빼고 이리저리 움직이며 열심히 찾고 있는 것 같았기 때문이었다.

그리고 하현은 그들이 연화를 절대로 찾아내지 못하게 할 생각이었다. 감히 그런 썩은 동태 같은 눈으로 누구를 바라보려고.

그의 손가락이 휴대폰 액정 위로 빠르게 움직이더니 잠시 뒤에 〈택시를 호출하는 중입니다〉라는 메시지가 떴다. 하현은 손을 뻗어서 그녀가 '그것'들을 눈치채지 못하도록 자신의 옆으로 더욱 가까이 끌어당기면서 말을 이었다.

"요즘의 집은 여러 모양이 있는데 우리가 있었던 한옥, 그 집 같은 경우도 있고 저렇게 길게 올라간 경우도 있습니다."

"훌륭합니다."

"훌륭……?"

이건 예상 답변이랑 다른데?

하현은 고개를 갸웃거리며 연화를 바라보았지만 연화는 진정 감탄한 표정이었다.

"보통 집을 지을 때에는 양옆으로 늘릴 생각을 하지, 위로 세우지는 못하니까요. 생전에 즐겨 읽던 서책 내용에 객잔이라는 곳이 나오는데 그곳이 더러 몇 층 위로 세우는 건물이라 들었습니다. 너무 궁금하여 늘 상상으로 그치고는 했는데 그것을 이리 제 두 눈으로 보게 되는군요. 감개가 무량해요."

'객잔……?'

하현은 그녀가 읽곤 했던 책의 내용이 심히 궁금해지기 시작했다. 객잔이 배경으로 나오는 이야기면 보통 무림 고수가 객잔 주인으로 나온다든가 하는 그런 무협 소설일 텐데……?

하지만 그것은 나중에 묻기로 하고 하현은 말을 이었다. 어쨌거나 이해는 한다는 말이니까.

"네, 뭐…… 골조가 다르지만 비슷하겠네요. 아니, 그리고 벌써부터 감개무량해하지 마세요. 아직 놀랄 일이 많으니까."

"이보다도 많다고요?"

'아직 시작도 하지 않았답니다, 아가씨.'

하현은 속으로 덧붙이고서 이어 설명했다.

"그리고 이곳의 교통수단은 음, 간단히 말하면 도로 위를 달리는 차가 있고, 하늘을 나는 비행기가 있고, 땅 아래로 다니는 지하철이 있습니다. 하지만 이렇게 말하면 당신이 이해하기 어려울 거 같으니까 쉽게 설명해 드릴게요. 바로 이게—"

마침 하현의 휴대폰이 지잉, 울리며 〈도착했습니다〉라는 메시지가 떴고, 하현은 그것을 눌러 끄면서 도착한 차 문을 열어 연화에게 손짓했다.

"자동차입니다. 가면서 이야기할까요?"

"와아……."

연화는 동그랗게 커진 눈으로 창밖을 바라보는 데 여념이 없었다. 처음에는 빠르게 움직이는 것 자체에 놀랐지만 점차 그 속도에 익숙해지자 눈에 들어오는 게 한두 가지가 아니었던 것이다.

가로수부터 도로도, 건물도, 하다못해 사람까지 다 신기해 보일 테니까. 하현은 그런 그녀가 귀여워서 자꾸 웃음이 나왔다. 완전 창문에 붙었네, 붙었어.

'하긴 몇백 년을 뛰어넘어 갑자기 현대에 뚝 떨어진 거니까 얼마나 모든 게 놀라울까.'

그리고 그간 머무른 곳도 문제였다.

그곳이 일반적인 집이었다면 몇 달 동안 조금이라도 적응할 수 있었겠지만 그들이 잠시나마 살았던 집은 형태도 한옥. 그것도 거의 문화재 수준의 고택을 사들여 전문가들에게 맡겨서 제대로 복원시킨 곳이었다.

그게 어느 정도냐면 정부 쪽 문화계 관계자는 물론이거니와 건축가들이 방문을 신청하고, 그나마도 몇 달은 기다려야 하는 상황이었다. 게다가 건물뿐만이 아니라 그 안에 거주하는 대부분 사람들의 의복은 한복 차림이기도 했다. 이것은 가주의 고집이었지만.

아무튼 바깥세상과 단절된 또 다른 세계가 그녀의 세계와 흡사하다는 것은 연화에게는 안정이 되었을 수도 있겠지만 길게 보면 독이 되었을 수도 있었다.

그 '적응'과 실제 '적응'은 다르니까. 그나마 TV라든가 휴대폰, 태블릿, 부엌에 있는 가전제품 같은 것들을 알려 준 게 다행일까.

그런데 갑자기 또 새로운 세계가 펼쳐진 것이니 자신의 말이 귀에 들어올 리가 없다는 걸 이해는 하면서도 계속 이렇게 뒤통수만 보여 주는 건 좀 서운하다. 그래서 하현은 잠시 고민하다가 휴대폰을 꺼내 들었다.

<연화 씨.>

그리고 어깨를 톡톡 치자 연화가 얼이 조금 나간 표정으로 그를 돌아보았고, 하현은 손가락으로 휴대폰 화면을 가리켰다. 이것 좀 보라는 말이었다.

그리고 그것을 들여다본 연화는 자신의 이름이 쓰여 있는 모양을 알아보고 생긋 예쁘게 미소 지었다.

사실 하현이 연화에게 무엇보다 제일 먼저 가르쳐 준 게 바로 이것이었다. 휴대폰이 아니라 한글. 신기하게도, 아니면 이것만큼은 필수로 지녀야 그나마 일 년 버티고 올 수 있을 요소라고 생각했는지 하늘에서 도와준 덕분에 말은 현대어(?)로 잘 통했지만 문제는 그것이었다.

글자, 정확하게 말하면 한글. 둘이 소통하는 건 대화가 거의 대부분이겠지만 그래도 이 세계에 온 이상, 읽고 쓸 줄은 알아야겠다고 생각해서 하현은 자신의 공부 시간을 십분 할애하여 연화에게 속성으로 한글을 가르친 것이었다.

연화 역시 똑똑한 학생이었고, 교육열과 의지가 대단해 굉장히 빠르게 한글을 떼었다.

'……다 큰 어른에게 한글을 떼었다, 라고 하는 게 조금 이상하긴 하지만.'

내친김에 하현은 연화에게 휴대폰 자판을 쓰는 법을 가르쳐 주었는데 오히려 그녀가 헤맨 부분이 여기였다.

한글은 쉬이 습득했지만 키보드 자판 위치를 외우느라 여간 애를 먹은 게 아니었기 때문이었다. 자그마한 화면을 붙잡고 끙끙거리는 게 몹시 귀여웠지만 그건 하현의 입장이었지, 배우는 입장인 연화로서는 보통 머리 아픈 일이 아니었을 것이다. 마침내, 보조 배터리와 또 다른 하나의 뜨거운 활약으로 연화는 오래지 않아 휴대폰 자판까지 완벽하게 마스터하게 되었다.

'그 또 다른 하나는 물론, 내 손가락이었고.'

연화는 분명히 존재하지만 누구의 눈에도 보이지 않았다. 그리고 분명히 만져지지만 어떤 곳에도 닿지 않았다. 본가에 있었을 때에는 가주의 도움일지, 아니면 설치된 여러 장치들 중 무엇이 작동하여 그런 건지 쉬이 물건을 만질 수도, 옮길 수도 있었지만 밖으로 나오자마자 그것이 뚝, 끊겨 버린 것이다. 그 무엇도 만질 수 없어서 연화가 얼마나 당황했는지.

휴대폰 화면에 손을 대려고 아무리 애를 써도 그녀의 손은 번번이 화면을 '통과'했다. 자판을 누르기는커녕 만질 수도 없던 것이다. 그래서 대신 쓴 게 하현의 손이었다.

하현의 손가락을 연필 쥐듯 쥐고서 휴대폰을 두드린 것이다. 쉽게 말하면 '연화용 스마트 펜'이랄까.

그리고 연화는 이번 역시 앙증맞은 손가락으로 그 '펜'을 쥐고 휴대폰 액정을 꾸욱꾸욱 눌렀다.

<왜ㅐ요?>

"……."

아, 진짜.

하현은 바들거리는 입꼬리를 내리려고 애썼다.

정말 어떡하지, 이 사람을? 이렇게 하나하나 귀여우면 어쩌자는 거야.

한 번 자각한 마음은 스스로가 무서울 정도로 계속 계속 커지기만 했고, 하현은 이 콩깍지가 없었어도 연화가 하는 행동 전부가 다 귀여웠을 거라고 자신했다.

그도 그럴 게, 그녀에 대해 잘 모를 가주나 미르까지도 그녀를 은근히 귀여워하는 게 느껴졌으니까. 지금만 해도 자신의 검지를 꼭 붙잡고 화면을 꾹꾹 누르는 모습이 정말이지 혼자 보는 게 아까울 정도로 귀여웠다.

한편 그 모습을 보는 연화는 고개를 갸웃거리고 있었다. 하현이 열심히 바깥세상을 구경하는 자신을 불러 놓고는, 아무 말 없이 한참 동안 제 얼굴을 보며 웃고만 있었기 때문이었다.

빨리, 할 말 있으면 빨리하라는 듯 손가락을 꼬옥 잡아 오는 그녀가 마치 작은 새 같다고 생각한 하현은 간신히 웃음을 삼키고서 메모장에 이어 썼다.

<내 옆에 가까이 있는 게 좋을 겁니다. 바깥세상은 위험해요.>

연화의 눈이 동그래졌다. 바깥세상이 위험하다고? 왜?

<이 안에 있는데도 위햄합니까?>

오타 봐.

하현은 속으로 큭큭 웃으면서 손가락으로 화면을 가볍게 눌렀다.

<저 앞 검은 바탕에 빨간 글씨로 쓰여 있는 것, 읽어 봐요.>

갑자기 무슨 읽기 시험이람.

하지만 연화는 순순히 고개를 돌려서 하현이 가리킨 곳을 바라보았고, 눈에 바로 들어오는 그것을 바르게 읽었다.

"오늘 부상자 5명, 사망자 3명입니다."

"응, 그게 이거 타다가 그렇게 된 사람 수입니다."

"……예?"

앞과 옆에서 나란히 되묻는 소리가 들렸고, 하현은 입을 다물었다. 연화가 말하길래 너무 당연하게 대꾸한 거였는데 택시 기사 입장에서는 내내 조용히 있던 하현이 갑자기 툭 말을 던진 거였을 것이다. 그것도 굉장히 생뚱맞은 내용으로.

그러나 그의 반응이 묻힐 정도로 연화의 반응은 굉장히 격했고, 곧바로 자신 옆에 그야말로 딱 붙어서 사방을 심히 경계하는 그녀에게 매우 만족한 하현은 택시 기사를 향해 속으로 부탁했다. 부디 평소보다 배로 안전 운전하소서.

"감사합니다, 수고하세요."

연화는 하현의 손을 잡고 나와서 주위를 둘러보았다. 탁, 하는 소리와 함께 닫힌 그 자동차라는 것은 요란한 소리를 내며 회색 연기와 함께 빠르게 사라졌고, 주위에 있는 것은 비슷비슷하게 생긴 네모난 건물들이었다.

이게 바로 하현이 말한 아파트라는 것이겠지. 그녀의 눈이 감탄으로 물들었다.

'어쩜 집을 이렇게 위아래로 지을 생각을 했을까.'

이렇게 보면 자그마한 창문이지만 가까이서 보면 또 다르겠지 싶어 연화는 호기심 어린 눈으로 이곳저곳을 둘러보는 데 여념이 없었다.

한편 눈과 별개로 그녀의 다리는 하현을 따라 착실하게 움직이고 있었고, 계단 몇 개를 둘러 돌아가고 긴 복도를 질러간 다음에야 둘은 멈춰 섰다.

'201호?'

문가 위에 푸른 글씨로 또렷하게 새겨져 있는 호수를 속으로 작게 읽는데 그것을 들었을까, 문 앞에 서서 유심히 둘러보던 하현이 고개를 끄덕이며 중얼거렸다.

"다행히 들어온 건 없네."

"들어온 게 없다고요?"

뜬금없는 말에 연화가 고개를 갸웃거리자 하현이 번호 키를 하나하나 누르면서 작게 고개를 끄덕였다.

"네. 매일 드나들 때는 제 기운이 집에 배어 있어서 잡귀들이 얼씬도 하지 못했거든요. 그런데 집을 예기치 못하게 몇 달이나 비웠으니 혹시라도 약해진 결계 사이로 놈들이 비집고 들어가진 않았을까 걱정했습니다."

아무것도 안 보이는데 결계가 있었구나. 연화는 신기하다는 눈으로 새삼스럽다는 듯 하얀 문을 바라보았고, 곧 삐리릭 하는 소리와 함께 하현이 문을 시원스레 열었다, 가 닫았다.

"도령?"

뭔가 안에 보였다가 사라졌는데?

빼꼼 열렸다가 도로 굳게 닫혀 버린 문의 모양에 연화가 고개를 갸웃거리는데 하현이 진지하게 말했다.

"그럴 일은 없겠지만 만약에 내가 밖에 있거나 해서 연화 씨 옆에 없으면 연화 씨가 혼자 누르고 들어가야 하니까요. 그때를 위해 연화 씨가 한번 해 봐요. 비밀번호는 별 누르고, 1032 누르고, 다시 별 누르고…….”

친절하게 비밀번호까지 귓속말로 말해 주었건만 연화는 꿈쩍도 하지 않았다. 그 모양에 하현이 이 사람이 왜 가만히 있을까 생각했고, 그 시각 황당해진 연화는 그와 비슷한 고민을 하고 있었다.

‘이 사람은 나를 놀리는 것일까 아니면 진심으로 이러는 것일까.’

“연화 씨?”

아무래도 진심으로 이러는 모양이다. 그래서 연화는 친절하게 손을 들어 자신이 하현의 눈에만 보인다는 사실을 다시 한번 똑똑히 알려 주었다.

“……아.”

휴대폰과 마찬가지로 번호 키는 그녀의 손을 조금도 인식하지 않았던 것이다. 그렇다고 자신의 손가락 하나를 잘라 줄 수도 없고.

위험한 생각을 몹시 진지하게 하던 하현의 머릿속을 들여다보기라도 하듯 잠시 고민에 잠겨 있던 연화가 한 발을 딛더니 문 안으로 들어갔다.

“어어?”

당황한 것은 하현이었다. 그녀가 산 사람이 아니라는 것은 아주 잘 알았지만, 아니 지금도 잘 알고 있었지만 이런 모습은 처음이었기 때문이었다.

본가에 있을 때에는 '문'을 열고 닫으면서 살았던 일반적인 모습이었는데 지금은 어떻게 저렇게 유령 같은 모습으로 다닐 수 있는 거지?

"연화 씨!"

그리고 이건 좀 너무하다. 집주인은 번호 키를 누르고 나서야 들어갈 수 있는데 외부인(?)은 저렇게 불쑥불쑥 들어올 수 있다니. 집 청소가 되어 있어서 다행이지, 만약에 엉망진창이었으면 완전 민망했을 거야.

하현은 일반인과 완전 다른 관점으로 투덜거리고서 연화보다 한 박자 뒤늦게 문을 열고 안으로 들어갔지만 연화는 다행히도, 혹은 의아하게도 여전히 현관 앞에 서 있었다.

예의 바른 그녀라 집주인보다 먼저 안으로 들어가면 안 된다고 생각한 것일까?

워낙에 예의범절이 몸에 배어 있는 연화였던지라 하현은 당연하게 그렇게 생각하고 대수롭지 않은 듯 신발을 벗고 안으로 들어가며 말했다.

"들어와요. 다른 사람이 여기 온 건 처음이라…… 연화 씨?"

하현은 이번에는 정말로 당황했다. 연화가 여전히 현관에 묶인 듯이 서 있었기 때문이었다. 게다가 그녀는 말도 못 하는 것처럼 입술을 벙긋거리고만 있었고, 하현은 고개를 갸웃거리다가 그녀의 손짓에 바로 자신의 손을 내밀었다.

스마트 펜, 아니 자신의 손가락을 달라는 손짓이었다. 그가 머릿속에 물음표가 가득 떠 있는 채로 순순히 손가락을 넘겨주자, 어느 때보다도 빠르게 자판 위에 연화용 스마트 펜이 날아다녔다.

<문은 통과가 되나 이 이상 갈 수가 없습니다.>

"들어올 수가 없다고요?"

하현의 말에 연화가 고개를 깊이 끄덕였다. 참으로 이상하게도 문은 가볍게 통과할 수 있었지만 이곳에 들어오자마자 발이 묶인 듯 꼼짝도 할 수 없었다.

뒤로 물러날 수는 있지만 앞으로는 아무리 애를 써도 조금도 움직일 수가 없는 것이었다. 게다가 입으로 소리를 내어도 무언가에 막힌 듯 먹먹하게 흩어지기만 해서 하현에게 들리지도 않는 것 같았다. 아니, 그의 표정을 보아하니 전혀 들리지 않은 모양이었다.

그래서 이젠 이를 어떡합니까, 연화가 울상을 짓는데 곰곰이 생각에 잠겨 있던 하현이 문득 팔을 들어 올렸다.

"도령?"

"이상하네요. 나는 이렇게 만져지는데. 그럼 이렇게 해도 안 되려나?"

연화의 머리를 가볍게 쓰다듬던 하현이 그녀의 어깨를 잡고서 자신 쪽으로 살짝 끌어당기자 그녀의 몸이 자연스레 하현에게 기울었다. 그러자 앞으로 더 나아올 수 없던 연화가 한 걸음 집 안으로 들어오게 되었고, 순식간에 그의 가슴에 폭 안겨 버리게 된 모양에 연화의 얼굴이 새빨갛게 달아올랐다.

가, 갑자기 포옹입니까!

하지만 이번 역시 아무런 소리도 나오지 않았기에 연화가 울상을 지었다.

'싫습니다, 이거. 답답해요.'

아무리 외쳐도, 말을 토해도 들어 줄 사람이 없다니 아찔했다. 유일하게 자신의 목소리를 들어 주는 게 하현이었는데 그에게까지도 이 목소리가 닿지 않는다면 이 몸이 안으로 들어선들 무슨 소용이란 말인가.

게다가 그가 없이는 움직이지도 못하는 것 같았다. 하현 역시 연화와 비슷한 생각을 한 듯 그녀를 품에 끌어안은 채로 작게 중얼거렸다.

"내내 안고 다닐 수도 없고. 나는 괜찮지만 당신은 안 괜찮을 테니까요."

"……안 괜찮은 것까지는 아니지만요."

움직일 때마다 안겨 다닌다니 나름 낭만적이기는 하지만 분명 몹시 불편할 터였다. 그래서 이제는 어쩌면 좋을까, 두 사람 다 고민에 잠겨 있는데 두 사람에게 공통적으로 들리는 소리가 있었다.

웅웅거리는 소리, 뭔가 크게 진동하는 소리. 또는 작은 날개가 파닥거리는 듯한 소리. 그 소리는 하현의 바지 뒷주머니에서 나고 있었고, 두 사람은 동시에 같은 이름을 불렀다.

"파?"

하현은 한 손으로 연화의 어깨를 여전히 끌어안은 채로 오른손만 뒤로 뻗어 파를 꺼냈고, 파는 마치 화를 내는 것처럼 몸을 바르르 떨었다.

지금 대체 무슨 바보 같은 짓을 하느냐는 것 같은 모양이었다.

"파, 말을 해 봐. 화를 내지 말고."

[이 바보 같은 주인 놈이!]

내가 말한다고 해서 네놈이 듣는 것도 아니잖아!

하현과 다르게 파는 연화의 모든 말을 다 듣고 있었고, 그녀가 얼마나 불안하고 답답해하는지 절절하게 공감할 수 있었다.

파 자신 역시 자신의 목소리를 들어 주는 사람은 세상에 단 한 사람도 없었으니까. 은미르, 그 이상한 사람이 나타나기 전까지는. 그런데 그가 없는 자리에서는 이렇게 연화처럼 답답하게 지낼 수밖에 없는 것이다. 그래서 파는 연화의 눈앞으로 떠올라 자신의 검신을 그녀의 얼굴에 조심스럽게 들이밀었다.

"파?"

내가 이렇게 아무한테나 잡히는 그런 쉬운 검이 아니지만, 그래도 상황이 상황이니까 허락해 준다는 느낌이었다. 하지만 그 사실을 알지 못할 연화는 그저 당황스러웠다.

"당신을 잡으라고요? 잡아서 뭘 어떻게 해요?"

연화는 연화대로 당황스럽겠지만 하현 역시 황당한 건 마찬가지였다. 얘가 다른 사람 손에 잡힐 만큼 쉬운 검이 아닌데 언젠가부터 좀 달라진 것 같단 말이지. 게다가 연화 말대로 잡힌다고 뭔가 달라지지도 않……

순간적으로 머리를 스치고 지나간 생각에 하현의 표정이 일순 확 변했다.

"안 됩니다!"

"아버, 깜짝이야!"

연화는 심장이 내려앉은 듯한 표정으로 하현을 바라보았지만 하현은 그녀를 보고 있지 않았다.

하현은 심각한 표정으로 손을 뻗어 연화 앞에 떠올라 있는 파를 잡았다. 그 순간 파가 자신을 놓으라는 듯 위아래로 움직이며 파닥거렸지만 그의 손은 조금도 흔들리지 않았다.

"파는 아마 자신을 잡아서 당신 앞을 막고 있는 결계를 찢으라고 한 것 같습니다."

[맞아! 그러니까 이거 놓으라고!]

"좀 생각해 보았는데, 당신은 영이 맑은 덕분에 저 문은 통과했지만 역시 영가이기 때문에 이 집을 두르고 있는 결계에 막혀 들어오지 못한 것 같습니다. 제가 껴안으니까 제 힘이 덧씌워져서 일시적으로나마 이렇게 들어올 수 있는 거고요. 그리고 그것을 보다 못한 파가 자신을 이용해서 이 결계를 찢으라, 이렇게 말한 것 같은데요."

[듣지는 못했으면서 어떻게 이해는 했네. 그러니까 놓으라고, 이 바보 주인아!]

"하지만 그러면 절대로 안 됩니다."

단호하다 못해 다급하기까지 한 그 소리에 연화는 물론이고 그의 손에서 파들거리던 파가 그를 올려다보았다. 안 된다고?

하현은 두 사람에게 굳게 고개를 끄덕였다.

"파는 신검입니다. 보기에는 저래 보여도 꽤 오랜 세월을 지내온 명검이지요. 그리고 그만큼 저 검에 깃든 기운은 보통이 아닙니다. 당신도 기억할 겁니다, 혼자 몸으로 여럿 악귀들 앞을 가로막고 맞서 싸웠던 모습을요."

연화가 고개를 끄덕였다. 그건 잊을래야 절대 잊지 못할 기억이었다. 검은 물이 온통 범람했을 때 빠르게 날아와 자신 앞을 가로막던 모습, 물구덩이에서 날카롭게 날아오던 물살들을 죄다 분연히 베던 모습을 똑똑히 기억했다.

그리고 맨 처음 악귀를 마주했을 때, 하현의 방에서 창호지를 찢고 날아와 악귀를 찔러 없애던 모습까지 전부 다.

그 말에 파는 기분이 이상해져 버렸다. 보기에는 저래 보여도, 라는 말에 발끈했지만 그 뒤에 붙은 말이 조금, 음, 낯간지러웠기 때문이었다.

저 바보 주인이 그래도 제대로 알고는 있었구나, 싶은 그런 생각이랄까. 그래서 이러지도 저러지도 못하고 그의 손에 잡힌 채로 허공에 동동 떠 있는데 하현이 진지한 표정으로 이어 말했다.

“그리고 이 집에는 결계가 아주 여러 개가 있습니다. 이제는 그만 관심을 좀 거둬 줬으면 하지만 저에게 쏠린 다른 무가(巫家)의 관심은 아직도 지대하거든요. 그들이 저에게 보내는 것들이 한두 가지가 아니라서 차단을 위해 결계를 좀 여럿 뒀는데 만약 당신이 파로 결계를 찢으면 이 집에 있는 모든 결계가 다 찢어질 겁니다. 즉, 한순간에 완전히 무방비 상태가 된다는 말입니다.”

그 말에 연화는 물론이고 파까지 화들짝 놀라서 몸을 바르르 떨었다. 물론 자신의 힘에 자신이 있고 이 앞의 결계 따위야 쉽게 깨트릴 수 있었지만 하나‘만’ 깨트린다고 연화가 움직일 수 있을지는 장담할 수 없었고, 만약 그의 말대로 이 집의 모든 결계를 찢어 버린다면 그건 보통 일이 아니었다.

다른 무가들로부터의 공격은 물론이거니와 무엇보다 연화가 악령들에게 그대로 노출이 되어 버릴 테니까.

그리고 연화는 연화대로 당혹스러웠다. 이제는 익히 잘 알게 되었을 정도로 무가 쪽에서는 영향력 있는 위치에 있는 하현이 자신을 지키라는 조건으로 계약한 게 파였다.

이제까지 경험한 것으로 본 파는 무척 대단하고 영험한 검이라는 사실 또한 잘 알고 있었다. 그런데 그녀를 통해 이 결계를 찢지 못하면 자신은 어떡하라는 말인가.

정말 이대로 내내 그에게 안겨서 지내야 하는 걸까, 진지하게 걱정하는데 하현이 그녀를 가만히 내려다보았다.

“연화 씨.”

왜요, 나 바빠요, 생각해야 한다고요. 고민해야 해요. 아무리 당신이 좋아도 매번 안겨서 움직일 수는 없어요. 그렇게 중얼거리며 한숨을 폭 내쉬는데 하현이 그녀의 어깨를 가만히 잡아 자신을 올려다보게 했다.

"연화 씨. 생각해 봐요. 당신에게는 파만 있는 게 아니에요."

'파만 있는 게 아니라고?'

연화는 그가 무슨 말을 하는지 이해할 수가 없어서 고개를 갸웃거리다가 불현듯 든 생각에 퍼뜩 가슴팍에 손을 댔다.

검, 또 하나의 신검, 그가 만들어 준 검, 도화 단도!

그 모습에 하현은 고개를 끄덕였고, 연화는 자신의 온기로 따끈따끈한 그 나무 단도를 조심스럽게 잡았다.

"진정, 이것으로 베어도 됩니까?"

파만큼 오래되지는 않았어도 이것 역시 하현이 직접 만든 신검이었다. 그것도 파로 도화 나무를 깎아 만든 것이다.

혹여라도 불상사가 있지 않을까 싶어 겁이 나서 쉽게 움직일 수가 없었다. 하현 역시 그 마음을 모르는 게 아니어서 주저하는 연화에게 부가 설명을 해 주었다.

"그 도화 단도는 당신만 '건드린' 나뭇가지입니다. 당신을 지키라는 계약으로 나, 그리고 당신에게 동시에 묶인 파로 깎은 단도이지요. 그렇기에 그 단도는 당신에게만 효력을 발휘할 겁니다. 애초에 나와 당신을 묶이게 한 매개체가 그것이니까요."

그 말에 연화는 바로 납득했다. 자신과 하현을 묶이게 한 매

개체, 그것 하나로 설명이 끝난 것이다.

연화는 자신의 품에 내내 지녔던 덕분에 따끈하게 덥힌 나무 단도를 오직 그의 말만 믿고 두 손으로 쥐었다.

그녀의 손바닥에 닿은 단도는 이전보다도 좀 더 단단한 느낌이었고, 훨씬 더 손바닥에 찰싹 붙는 듯한 느낌이었다.

파와 하현 역시 숨을 죽여 연화의 행동을 지켜보았고, 연화는 그 도화 단도를 양손으로 쥐고 힘껏 휘둘렀다.

"……!"

그리고 그와 거의 동시에 연화와 하현은 '얇은 천이 찢어지는 느낌'을 느꼈고, 나란히 마주친 시선으로 각자가 느낀 그것이 착각이 아닌 것을 확신했다.

그리고 투명한 무언가에 막혀 있는 듯했던 연화의 몸이 하현에게 온전히 폭, 안겼다.

'복숭아…….'

언젠가 미르가 말한 적이 있었다. 연화가 있는 쪽에서는 달고 은은한 복숭아꽃 향기가 난다고. 그리고 순간적으로 그에게 담뿍 향한 내음은 진정 그녀의 향기였다. 달콤하고도 싱그러운 연화의 향이었다.

"도령!"

매어 있던 답답한 결계에서 풀려난 연화가 제일 먼저 한 일은 하현을 소리 내어 부른 것이었고, 하현은 그 행동에서 그녀가 얼마나 불안해했는지를 느꼈다. 이렇게 맹목적으로 자신을 믿어 주는 사람, 의지하는 사람이 어디 있을까.

아무런 대가도 바라지 않고 자신만을 바라는 연화의 존재가 감사했다. 그래서 하현은 약간의 시간이 흘렀어도 여전히 자신에게 기대어 안겨 있는 연화를 가만히 끌어당겨 안았다. 따뜻했고 포근했다.

따끈한 숨결이 이렇게 느껴지는 사람이 다른 사람 눈에 안 보이는 게 아쉽기도 하고 다행이기도 했다. 나에게만 보이는 사람, 나만의 사람. 내 연인. 내, 연인.

"두려워하지 마십시오."

"……도령?"

무엇을, 말씀이옵니까? 라는 말에 하현이 상체를 조금 숙여 자신의 턱을 연화의 머리에 가만히 얹었고, 그게 간지러운 듯 연화가 작게 웃으며 몸을 틀었다.

"막는 게 있으면 뚫을 것 또한 있습니다. 그리고 어디에서 듣기로, 하늘에서는 사람이 견딜 만한 시험만 내린다고 하지요. 저는 그 말을 믿습니다."

'……견딜 만한 시험만 내린다.'

연화는 그 말을 입 안으로 중얼거려 보았다.

과연, 이곳에 내려와 마주친 시련 중 자신이 견디지 못하고 물러난 어려움은 하나도 없었다. 모두 다 이 사람, 아니면 파가 도움을 주었지.

그에 고개를 가만가만히 끄덕이자 하현이 그녀의 머리를 턱으로 천천히 쓰다듬으면서 말했다.

"사랑을 만나고 오거라, 그 시험을 내리며 하늘은 그 답지 또한 같이 내렸지요. 질문 옆에 열쇠가 있다는 말이 헛말이 아니었어요."

"……."

다 알고 있는 이야기고 마음 깊이 공감을 할 수밖에 없는 사실인 이야기였으나, 진실을 저렇게 또렷하게 말하니 왠지 모르게 부끄러워지는 연화였다. 아니 물론, 그가 제 사랑이라는 것을 부정하거나 부끄럽게 생각하는 것은 아니었지만…….

"그리고 오늘부터, 우리 둘만 있는 거 알고 있습니까?"

"……!"

바로 이 사실 때문이었다.

그 집을 나오기로 한 시점 바로 그때부터 이미 마음속으로는 각오를 했다. 물론 그 집에서도 한방에서, 그것도 한 이불을 덮고 함께 잠을 청하였고, 같은 침상 위에서 입술까지 맞추었지만 방과 집은 달랐다. 다른 사람과 함께 있던 공간에서 오롯이 두 사람만 지내는, 말 그대로 둘만의 공간이 된 것이었다.

그리고 그녀가 익히 잘 알고 있듯이 하현은 혈기 왕성한 성인 남성이었고, 자신 역시 병상에서나마 성인식을 무사히 치른 어엿한 성인 여성이었다.

혼례를 올리지 않은 것이 못내 마음에 걸리지만 서로를 정인으로 두었다고 고백한 이상, 정을 통해도 문제가 없는 관계인 것이다. 물론 자신이 있었던 당시의 개념으로는 말도 안 되는 이야기였으나 연화는 자신의 상식을 뛰어넘는 모든 안건은 단순하게 처리했다.

시대가 달라졌고, 자신의 힘으로 그 시대의 흐름을 바꿀 수 없으면 그것에 순응하자는 논리였다. 실로 명쾌한 논리가 아닐 수 없었다.

연화는 자신을 지그시 내려다보는 하현의 눈길을 똑똑히 느끼고 있었고, 그가 대답을 기다리는 것 또한 잘 알고 있었다. 하지만, 하지만 부끄러운 건 부끄러운 것이었다.

연화는 어떻게 말을 해야 할지 몰라 겨우 고개만 끄덕였고, 하현은 발갛게 달아오른 그녀의 귓불로 자신의 말의 '의미'가 아주 잘 전달된 것을 확인하고서 작게 웃었다. 부끄러워하면서도 조금도 물러나지는 않는 모습이 귀엽고도 자극적이었다.

그래서 하현은 조금 짓궂게 그녀를 놀려 보기로 했다.

"무엇을 알고 있는데요?"

"그……."

무작정 입을 떼기야 했지만 막상 대답을 하려니까 할 말이 없었다. 둘만 있는 걸 알고 있지요, 라는 말에 그렇다 긍정했는데 무엇을 알고 있냐고 물으면 뭐라고 대답하란 말인가. 그래서 연화는 마치 앵무새처럼 그가 한 말을 되풀이했다.

"우리 둘만 이 집에 거하는 것이요."

"그럼 어떻게 될까요?"

연화는 입술을 깨물었다. 하현의 입술이 귓가에 다가와 있었기 때문이었다.

마치 귓바퀴에 닿을 정도로 가까이 다가온 입술이 나직한 숨결과 함께 다시금 천천히 움직여 같은 말을 되풀이했고, '어떻게 될까요?'라고 하며 마침내 닿고만 뜨거운 입술에 연화는 저도 모르게 하현의 옷자락을 꼭 잡았다.

심장이 미친 듯이 두근두근 뛰었다. 어떡하지, 무어라고 해야 하지!

"어…… 어떻게라 하시면……."

"당신만 좋으면."

연화의 눈이 동그랗게 커졌다. 하현의 얼굴이 바로 눈앞에 다가와 있었다. 그리고 그녀의 시선이 그의 붉은 입술에 닿은 것은 당연한 일이었다. 이제까지 자신의 귀에 닿도록 사근이던 입술이니까, 닿아 오던 그것이니까.

하현은 그 입술을 다시 천천히 움직였다. 입술의 움직임에 따라 숨결이 따끈하게 닿아 왔다.

"당신만 괜찮으면."

나만, 괜찮으면?

그 의문 담긴 눈빛에 하현은 천천히 고개를 숙였고, 연화는 그의 얼굴이 점점 자신에게 가까워지는 것을 바라보았다.

아름답고 유려한 얼굴이었다. 붉은 입술이었다. 그리고 그 입술이 코 바로 앞에 멈추어 사근인 순간, 연화가 더는 참지 못하고 먼저 움직였다.

"마음껏 키스해도……."

반쯤 열려 있던 붉은 입술에 촉촉한 것이 잠시간 닿았다가 떨어졌다.

워낙에 키 차이가 커서 하현이 허리를 숙였음에도 불구하고 연화가 발뒤꿈치를 힘껏 들어야만 마주할 수 있는 얼굴이었다. 연화가 그 높고 먼 입술에 있는 힘껏 가까이 다가가 입을 맞추고 아래로 내려왔다.

"……!"

아니, 내려오려고 했으나 하현은 그녀가 내려가도록 두지 않았다. 연화의 몸이 한순간에 위로 훌쩍 올라왔고 높아진 사위에 그녀가 놀라기도 전, 하현이 여린 몸을 단단히 안고서 깊이 입을 맞추었다.

"도……."

—령, 이라는 말은 그의 입 안에서 맺어졌고 하현은 달게 닿아오는 연화의 입술을 머금으며 그녀의 머리를 손가락으로 가만가만히 쓰다듬었다.

길고 흰 그의 손가락은 그녀의 윤기 나는 검은 머리카락을 천천히 내려와 붉게 달아오른 귀를 살짝 건드렸고, 곧바로 움찔거리는 낭창한 몸에 하현은 짧게 숨을 내쉬며 더워진 자신의 몸을 달랬다.

정말, 알고 이러는 건지 모르고 이러는 건지.

그녀의 성격상 모르는 것이겠지만 그게 더 자극적이었다. 순백인데 그게 이렇게 유혹적이라니.

그래서 재미있었고, 신선했고, 즐거웠다. 그녀는 수줍어하지만 망설이지 않았고, 부끄러워해도 수동적이진 않았다.

'아니, 좀 전처럼 먼저 나를 놀라게도 하고.'

그렇게 중얼거리며 하현은 한 손으로는 연화의 뒷머리 부근을 잡은 채로 다른 손을 천천히 움직였다. 한 손 가득 닿은 허리가 낭창했다. 한 팔로 거뜬히 안을 수 있을 만큼 여렸고 가벼웠다. 그리고 민감했다.

"읏……."

이러면 곤란한데.

하현은 슬쩍 웃었다. 살짝 스치기만 해도 이런 듣기 좋은 소리가 나오면 내가 아주 곤란하다고요, 연화 씨.

하지만 그 소리를 절대 듣지 못할 연화는 얼굴이 새빨갛게 달아오른 채로 울망하게 그를 올려다보고 있었고, 하현은 그 얼굴보다도 훨씬 더 붉은 꽃잎으로 고개를 숙였다.

아무리 꽃향기가 향기롭다고 해도 이 앞에 있는 이 꽃보다도 달지는 못할 것 같았다.

촉, 말캉한 입술에 내려앉은 붉은 꽃잎 그 사이에서 작은 마찰음 소리가 새어 나왔다.

곧 두 입술은 더 이상의 틈이 없을 정도로 꼭 맞물렸고, 하현은 그 이음매가 퍽 마음에 들어 작게 웃고서 고개를 슬쩍 틀었다.

그에 따라오듯 연화의 고개가 살짝 움직였고, 하현은 천천히 두 손을 내려 연화의 허리를 자신 쪽으로 가까이 붙이고서 깊이 입을 맞추었다.

하현은 잠시간 맞닿아 있던 도톰한 입술 사이를 조심스럽게 가르고 들어가 이제는 조금은 익숙한 연화의 안을 음미했다.

어째서 이 안에서도 향기가 나는 것 같을까, 연화라는 사람 자체가 너무나도 달아 하현은 더 이상 참지 못하고 그녀의 입 안을 탐닉하기 시작했다.

조심스레 들어왔던 것과 달리 하현은 그녀의 입천장을 세게 문질렀고, 그 생경한 느낌에 연화는 눈을 질끈 감으며 입술을 좀 더 벌렸다. 그리고 그 사이로 완연히 들어온 하현이 탐하듯 연화를 붙잡고 품으로 끌어당겼다.

"하아, 하아."

하현은 숨을 가쁘게 몰아쉬고 있는 연화의 뺨을 손가락으로 살짝 쓰다듬었다. 그리고 연화가 천천히 자신을 올려다보자 그녀의 눈에 천천히 입술을 맞췄다.

감긴 눈이 차가웠다. 아니, 내 입술이 뜨거워서 그렇게 느끼는 걸까.

"연화 씨."

하현은 연화를 불렀고, 연화 또한 하현에게 안긴 채로 그를 올려다보았다.

두 사람의 시선이 가운데에서 정확히 똑 마주쳤고 같은 마음과 같은 생각이 담겨 있다는 것을 확신한 순간, 하현의 손이 움직인 것과 동시에 달칵하는 작은 소리와 함께 문이 열렸다.

집 안으로도 들어오지 못해 현관에 갇혀 있던 몸은 하현의 팔에 안겨 어느새 그의 방 안까지 들어와 있었고 이내 문이 닫혔다.

"……저 무거우실 텐데."

"전혀요."

살그미 나온 목소리에 마찬가지로 달큰한 목소리가 마치 화답을 하듯 그 위로 내려앉았다.

연화는 고개를 살짝 숙이며 하현의 목을 안은 손에 힘을 주었다. 자신이 안겨 있는 이 두 팔이 세상 그 무엇보다도 강하고 든든하게 느껴졌다.

"힘이 드실까 염려되어."

"걱정 말아요."

한 발 한 발 뒤로 밀려나는 것도 잠시, 연화의 발아래가 허전해졌다. 그녀의 어깨를 살짝 안고 있던 하현이 한 팔로 가볍게 안아 올린 것이었다.

입술을 맞댄 채로 움직인 탓에 입술 새로 츄읍, 약간 부끄러운 소리가 새어 나왔고, 하현은 좀 전보다 더욱더 가까워진 연화의 입술을 다시 찾으며 얼핏 설단힌 문을 눌러 완연히 닫았다.

달칵.

그 은밀하고도 작은 문소리가 정확히 귀를 스치고 지나가자 꼭 감겨 있던 연화의 두 눈이 움찔했다.

온몸의 신경과 모든 생각이 전부 다 이 사람에게 쏠려 있을진대 어찌 그 소리가 이 귀에 이리도 잘 들렸는지 이해가 되질 않았다. 아니, 온몸의 감각이 전부 모조리 다 깨어 있어서 외려 똑똑히 들렸을지도 모르겠다.

연화의 생각이 흐트러진 것을 알아채서일까, 하현이 천천히 눈을 떴고 이어진 듯이 마주해 있던 붉은 두 꽃잎이 살짝 떨어졌다.

그에 연화가 약간의 아쉬움을 느끼며 꼭 감았던 눈꺼풀을 들어 올리는데 일순 세상이 덜컹하고 흔들렸다.

"아앗!"

"어이쿠."

깜짝이야.

연화는 진심으로 놀란 표정으로 하현을 올려다보았다.

무언가 이상했다.

"……도령."

"놀라게 해서 미안합니다. 아, 이건 입맞춤에 대한 사과 아닌 거 알죠?"

지난번 첫 입맞춤 때 연화가 뾰로통하게 화냈던 것이 생각나서 오해 아닌 오해를 미리 막고자 한 말이었지만 하현의 얼굴을 올려다본 연화의 표정은 더욱더 딱딱하게 굳어졌다.

"도령."

연화는 확신했다. 이상해. 이상한 거 맞아. 확실히 이상해.

왜 알아채지 못했을까, 이제야 느껴졌을까. 계속 눈을 감고 있어서 그랬던 걸까. 눈을 뜬 순간 휘청한 그의 몸에 그제야 이상한 점이 눈에 들어오기 시작했다.

더 이상 틈도 없이 맞닿아 있는 몸이 뜨거웠다. 왜 연기가 나지 않을까 싶을 정도로 뜨끈뜨끈했다.

하현의 얼굴도 붉게 달아올라 있는 것이 부끄럼 때문은 아닌 것 같았다. 아니, 결코 아니었다. 만약 쑥스러움 때문에 얼굴이 저만치 달아오른다면 자신은 진즉에 저물어 가는 저 해 이상으로 붉어졌을 테니까.

연화는 하현의 뺨에 급히 손을 대었다. 그리고 곧바로 책망 어린 시선으로 그를 올려다보았다.

"열이 많이 납니다."

"안 나요."

연화의 눈썹이 살짝 들어 올려졌다. 이 사람이?

하현의 태연한 대꾸에 그의 뺨에만 조심스레 닿아 있던 흰 손이 붉게 달아오른 볼을 지나 양미간, 그리고 이내 이마에 닿았다.

따뜻하고 보드라운 손바닥 위에 뜨끈한 것이 그대로 만져졌고, 그뿐만 아니라 식은땀에 젖은 머리카락까지 같이 만져져서 연화는 저도 모르게 그 머리카락을 뒤로 넘기며 그의 눈을 바라보았다.

"이래도 나지 않는다 하십니까?"

연화는 입술을 꼭 깨물었다.

이유 모를 화가 났다. 이렇게 될 때까지 말을 안 한 이이도 원망스러웠고, 조금도 눈치채지 못한 자신도 바보 같았다.

본인이 죽을 정도로 아파 봤으면서 왜 다른 이가 아픈 것은 알아채지 못했을까. 그 괴로움을 알면서.

왠지 무거운 돌이 속에서 데굴거리는 것만 같아 연화의 표정이 굳어졌다.

"절 어서 아래로 내려놓으십시오."

"진짜 괜찮은데."

"제가 안 괜찮습니다."

하현은 다시 한번 괜찮다, 라고 하려다가 그랬다가는 연화가 진짜로 화를 낼 것만 같아서 흘끔 아래를 내려다보았다.

아닌 게 아니라 이미 잔뜩 심기가 불편한 표정인 연화는 조금만 건드려도 펑 터져 버릴 것만 같았고, 하현은 아쉬운 표정으로 그녀를 바닥에 조심스럽게 내려 주었다. 분위기 좋았는데.

"됐죠?"

"……끌어안으라는 말은 하지 않았습니다만."

"이것까지는 좀 봐주지."

하현은 그렇게 말하면서 연화를 안은 손을 다시 다잡았다.

자신을 걱정해 주는 모양이 고맙기도 하고, 이렇게 되어 버린 자신의 몸 상태가 어이없기도 하고 진짜로 조금은 머리가 어질거리기도 해서 하현은 연화의 머리에 얼굴을 기대었고, 연화는 고스란히 느껴지는 따끈따끈한 그 열기에 이이를 저기 보이는 너른 이불 위로 옮겨야 하나 아니면 그대로 안겨 있어야 하나 잠시 고민했다.

그러나 아무리 봐도 자신이 이 덩치 큰 사람을 저기로 옮기는 것은 절대 무리였다. 한 발자국 움직이기도 전에 쿵 하고 깔려버릴걸.

결국 연화는 몸은 얌전히 안겨 있는 채로 입술만 열심히 움직였다.

"아니, 대체 사람이 왜 이리 미련합니까? 아프면 아프다, 몸이 좋지 않으면 좋지 않다 말을 해야 알잖습니까. 소녀가 아무리 귀신이라 해도 도령의 몸 안까지는 들여다볼 수 없습니다. 이것 봐요, 이렇게 몸만 대고 있는데도 소녀가 더울 지경이잖습니까. 보아요, 어디가 아픈 거예요. 고뿔입니까? 아니면 혹여 속탈이라도 나신 거여요?"

어쩌지, 이 말투에도 적응이 된 것 같아.

사극 드라마에서 방금 튀어나온 것 같은 이 모습과 말투에 익숙해진 것을 넘어 이것마저도 예뻐 보이니 이제 정말 중증이라고 해도 부정할 수가 없었다.

하현은 피식 웃으면서 연화를 조금 더 끌어당겼다. 폭 하니 품에 담기는 몸이 향기로웠다. 아아, 좋다.

"신열이요."

"신…… 예에?"

낯선 단어에 얌전히 안겨서 눈을 깜빡이던 연화가 별안간 펄쩍 뛰면서 하현을 올려다보았다.

신열, 신열이라고? 신이라는 단어가 붙자마자 곧바로 떠오르는 사실에 연화의 얼굴이 눈에 띄게 핼쑥해졌다.

"하면 혹시 방금 그것 때문입니까? 저 때문이어요? 제가 그, 이 나무 단도를 휘둘러서?"

"크게 말하면 머리 울립니다."

"매우 송구합니다."

곧바로 아기 새처럼 잭 하니 작아지는 목소리에 하현은 결국 웃고 말았다. 곧바로 머리가 지끈거려서 바로 인상을 찡그릴 수밖에 없었지만.

하현은 아까부터 계속 당겨 오는 관자놀이를 손가락으로 문지르면서 대수롭지 않은 표정으로 말했다.

"무병(巫病)이 아니라 그냥 전신에서 열이 나는 증상을 말한 겁니다. 저 그래도 의사고, 의사가 괜찮다는 건 진짜 괜찮다는 거예요."

"하오나……."

"그리고 방금 그건 내가 진짜 흥분해서 그런 거니까."

흥, 흥분이라니!

연화의 얼굴이 곧바로 새빨갛게 달아올랐다. 하면 지금 이 아래에서 느껴지는 생경한 느낌이 어, 음, 착각이 아니었단 말인데.

어찌할 바를 모르고 아무 대꾸도 못 하는 모양에 하현이 결국 큭큭 웃음을 삼켰다.

'아, 진짜 미치겠다. 놀리는 맛이 있다는 게 이런 거구나.'

집안사람들이 봤으면 저놈이 이제 진짜 미쳤구나, 라는 말이 나올 정도로 풀어져 버린 자신의 모습이 스스로도 우스워서 하현은 잠시간 웃음을 참다가 연화를 흘끗 내려다보았다.

아직도 귀까지 발갛게 달아오른 모습이 몹시 귀여웠다. 하지만 이렇게 부끄러워하면서도 실상 키스를 하거나 몸을 맞대면 물러나기는커녕 열심히 따라와서 오히려 하현이 놀랄 정도였다. 하지만, 역시 아직 이것까지는 무리겠지.

"연화 씨."

"예, 예?"

이렇게 눈에 띄게 놀라면, 눈에 띄게 놀리고 싶어지잖아.

하지만 지금은 그럴 상황도 아니고 몸 상태 또한 정상이 아니라서 하현은 웃음을 조금 지우며 방문을 살짝 열었다. 찰칵 소리가 두 사람 귀에 유독 크게 들려왔다.

"잠깐만 나가 있어 줄래요? 잠깐 할 게 있어서."

"무엇을 하시려고요? 몸도 안 좋으신데 소녀가 도우……"

"벗을 건데요."

"……."

연화는 결국 얼굴을 두 손에 옴팡 묻어 버렸고, 하현은 큭큭 웃으면서 그녀의 머리를 부드럽게 쓰다듬었다.

"옷이 땀에 젖어서요. 그리고 외출복이라서 불편하기도 하고. 뭐 당신이 있어도 난 괜찮기는 하지만……."

"하면 나가 있겠습니다!"

그리고 곧바로 문간을 넘어 빠르게 사라지는 게 뭐랄까 새하얀 고양이 같기도 하고 토끼 같기도 하다.

하현은 또 피식 웃어 버렸다. 진짜 놀릴 맛이 있네.

'하지만…….'

풀썩.

하현은 연화가 나가는 것을 확인하자마자 침대 위에 쓰러지듯이 몸을 던졌다. 서늘하게 식어 있는 이불의 온도가 기분 좋았지만 그것도 잠시, 곧바로 그의 열에 덥혀 따뜻해져 버렸고, 하현은 한숨을 쉬며 손등으로 이마를 짚었다.

"예상은 했지만 생각보다 더 좋지 않은데."

무리가 될 거라고는 생각했다.

이 집의 결계도 하현 자신이 만든 것이었고 저 도화 단도 역시 그가 만든 거였으니까. 둘이 마주하면 문제가 생길 거라고 생각은 했다. 그녀에게 말할 때부터 분명 몸에 어떤 방향이든 영향이 올 거라고 각오했었다. 그리고 역시나 이렇게 되어 버렸고.

"……후."

하현은 손을 뒤집어 손바닥으로 다시 이마를 짚어 보았다. 다시 만져 보아도 뜨끈뜨끈한 게 아까 연화가 난리 친 게 과장이 아니었다. 이 정도면 몇 도쯤 되려나…… 그런 쓰잘데기 없는 생각을 하다가 진심으로 어이가 없어진 하현의 입매가 살짝 허물어졌다.

'도대체 몇 달 사이에 나에게 무슨 일이 일어난 거야.'

운명이라고 내 눈앞에 다가와 있어도 무슨 일이 있어도 마주하지 않겠다고 결심한 게 무당의 길이었고, 기억할 수 없을 정도로 까마득한 오래전부터 보아도 못 본 척, 들어도 못 들은 척한 게 영가의 모습과 목소리였다.

엮이지 않으려고 무던 애를 쓰고 할 수 있는 모든 것을 다 했지만 그것을 마치 비웃기라도 하듯 연화가 나타난 것이다. 그리고 묶였고.

스스로가 돌아보아도 미친 게 아닐까 싶을 정도로 많은 게 변했다. 병원과 일, 공부만 알던 사람이 완전히 사랑에 빠져 버리게 된 것이다.

'그래, 몸만 묶인 게 아니지…… 영혼에다가 마음까지 묶여 버렸으니까.'

이렇게 닭살 돋는 생각을 자연스럽게 하질 않나.

하현은 피식 웃었다. 대체 가주는 무슨 생각일까, 나에게 영가 아가씨를 붙일 생각을 하다니.

그녀의 의중을 하나 헤아릴 수가 없어서 하현은 생각에 생각, 꼬리를 물다가 결국 두 눈을 감았다. 목이 말랐다. 연화가 보고 싶었다.

* * *

한편, 어쩌다 밖에 서 있게 된 연화는 연신 손부채질 중이었다.

하현에게 폴폴 나던 열이 이리로 옮겨 왔는지 얼굴이 화끈거리는 게 가라앉지를 않았다. 붉은 입술이 살짝 벌어졌다.

"정말, 날이 갈수록 더 짓궂어지시고."

요즈음은 정말이지 초반에 보았던 그 냉한 사람이랑 동일 인물이 맞는지 의심스러울 지경이었다.

여기는 왜 왔냐고 냉정하게 말해서 자신의 울음을 터뜨리게 만든 이가 저이가 맞는 거야, 진짜? 게다가……

"……닿았단 말입니다. 정말."

뭉근히, 하지만 선명히 닿아 오던 그것이 생각나서 자신의 허리께를 내려다보던 연화의 얼굴이 다시금 화다닥 달아올랐다.

'그거, 역시 그거 맞지?'

아니, 그래. 자신도 성인식을 올린 어엿한 성인이었으며 그간 보아 온 많은 연서집이나 연애담을 엮은 서책들, 아가씨 심심하면 이것이나 보시라며 넣어 준 남녀상열지사 가득한 서책들을 통하여 남녀 간의 정을 통하는 법이라든가 그 즐거움은 연화 역시 아주 잘 알았다. 문제는 글로 연애를 배운 것에서 그친 것이랄까.

"하나하나 도령께 배우고 있기야 하지만……."

그래도 갑자기 그렇게 훽 분위기가 달라지면 놀라는 게 당연하다. 좋기도 하고 부끄럽기도 하고 궁금하기도 하고, 한편으로는 이런 자신이 당돌하면서도 즐거워서 연화는 살짝 웃어 버렸다.

매일매일이 즐거웠고, 매 순간이 새로웠다. 처음으로 보는 것들, 처음으로 겪는 것들, 그리고 처음으로 느껴 보는 감정들과 접촉들이 좋았다. 즐거웠다.

하현과의 포옹, 입맞춤 이런 것들이 전부 다 달았다. 자신을 부르는 그 이름마저도.

“내 이름이 그렇게 달게 느껴지는지 처음 알았지 뭡니까.”

서연화, 그 이름자 석 자는 원래 퍽 마음에 들었으나 하현이 부르는 ‘연화 씨’, 그 세 음절은 들을 때마다 솜털이 다 일어날 정도로 좋았다. 나직하고 부드러운 목소리, 진정 좋았다.

그것을 가만히 생각하던 연화는 괜히 발바닥이 근질거리는 느낌에 못 박힌 듯 서 있던 문 앞에서 선선히 걸음을 떼기 시작했다.

아까는 급히 들어오느라 미처 알아채지 못했지만 하현의 거처는 굉장히 정리가 잘되어 있었다. 다른 말로는, 집 안에 있는 물건이 없었다.

“……어째 사람 사는 공간 같지가 않네.”

그래도 저 안에 주인이 계신데 허락 없이 이리 돌아다니는 것은 실례가 아닐까 싶어 조심조심 걷던 발걸음은 이제 제법 대범해져서 거실은 물론이거니와 주방, 화장실까지 기웃거리고 있었다.

그리고 내린 결론이 저거였다. 이곳은 사람 사는 공간 같지가 않다는 것.

무릇 사람이 머물다 간 자리는 흔적이라는 게 있어야 하는데

화장실과 거실에 아주 기본적인 가구만 달랑 있을 뿐, 사용한 흔적이 그다지 많지 않았기 때문이었다.

무엇보다 의심스러운 것은 주방이었다.

'……한 번이라도 사용해 본 적은 있는 걸까.'

반질반질한 수도꼭지와 새하얗기만 한 가구들은 건드린 것 같지도 않아 보이는데.

연화는 하현의 본가에서도 보았던 차가운 상자, 냉장고 앞으로 가서 반사적으로 손을 뻗었다. 도대체 이 안에 먹을 게 있기는 한 것일까 궁금했기 때문이었다. 하지만 역시나 그녀가 간과한 게 하나 있었으니.

"아."

자신의 몸은 물건을 그대로 통과한다는 것이다. 벽이나 문을 그냥 통과할 수 있는 것은 편하다고 생각했지만 물건 하나 건드리지 못하는 것은 영 불편했다.

그런 점은 본가가 편하기는 했다. 무슨 장치가 되어있었는지, 하현의 방에서 약통을 마음 편히 만졌을 때가 생각나서 연화는 조그맣게 한숨을 내쉬었다.

'그 집 밖에선 유일하게 쥘 수 있는 게 파와 이 도화 단도라니…….'

정녕 무기밖에 쥘 수 없는 건가 싶어서 연화는 조금 시무룩해져 버렸다.

연화는 저도 모르게 하현이 있는 방 쪽을 돌아보다가 문득 눈을 깜빡였다.

'한데…… 너무 오래 걸리는데?'

옷만 갈아입겠다고 했는데 그것치고는 시간이 꽤 흐른 것이었다. 아무리 느릿느릿 움직였어도 그의 성격상 진즉에 다 갈아입고 정리까지 해 두었을 시간인데.

의아하게 눈을 깜빡이던 연화는 문득 떠오르는 생각에 급히 발걸음을 서둘렀다. 혹여 도령에게 무슨 일이라도 생긴 것일까?

"도령!"

굳이 문을 열 필요 없었다. 몸이 문을 그대로 통과했으니까. 하지만 연화는 마치 앞이 막힌 듯 그 자리에 굳어 섰다. 생각하지도 못한 장면이 눈앞에 있었기 때문이었다.

"도령!"

하현이 정신을 잃은 채 바닥에 쓰러져 있었다.

"도령, 도령, 정신 차리세요!"

어쩌면 좋을까, 이를 어찌하면 좋아.

연화는 입술을 깨물면서 주위를 둘러보았다. 어쩌지? 도움을 청할 사람이 아무도 없어. 눈물이 나올 것만 같았다.

"도령, 정신을 차려 보세요."

주위 사방이 온통 조용했다. 파마저도 웅웅거리지 않고 조용했고, 하현에게서도 그 어떤 소리도 나오지 않아 그야말로 그 어떤 소리도 들리지 않았다.

결국 기어이 눈물이 솟구치고 만 연화는 하현 머리 옆에 무릎을 끓고 앉았다. 어쩌지, 어떡해. 어쩌면 좋아.

"흑…… 윽……."

눈물이 뺨을 타고 흘러 하현의 얼굴 위로 떨어졌다. 거짓말처럼 눈을 좀 떠 주었으면 싶었지만 굳게 감긴 하현의 눈꺼풀은 조금도 움직이지 않았고, 연화는 손등으로 양 뺨을 닦으면서 숨을 내쉬었다.

'안 돼. 생각을 해야 해. 지금 내가 할 수 있는 것을 해야만 해.'

곧바로 생각난 것은 도움을 청할 사람이었다. 자신이 할 수 있는 것은 그 무엇도 없었다. 정신을 잃고 쓰러진 하현을 옮기는 것은 절대 무리였으며 그렇다고 이 방을, 집을 벗어나 바깥으로 나가는 것 또한 무리였다.

바깥세상이 두렵기도 두려울뿐더러 가주 할머니께서 말씀하시길 저 현관문 앞을 벗어날 생각일랑은 조금도 하지 말라고 했으니까. 그렇다면 남은 것은 하나였다.

"……."

연화의 시선이 방 안을 두루 훑었다. 다행인지 불행인지 하현은 옷을 갈아입지도 못하고 그대로 쓰러진 듯했고, 연화는 "실례합니다."라고 중얼거리고서 그의 몸 위로 상체를 굽혀 조심스럽게 손을 움직이기 시작했다. 그리고 곧 당황했다.

"어, 어디에 있는 거지?"

이제까지 봐 오기로 휴대폰을 늘 품 안, 아니면 뒷주머니에 넣고 다니는 걸 기억해 하현의 손을 빌려 품 안을 아무리 뒤져 보아도 없는 것이다.

그렇다고 정신 잃은 사람의 하체에 손을 대는 것은 정말 진심으로 실례일 것만 같아 (그리고 그럴 용기 또한 없어서) 연화는 울상을 지었다. 난 몰라, 이제 어쩌면 좋습니까.

그때였다.

"……연화 씨."

"도령!"

그토록 기다렸던 목소리가 들리자 연화는 반색하면서 아래를 바라보았고, 자신을 올려다보는 주황색 눈동자와 마주했다.

옅게 끼어 있는 열기에 연화의 새까만 눈동자가 또다시 울망해졌다.

"송구합니다."

"뭐가요."

뭐라고 해야 할까. 뭐가 송구하냐고 되묻는 말에 연화는 쉽사리 대답을 하지 못하고 입술만 깨물었다.

저를 이 집에 들이셔서 이 사달이 난 게 아닙니까, 라고 말하고 싶었지만 왠지 그러면 하현이 화를 낼 것만 같았다. 그건 싫었다. 자신에게 화내는 것도 싫고 그런 마음이 드는 것도 싫었다.

그래서 연화는 바로 대답을 하지 못했고, 하현은 몸을 일으키려는지 팔로 바닥을 짚기 시작했다. 그 모습에 연화가 두 손으로 급히 그의 팔을 잡았다.

"무리해서 움직이지 마시어요, 머리를 제 무릎에 두고 계세요."

몸을 일으키려는 게 힘들었는지 하현은 연화의 말대로 순순히 제 머리를 그녀의 풍성한 치마폭 위에 두었고, 연화는 곧바로 닿아 오는 그 열기에 걱정스러운 표정으로 하현의 이마에 손을 대어 보았다.

"……여전히 열이 심합니다."

"안 난대도요."

어찌 이런 상황에까지 말대답을 하십니까, 연화는 속상한 마음에 얕게 타박을 하면서 주위를 둘러보았다.

평소 그의 모습처럼 깔끔하고 단정한 남색 이불과 푹신해 보이는 커다란 베개 두어 개. 그 위에 누웠다가 일어난 모양인지 이불이 조금 흐트러져 있었다.

아무래도 저 위에 누워 있다가 몸을 일으키자마자 그대로 쓰러진 모양이었다. 바닥에 깔린 도톰한 이 천(러그) 때문에 소리가 나질 않아 그가 쓰러진 걸 바로 알아채지 못한 것 같았다.

키도 한참이나 큰 사람이 쿵 쓰러졌으면 부딪힌 곳도 많이 아팠을 텐데.

속상한 마음이 치밀어 올라 연화는 한숨을 쉬며 하현의 머리를 가만가만히 쓰다듬었고, 그러자 작은 한숨을 내쉬며 하현이 몸을 살짝 뒤척였다.

혹여 다리에 배겨 불편한 것은 아닌가 싶었지만 하현은 연화의 치맛자락이 퍽 마음에 든 듯 눈을 감고 있었다.

'……'

하지만 이대로 된 걸까?

편해 보이기는 하지만 그에게도, 그리고 자신에게도 편한 자세는 아니었다. 연화는 아직도 하현이 영 불편해 보여서 뭐가 문제일까 고민하다가 문득 그의 목 쪽에 시선을 두었다.

옷도 못 갈아입은 채로 쓰러졌으니 아마 여전히 옷은 젖어 있을 터였다. 아마 모르긴 몰라도 이 치맛자락이 축축해져 있겠지.

게다가 어찌나 단추를 저 위까지 꼼꼼히도 잠갔는지 그의 목젖이 움직일 때마다 윗옷의 깃이 따라 움직이는 게 보는 자신마저도 답답해 올 지경이었다. 그래서 연화는 잠시 주저하다가 그의 목 가까이 손을 뻗었다.

"실례해요."

"……."

하현은 그새 다시 잠들었는지 대답하지 않았고, 연화는 말했으니 되었겠지 하고 대충 생각하며 목 끝까지 잠겨 있던 단추 두어 개를 조심스럽게 풀어내었다.

그러자마자 바로 하현의 표정이 한결 편해졌다. 역시 숨을 쉬는 것부터가 불편했던 모양이었다.

'말을 하시지.'

아니, 말하면 민망하다고 생각하셨으려나.

연화는 좀 전보다 훨씬 나아 보이는 하현의 얼굴을 뿌듯하게 내려다보다가 손으로 그의 이마를 만져 보았다.

아까에 비해선 좀 나아지기는 했지만 그래도 아직 열이 있는

데, 약이라도 드셔야 하는 게 아닐까. 그리고 그보다도 먼저 드는 생각은,

"예쁘다."

사내에게 예쁘다는 말이 어쩌면, 아니 확실히 실례일 거라고 생각했다. 하지만 진심이 그랬다. 물론 하현은 객관적으로도, 주관적으로도 잘생기면 잘생겼지 예쁜 외모는 아니었다. 눈썹과 콧대, 입술 그리고 얼굴 윤곽까지 모두 다 자기주장이 강한 뚜렷한 모양이었으니까.

그러나 지금 연화가 말한 예쁘다, 라는 것은 분위기를 뜻했다.

신열로 달아오른 매끈한 얼굴과 열기가 새어 나오는 붉은 입술, 굳게 감겨 있는 두 눈과 그 아래 그늘지도록 긴 속눈썹, 그리고 조금씩 움직이는 목울대. 볼록 튀어나와 있는 쇄골과 단단한 어깨, 그리고 쭉 잘 뻗은 탄탄한 팔뚝.

'……만져 보고 싶어.'

연화는 심장이 두근두근 뛰는 것을 느꼈다.

지금은 아무도 보는 사람이 없었고, 하현마저도 정신을 잃어 자신이 한 행동을 그 누구도 모를 것이었다.

"……."

연화는 잠시 망설이다가 천천히 손을 들어 하현의 머리를 가만가만히 쓰다듬었다. 결 좋은 갈색 머리카락. 자신의 새까만 머리카락과는 전혀 다른 색이었다. 그래서 연화는 새삼스레 감탄했다.

'어쩜 이런 색이 나올까, 노을색 같기도 하고 저 나무색 같기도 하고.'

자신의 댕기 머리를 내려다보던 연화는 하현의 매끄러운 머리카락을 사락사락 흐트러뜨리면서 쓰다듬었다.

하현의 머리는 마치 명주실 같았다. 매끄럽고 가볍고 빛깔이 좋았다. 손끝으로 만지면 한 올 한 올 다 셀 수 있을 정도로 결이 좋았다.

자신의 손가락을 스치는 그 느낌이 좋아서 머리카락 끝만 만지작거리던 손은 좀 더 대범해졌고, 연화는 아예 그의 머리 전체를 쓰다듬기 시작했다.

언제였던가, 하현이 그녀의 머리를 다정하게 쓰다듬어 주었던 그때 이상으로 그녀의 손길은 조심스럽고 따뜻하고 다정했다. 간지러울 정도로 섬세했다. 그리고 머리를 쓰다듬던 그녀의 흰 손이 조금 더 아래로 미끄러졌다.

'이제 땀은 안 나네.'

식은땀으로 촉촉하던 이마는 어느새 말라 있었다. 그것이 그나마 다행이라 여기며 연화는 하현의 앞머리를 손가락으로 가만가만히 정리해 주었고 그녀의 손가락 틈 사이로 누구의 것인지 모를 숨결이 은밀하게 흘렀다.

연화는 쥘 수만 있다면 그 숨결을 손안 가득히 쥐고 싶었다. 그가 내쉬는 족족 다 이 손안에 모아 담았으면, 삼켰으면.

그때였다.

"……나도."

"……!"

너무 놀라면 소리조차 새어 나오지 않는다는 말은 진정 사실이었다. 하현의 입술 바로 앞에서 움직이던 손가락은 그대로 얼어붙어 버렸고, 연화는 자신의 심장이 멈춰 버리는 줄 알았다. 아니, 튀어나오는 줄 알았다. 심장이 미친 듯이 쿵쿵 뛰었다.

"……예?"

목소리가 떨리지 않은 건 심장이 대신 떨어 주어서였나 보다. 다행히도 목소리는 차분하게 흘러나왔지만 연화의 손끝은 살짝 떨리고 있었고, 하현은 픽 웃으며 손을 뻗어 손가락으로만 그녀의 손을 꼭 얽어 쥐었다.

"나도, 당신 좋아한다고요."

"……."

"만지고 싶고."

연화는 인정했다.

진정 이 사람은 귀신 그 이상임이 틀림없었어. 어찌하면 이 속내를 모두 다 꿰뚫고 있을까.

연화는 속으로 중얼거리면서 살짝 시선을 들었고, 하현과 눈이 마주친 순간 심장이 다시금 세차게 뛰는 것을 느꼈다.

그저 시선만 맞닿았을 뿐인데 몸에서 힘이 빠지는 것만 같았다. 자신을 바라보는 하현의 시선이 솜털처럼 간지러웠다. 진득한 설탕물처럼 농염했다. 열기로 인해 촉촉해져 있는 눈동자가 묘한 색이었다.

연화는 지금의 자세가 굉장히 묘하다는 것을 새삼스럽게 깨달았다. 포근하고 도톰한 천, 그 위에 앉아 있는 자신, 그리고 자신의 무릎을 베고 누운 하현.

갑자기 그녀의 얼굴이 화끈 달아올랐다.

"바, 바닥이 찹니다. 이제 일어나세요."

차다기보다는 두 사람의 온기로 오히려 뜨끈해진 바닥이었지만. 그리고 하현은 간단하게 대답했다.

"다리 저립니까?"

"아니요, 전혀."

"그럼 계속 이렇게 있고 싶은데요. 온기도 좋아서."

그 온기는 내가 아니라 당신의 열기입니다, 라고 말해 주고 싶었지만 이렇게 직접적으로 좋다, 라는 말을 들으니까 할 말이 없었다. 그래서 연화는 다시 도로 입을 다물고 말았고, 그러다가 문득 생각이 난 것을 화다닥 말했다.

"하면 약이라도 드시고 주무……"

연화는 다시 입을 다물었다. 이번에는 '주무세요'가 문제였던 것이다. 자신이 말해 놓고도 또 화르륵 붉어져 버려서 연화는 그냥 아무 말도 하지 말 걸 하고 후회했다.

둘만 있는 공간, 하현이 자신의 무릎을 베고 있는 상황, 곧바로 느껴지는 온기와 눈길 모두 색스러웠다. 색달랐다.

그리고 하현은 천천히 손을 뻗어 제대로 일어나지도 앉지도 못한 채 어색하게 허리를 들어 올린 연화의 손을 잡고 자신 쪽으로 가만히 끌어당겼고, 연화는 그곳이 자신의 원래 자리인 것처럼 도로 다시 앉았다. 그리고 그녀가 입술을 떼기도 전, 하현이 먼저 말했다.

"내가 불편합니까?"

"아니요."

연화는 반사적으로 말했고 그 대답에 하현의 눈매가 살짝 휘었다. 그러나 그것도 잠시, 다시 입술이 떨어졌다.

"돌리지 않고 솔직하게 말하겠습니다. 나는 당신이 좋고 당신과 하는 모든 게 다 좋습니다."

"모든 것이라고 하심은."

"손잡는 것, 안는 것, 키스, 그리고 안는 것까지."

두 번째로 말한 안는 것과 마지막으로 말한 안는 것의 어감 차이를 모를 연화가 아니었다.

그러나 연화는 자신을 올곧게 올려다보고 있는 하현의 시선에서 눈을 돌리지 않았고, 하현은 그녀가 자신을 외면하지 않자 잡고 있던 손을 가만가만히 쓰다듬었다. 여리고 가느다란 연화의 손가락 틈 사이로 하현의 것이 들어와 꼭 매듭짓듯 얽혀졌다.

만약 그 위로 물이 부어지더라도 조금의 흐름도 없을 정도로 견고하게 잡힌 손이었다.

하현은 그 손을 자신의 가슴 쪽으로 끌어당겼고, 그에 연화의 몸이 살짝 앞으로 딸려 와 숨결이 닿을 만치 두 얼굴이 가까워졌다.

"……부탁 하나만 들어줄래요?"

연화는 눈을 감고 싶었다.

하현의 얼굴이 너무 가까웠고, 그의 눈동자가 너무도 유혹적이었으며, 그의 목소리가 자신의 심장을 잡고 끌어 내릴 것만 같았다.

그리고 그 부탁이 무엇이든, 심지어 자신의 영혼을 달라고 하는 것이라고 해도 다 그러겠노라고, 그래 주겠노라고 할 것 같았다.

너무도 아름다운 주홍빛 눈동자에 연화는 눈을 감지도, 시선을 돌리지도 못했고 대답 대신 천천히 고개를 끄덕였다.

"나를."

어깨가 살짝 굳은 것은 숨결 때문이었다.

하현의 숨결이 입술에 닿았고, 그것이 델 만치 뜨겁게 느껴져 연화는 어깨를 살짝 움츠렸다. 그러나 그럼에도 조금도 그녀의 상체는 뒤로 물러나지 않은 채였다. 외려 더 하현에게로 더 가까이 기운 것 같기도 했다. 그것을 알아채었는지 하현이 살짝 웃었다.

"이름으로 불러 줘요."

"……!"

연화의 눈이 순간적으로 동그래졌다.

이것은 언젠가 자신이 했던 말이었다. 아니, 약조였다. 나를 마음에 두고 있으면 이름으로 불러 달라고, 이름은 그 사람의 전부이니 나를 이름으로 불러 달라 했었지.

그에 하현은 조금도 망설이지 않고 연화, 라고 자신의 이름을 불렀고 그 이후로 지금껏 계속 그 이름은 그의 입술에 맺혀 있었다. 연화의 눈동자가 살짝 일렁거렸다.

"이름……."

"당신은 나를 두고 도령이라고 하지요. 나쁘지도 않고, 결혼하지 않은 남자를 부르는 것이니 맞는 말이긴 하지만 영 들을 때마다 간지러워서요."

그러며 관자놀이를 긁적이는 게 정말로 낯간지럽다는 표정이라 연화는 저도 모르게 풋, 소리 내어 작게 웃어 버렸고 그 웃음에 하현의 눈동자가 즐거운 빛을 띠었다.

연화가 천천히 눈동자로 그의 얼굴을 어루만졌다. 그저 보는 것에 불과했으나 하현이 느끼기에는 분명 그녀의 시선이 자신을 만지는 듯한 느낌이었다.

"소녀는 다른 이의 이름을 불러 본 적이 없습니다."

"예?"

"아버지, 유모, 하늘 할머니, 할머니, 파."

하현은 아무 말도 하지 않았다. 다른 이의 이름을 불러 본 적이 없다, 라.

그리고 저 위에 나열된 사람들은 모두 다 그녀의 가족, 또는 조력자였다. 그에 얼마나 그녀 주위에 사람이 없었는가가 느껴져서 하현은 아무 말도 할 수가 없었고, 마치 그의 마음을 알아챈 것처럼 혹은 예상한 것처럼 연화가 연이어서 말했다.

"그리고 도령."

"……?"

하현은 눈을 들어 연화를 올려다보았고, 연화는 까만 눈동자 가득 하현을 담으며 예쁘게 웃었다.

"도령의 이름은 제가 유일하게 아는 사내 이름입니다. 마음에 담은 이름입니다. 하여 그 이름이 너무도 귀해 쉬이 불러지지가 않네요. 마음에 담기도 버거운 이름이라……."

하현은 더 이상 참지 못하고 두 손을 뻗어 연화의 뺨을 잡았다. 그리고 자신 쪽으로 가까이 끌어당겼다.

귀한 이름이라고, 마음에 담기도 버거운 이름이라고.

이 사람은 어쩌면 말을 이리도 예쁘게 할까, 도대체 어디까지,

"도……!"

사랑스러운 생각일까.

연화가 이번에 하현을 부른 것은 반사적인 일이었다. 급작스럽게 가까워진 얼굴에 놀라 연화가 도령, 이라고 부르려고 하자마자 그녀의 입술에 하현이 입을 맞춘 것이었다.

눈이 동그랗게 커진 채로 입술을 맞대고 있던 연화는 천천히 눈을 감았고, 굳게 닫힌 문이 양쪽으로 열리듯 조심스럽게 열린 입술 사이로 하현이 깊이 숨을 불어넣었다.

그리고 잘 보라는 듯 그녀의 입천장을 톡톡 두드리고서 그 매끈한 바닥에다가 천천히 획을 그려 넣었다.

"아읏!"

연화는 자신도 모르게 몸을 틀었다. 간지럽고 이상했다. 느낌이 생경했다. 발끝부터 간질간질한 느낌, 배 저 아래가 뜨거워지는 듯한 느낌이었다.

그리고 숨까지 막혀 와 하현의 가슴을 손으로 살며시 밀어냈지만 하현은 꿈쩍도 하지 않았다.

처음에는 이 사람이 간지럽게 왜 이러나 싶었지만 한 획 한 획이 그어질수록 그것이 만들어 가는 것은 뚜렷했고, 이내 잠잠해진 연화의 몸을 한 손으로 단단히 그러안으며 하현은 꿋꿋하게 자신의 이름을 그녀의 입천장에 한 자 한 자 모두 다 아로새겨 주었다.

그리고 숨이 다하자 아쉽게 입술을 떼고서 만족스러운 미소를 지었다.

"이제 어색하지 않겠죠. 그럼에도 잘 안 붙으면 이번에는 더 간지러운 곳에다 해 줄 겁……"

하현은 말을 끝까지 잇지 못했고, 놀란 표정으로 눈을 깜빡였다. 예상하지 못한 전개였기 때문이었다.

더운 숨을 가쁘게 몰아쉬던 연화가 대뜸 그대로 입을 맞추어 왔기 때문이었다. 하지만 놀란 것은 그게 전부가 아니었다.

'정.하.현'.

이름이 불렸다.

'하.현'.

입술과 천장에 새겨졌다.

그 달콤하고 따뜻한 혀가, 도톰한 살덩이가 혀에 맞닿은 순간 하현은 눈앞이 새하얗게 변하는 기분이었다.

"읏……!"

그녀의 입천장에 아로새겨 준 이름이 입술로 되돌아왔다. 입 모양과 숨결에 담아 이름을 부른 것이었다. 그리고 하현은 더는 참지 못하고 연화를 그대로 들어 올려 깊이 안았다. 한껏 안으로 품었다. 그리고 그녀를 바라보았다.

"안아도, 됩니까?"

이 '안는다'는 것은 지금 이렇게 안겨 있는 것과는 다른 의미겠지. 그리고 아까의 그 뭉근하게 닿아 오던 뜨거운 감촉을 결코 모르는 게 아니라서 연화의 얼굴이 살짝 달아올랐다.

하지만 연화는 거부하지 않았다. 물러나지 않았다. 예까지 오면서 결심한 것 중에 하나가 바로 이것이었으니까. 그와의 사랑이었으니까.

연화는 대답 대신에 천천히 두 손을 뻗어 하현의 목을 그러안았고, 하현은 연화를 소중히 품 안에 담은 채로 침대로 향했다.

"……떠는 겁니까?"

마치 작은 참새가 떠는 것처럼 전해져 오는 잦은 떨림에 하현이 묻자 연화가 두 손을 들어 그의 눈을 가렸다.

"으응, 떨려서."

'……그리고 좋아서요.'

당신의 모든 것이 좋아.

속으로만 중얼거리던 연화는 자신의 등이, 그리고 발이 차가운 이불에 닿자 '흣' 하는 작은 소리를 내며 몸을 움츠렸다.

그러자 하현이 마치 다독이듯이 그녀의 등에 옴폭 파인 골을 따라 천천히 손을 움직였고, 연화는 점점 저 아래부터 몸이 따끈하게 풀리는 것을 느끼며 눈을 감았다.

'아아, 그래. 맞아.'

말로는 몇 번이고 했었다. 그리고 그 수의 배 이상으로 많이 들었다. 좋아한다, 좋아한다, 좋아한다. 그걸 이제 확실히 알겠어. 좋아한다는 건, 사람을 마음에 둔다는 건 이리도 따끈하고 벅찬 일이었다는 걸.

새삼스럽게 저 아래에서부터 밀려오는 듯한 간지러운 느낌, 그러나 거부할 생각이 조금도 없는 따뜻한 밀물에 연화는 긴장으로 꾹 쥐고 있던 자신의 손을 천천히 풀었다.

그리고,

"……!"

연화의 손가락이 하현의 것에 얽혔다.

바들바들 떨리던 손, 그 여린 가지는 단단한 뿌리를 만나 더는 떨지 않았고 연화는 천천히 하현의 손을 자신 쪽으로 끌어당겼다.

그리고 무게 중심을 두 다리로 옮기며 하현은 그녀의 손길대로 순순히 자신을 주었다.

새하얀 얼굴 앞에 머뭇, 다가와 있던 손이 거부 없이 그 이끌림대로 아래로, 아래로 내려와 연화의 왼쪽 가슴 위에 닿았다.

분명하게 닿아 오는 도화 단도와 그녀의 몸을 북처럼 울리며 쿵쿵 뛰던 심장박동, 그것이 탄탄한 팔을 타고 올라가 하현의 것까지 닿을 듯했다.

연화는 자신의 심장 위에 느껴지는 손의 온기를 느끼며, 그 묵직한 무게와 자신을 천천히 안아 오는 단단한 팔을 느끼며 참았던 말을 숨에 담아 뱉었다.

"좋아해요."

다음 순간, 하현은 자신이 이 이상 버티지 못할 것을 깨달았다. 그리고 연화의 머리 위로 그늘이 드리워졌다.

"앗!"

닿은 입술은 마치 불같았다.

아직도 열이 내리지 않은 것일까, 연화는 자연스레 떠오르는 걱정에 말을 하려고 그의 어깨를 잡았지만 하현은 멈추지 않고 그녀를 정신없이 탐했고, 마치 입술에 불이 붙는 것 같아 저도 모르게 틈을 내주고 만 그 사이로 거센 불길이 넘어와 곧바로 혀를 집어삼켰다.

"으읍!"

뜨거워. 뜨거워. 뜨거워.

정신을 차리지 못할 정도로 밀려드는 혀에 연화는 정신이 혼미해지는 것을 느꼈다.

입술을 더 벌리지 않으면 타 버릴지도 몰라, 점점 더 크게 벌어진 입술 새로 마알간 타액과 함께 신음이 흘렀다.

쫍, 츠읍, 야한 소리와 숨소리가 방 안을 메우기 시작했다. 방 온도가 올라갔다. 환한 불 아래로 두 사람의 얽혀 있는 몸이 그대로 드러났다.

"아…… 읏!"

연화는 희미해지는 정신으로 간신히 생각했다.

죽을 것 같아. 온몸이 타서 죽어 버릴 것 같았다. 그리고 더는 버틸 수 없었다, 참을 수 없었다, 기다릴 수 없었다. 머리끝부터 발끝까지 불이 붙는 것만 같아 뜨거웠다.

더워, 힘들어, 숨 막혀, 더 이상은—

"……!"

그리고 순식간에 시원해졌다. 연화의 시선이 자신의 가슴팍에 닿았다.

늘 단정하게 매여 있던 옷고름이 천천히 풀려 가고 있었다. 늘 꼭 여며 있던 옷깃이 살짝 틈을 내주고 있었다. 그리고 그의 손길에 따라 스르르, 옷고름이 완연히 풀려 아래로 길게 두 개의 천이 늘어졌다.

"나도."

속삭인 걸까, 아니면 내가 잘못 들은 걸까. 그도 아니면 그의 마음의 소리를 들은 걸까.

연화는 떨리는 숨결을 입술 밖으로 토하며 눈을 꼭 감았다.

하현이 연화 위로 몸을 깊이 기울이자 다음 매듭을 푸는 손이 빨라졌다. 거세졌다. 이윽고 완연히 풀린 그 사이로 새하얀 상체가 드러났다. 그리고 그의 입술이 자신의 손이 짚었던 자리, 왼쪽 가슴에 닿았다.

"……사랑합니다."

짧은 한 마디, 하지만 그 무엇보다도 묵직한 한 마디가 심장을 쿵, 두드리고 들어와서 연화는 자신을 뜨겁게 내려다보고 있는 하현을 밀어내지도, 거부하지도 않았고 하현은 천천히 몸을 숙여 새하얗게 드러난 그녀의 목에 달게 키스했다.

처음으로 아로새긴 꽃잎, 그리고 그 꽃잎이 새하얀 발끝에 이르기까지 방 안은 뜨거웠고 연화의 입술에는 하현, 그 이름이 더는 떨어지지 않게 강하게 맺혔다.

첫날, 진정으로 둘이 지내기 시작한 그들의 첫날밤의 일이었다.

8장
일곱달

방 안은 고요했다.

초침 소리 하나 나지 않을 정도로 고요한 방 안, 그 연한 회색빛 방을 채우듯 은은한 빛이 얇은 천 사이로 새어 들어왔다.

그 햇빛이 눈꺼풀을 두드리듯 얼굴에 닿아 와 연화는 천천히 가늘게 눈을 뜨고서 앞을 바라보았다가 살짝 탄성을 흘렸다.

'어마, 고와라.'

저것이 하늘색이라고 딱히 누군가가 정의를 내린 것도 없건만 만약 길 가는 사람 스무 명에게 하늘색이 무어냐고 물어본다면 누구라도 저 색이라고 말할 만치, 그녀의 두 눈에 담긴 하늘은 진징 맑은 청색이었다.

'아름다운 푸른색. 날기 전 마지막으로 본 하늘도 저런 색이었

는데.'

그에 마음이 살짝 찌르르해진 것만 같아 연화는 이불 속에서 손만 뻗어 습관적으로 자신의 가슴팍을 만져 보았다. 그리고 곧바로 확 손을 거두었다.

"……!"

스스로의 몸이지만 감촉이 너무나도 생경하다. 지금 자신은 실오라기 하나 없는 맨몸으로 있었던 것이었다.

어쩐지 치맛자락이 안 잡힌다 싶었고, 어쩐지 유난히 이불이 포근포근하고 따뜻하게 닿아 온다고 했다.

생전, 단 한 번도 이리 맨몸으로 잠이 든 적이 없었는데 혼자의 몸도 아닌 다른 이와 함께 맨몸으로 자리에 눕다니…… 눕다니?

'어, 어, 어쩌지!'

자신이 한 생각에 연화의 얼굴이 화르륵 붉게 확 달아올랐다.

세상에나 맙소사, 아니 당연히 그렇겠지만, 아니 그렇게 되는 게 신기할뿐더러 과연 이럴 수도 있구나 싶기야 하지만, 연화는 영가의 몸인데도 불구하고 하현에게 닿을 수 있었고 그래서 하현은 그런 그녀의 옷고름을 풀 수 있었다.

결과적으로 지금 연화는 새하얀 나신이었다. 아니, 온전히 새하얗다고는 할 수 없는 게…….

"으아아, 난 몰라."

온몸에 불긋하게 올라온 꽃잎이 하도 여러 장이라 연화는 열 손가락이 넘어간 이후에는 세는 것을 포기하고 그대로 누워 천장을 올려다보았다. 함께 보낸 밤과 함께 맞은 아침이 수두룩했으나 그간 아무 일도 없었다. 물론 입맞춤을 나눈 적은 있었으나 몸까지 나누지는 않았었는데 이번에는…… 일을 치르고 만 것이다.

연화는 달아오른 얼굴을 두 손으로 잡고 있다가 얼굴의 뜨거운 김이 다 빠질 즈음 살금, 중얼거렸다.

"……해도 절대 후회하지 않습니다."

할 리가 없었다.

그럴 마음이 없었다면 하현을 따라 이 집으로 왔을 리도 없었을뿐더러 제 마음을 온전히 다 가져가 버린 사람이니 처음과 끝을 전부 다 주어도 아깝지 않다고 생각했기 때문이었다. 또한 이 사람에게는 안기고 싶다, 라는 마음도 가득했었고.

연화는 작게 웃었다.

'어찌 보면 하늘 할머니, 저는 백지가 아닐는지도 모릅니다. 이렇게 진달래빛 가득한 생각을 하기도 하는걸요.'

생각만 할까, 실행에도 옮겼는걸. 연화는 마저 생각을 이으면서 다리를 쭈욱 폈다. 이것을 기지개라 하는 것이겠지.

내려온, 하현과 가주 할머니의 말로는 '새로 대어난' 그날 이후 연화는 아주 많은 것들을 느끼고 배우고 겪었다.

더 이상 심장을 부여잡지 않고 숨을 쉬는 것도 새로운 일이었고, 혼자 힘으로 일어나 걷는 것도 새로운 일이었다.

숨 쉬고, 걷고, 뛰고, 그리고 기침하지 않고. 그 사실만으로도 너무나도 기쁜데 바깥세상은, 방 밖의 세계는 별나라였다.

그리고 하현은 그 별나라에서 그녀의 기준점이 되어 주는 솟대였다. 방향을 알게 해 주는 듬직한 솟대.

'십 리 밖에서도 알아볼 수 있을 정도로 키도 크고 잘생겼으니까.'

누가 사랑에 빠진 사람 아니랄까 봐 닭살 돋는 말을 속으로 중얼거리며 연화는 생긋 눈을 접었다.

처음으로 마음을 나눌 수 있는 사람을 만났고, 그이와 진정으로 각자의 마음을 나누었다. 그리고 정까지 통했으니 이제 진정 정인이 아니고 무엇일까.

그에 마음이 다시 간질간질해져 와 연화는 사풋 웃고서 팔꿈치로 침대를 짚고 상체를 일으키려고 했다.

"윽!"

했다가 짧은 신음을 흘리고 그대로 다시 누워 버렸지만.

'……생전에도 이리 자주 쓰러지곤 했는데. 물론 정신을 잃은 상태로.'

지금은 정신이 멀쩡하지만 몸에 힘이 하나도 들어가지 않았다. 팔까지는 어떻게 한다손 쳐도 등 아래쪽은 찌르르한 게 아직도 얼얼한 기분이었다. 그도 그럴 게 열심히 매달리고 흔들리느라 정신이 하나도 없었으니까.

"……."

매달리고 흔들린다, 라니. 자신이 생각해 놓고도 너무나 노골적인 붉디붉은 단어에 연화의 얼굴이 다시 화끈하니 달아올랐다.

그 생각을 하자마자 어젯밤의 그 열기 가득했던 방 안이 떠올랐기 때문이었다. 그리고 그 열기에 또다시 연이어 떠오른 생각은,

"도령, 아니 하현…… 은 괜찮으실까."

하현의 열이었다.

사실 그리 더운 열기로 이어지기까지엔 하현의 그 열이 지대한 역할을 했으니까. 그래서 반사적으로 주위를 둘러보는데 연화의 눈에 노오란 종이쪽지가 들어왔다.

"……?"

사위가 조용한 것은 상관없었다.

이전 집에 함께 거할 때에도 이부자리 곁에서 자신이 일어날 때까지 그가 가만히 기다려 준 적이 대부분이었으나, 바쁜 그의 일정상 자리를 비울 때 또한 있었으니까.

해서 연화는 하현이 없는 것을 그다지 크게 생각하지 않았다. 무릇 바깥사람은 여러 일로 바쁘기 마련인 데다가 특히 올해가 무척 바쁘다고 그에게 누누이 들었으니까.

그러나 하현은 그녀와 다른 생각인 모양이었다. 노란 쪽지 맨 윗줄에 적혀 있는 문장부터가 그의 마음을 가득 담고 있었다.

<연화 씨.>

곧바로 입술에 웃음 한 자락이 올라왔다.

자신의 이름이 이리 예쁘게 쓰이는지도 몰랐을뿐더러 이리 좋

은 어감을 갖고 있는지 또한 그를 만나기 전까지는 몰랐다. 아버님이야 늘 자신을 두고 아가라 일렀으며, 유모 또한 아기씨라고만 했으니 살면서 이름을 불린 게 그다지 많지 않은 것이다.

한데 그것에 얽힌 서운함을 풀어 주기라도 하듯 이리 좋은 목소리로 수없이 불러 주니 맺히지도 않은 원이 풀리는 듯한 기분이었다. 연화는 살포시 웃으면서 검지로 그 이름자 위를 살짝 쓸어 보았다. 예, 듣습니다.

<눈뜰 때 옆에 없어서 놀라진 않았습니까? 잠 깰 때까지 같이 있어야 하는데, 먼저 일어나서 미안해요.>

'첫 문장부터가 미안하다니, 전혀 그렇지 않습니다.'

듣지 못할 사람에게 작게 중얼거리며 연화는 천천히 눈으로 문장을 읽었다. 쉬이 읽을 수는 있으나 아직 빠르게 읽지는 못해서 바르고 정갈한 글자를 보는 눈동자가 시간을 두고 움직였다.

'해도 다행입니다, 읽을 게 아직 이리 많이 있으니.'

<깰 때까지 기다리고 싶지만 급한 호출이 와서 자리를 비웁니다. 당신 혼자 두고 가는 게 마음에 영 걸려서 파를 두고 가니 곁에 꼭 두고 있어요. 무슨 일이 있어도 당신을 반드시 지켜줄 겁니다.>

연화의 눈이 순간 동그래졌다. 파를 두고 갔다고?

함께 지낸 이래로 쭉 지켜보며 느낀 것은 하현은 파를 웬만해서는 몸에서 떨어뜨리지 않는다는 것이었다.

하현은 잘 때도 파를 머리맡에 두고 자고, 외출할 때에도 거의 항상 몸에 지니고 있었다. 예외가 있었다면 지난번 검은 물 습격 사건 때였다. 나중에 듣기로 그때는 워낙 급하게 가느라 깜빡 잊고 두고 갔었다고 했었다. 결과적으로 자신에게는 큰 도움이 되었었지만.

그런데 그런 파를 이번에는 일부러 두고 갔다고?

고개를 들자 과연 저 앞에 놓인 협탁 위에 푸른 단도가 반듯이 올려져 있었고, 그것을 확인한 연화의 입가에 쑥스러운 미소가 어렸다.

"혼자 두고 가는 것이 영 마음에 걸려 신검을 두고 가셨더랍니까. 아버님의 그리 소중한 유품을요."

그만큼 그에게 귀한 물건일 텐데 오죽 자신이 마음에 걸렸으면 이렇게 할까. 그 마음이 고마워서 연화는 팔을 있는 힘껏 뻗어 파를 잡고 다시 베개에 머리를 대었다.

종이는 잡을 수 없었지만 파는 잡을 수 있어서 좋았다. 그녀의 묵직한 느낌도, 무게도 전부 나 좋았다. 그리고 노오란 종이쪽지의 색감이 좋았다. 하현의 글씨도, 편지도 전부 다 좋았다. 그의 목소리가 들리는 것만 같아 좋았다. 그래서 자꾸만 웃음이 새어 나왔다. 어쩌지, 너무 좋아. 전부 다 좋아.

그리고 그 웃음기 가득한 눈이 다음 문장을 읽었다.

<그리고 할머님께서 이야기하신 것 기억하시죠? 절대로 현관문을 벗어나서는 안 된다. 그쪽 문지방도 밟지 말아요.>

"……."

연화의 입가에서 웃음이 살짝 사라졌다.

반사적으로 그쪽, 현관 쪽으로 시선이 가는 것은 그녀의 탓이 아니었다. 결계의 그 찌릿함을 느낀 것이 바로 어제의 일이었으니까. 하루도 지나지 않은 일을 어찌 잊을 수 있을까.

게다가 '아가, 현관을 벗어나면 안 된다' 이르시던 그 표정이 매우 근심스럽고 단호해, 어길 마음이 조금도 생기지 않았다.

그래서 예 없는 이에게 고개를 끄덕여 대답하는데 마지막 줄이 눈에 가득 들어왔다.

<가급적 서둘러 오겠습니다. 몸도 피곤할 테니 쉬어요.>

연화는 잠시 입을 다물었다. 얼굴이 다시 발갛게 달아올랐다.

"……."

왜 '피곤할 테니'라는 문장이 유독 크게 보이는 것일까. 분명 피곤한 것은 맞는 말이었으나 그것을 이리 콕 집어 들으니 기분이 굉장히 묘하고 부끄럽고 민망했다.

그래서 연화는 파를 제 얼굴 옆에다 내려 두고 옆으로 몸을 빙글 뉘었다. 어젯밤에는 정신이 없어서 잘 몰랐는데 오늘 이리 보니 자리가 매우 넓었다. 혼자여서 그런가?

곧바로 떠오르는 어젯밤 그 붉은 기억에 연화는 결국 이불에다가 얼굴을 폭 묻고 말았다. 왠지 어제 하현만큼이나 얼굴이 뜨거운 것 같았다. 화끈화끈거렸다.

"그리고…… 진정 꿈같습니다."

정말로, 만약 이게 꿈이라면 너무나도 억울할 정도로 행복했다.

저승에서 이리 이승으로 내려온 것만도 신기하고 놀라운 일인데 이승의 산 사람과 연이 닿아 이리 정을 통하게 되다니, 이것도 하늘 할머니께서 미리 안배하신 일일까.

서낭기를 따라가거라, 그 말은 이 모든 것을 예측하신 하늘 할머니의 큰 그림이었던 걸까.

그렇게 입 안으로 작게 중얼거리는데 옆에 멀뚱히 놓여 있던 파가 흥, 고개를 돌리듯 반대쪽으로 홱 검신을 돌렸다.

[퍽도 좋았겠지.]

"파?"

[나, 뭐, 왜. 부르지 말고 쳐다보지도 마. 민망하니까.]

파는 톡 쏘아붙이며 파다닥 몸을 털었다.

물론 자신의 말을 들을 수 있는 이는 단 한 명뿐이었고, 그이는 여기가 아닌 저쪽, 좀 먼 곳에 있었다.

아니, 정말이지 산 사람은 몰라도 죽은 이는 좀 들을 수 있게 해 주면 안 되는 건지 이리 말이 통하지 않아서야 어떻게 효율적으로 지킨단 말인가.

파는 진심으로 투덜거렸다.

[소통 좀 하게 해 주지. 나한테만 보이면 뭘 해, 내 말을 듣지를 못하는데.]

하지만 그것을 백날 투덜거려 봐야 해결되는 문제는 하나도 없었고, 파가 속으로 투덜거리는 동안 연화는 자신에게 등을 돌리듯 검신을 돌려 버린 파를 이리저리 꼼꼼히 바라보고 있었다. 혹시 무슨 일이라도 생긴 게 아닌지 잔뜩 걱정이 어린 눈치였다.

“파, 무슨 일입니까? 자리가 불편해요?”

[아잇, 진짜!]

그 말에 파가 연화 쪽으로 홱 고개를, 아니 검신을 돌렸다. 그러다가 더는 답답함을 못 견디겠는지 검신 위로 턱까지 찰랑거리는 검은 머리카락을 한 여자가 쑥 올라왔다.

그녀의 얼굴은 무엇 때문인지 붉게 상기되어 있었다. 그도 그럴 게—

[자리가 불편하긴 개뿔, 불편했던 건 어젯밤의 그 분위기였다고! 그 야릇하고 묘하고 그 뭐라 말할 수 없는 찐한 분위기! 너, 내가 얼마나 민망했는지 알아?!]

자신이 혼이 담긴 검, 신검인 것을 빤히 아는 작자가 응, 생각 없이 이 방에다가 자신을 두고 일을 치르면 어쩌자는 거냐고!

예상치도 못하게 그 뜨거운 걸 그대로 직면하고 말아 버린 파에게는 그야말로 날벼락, 웬 봉변이 아닐 수 없었다.

그리고 연화를 똑바로 보자 어젯밤의 그…… 장면들이 다시금 생각나는 것 같아서 파는 결국 두 손으로 얼굴을 옴팡 덮고 말았다. 아, 생각나 버렸어. 다 떠올라 버렸다고. 망했어, 망했어.

[사랑하는 거야, 너네가 알아서들 할 일이지만 나는 좀 빼 달라고. 진짜…….]

민폐라고 해야 할지, 아니 여기는 정하현 네 집이잖아.

하지만 파에게도 할 말이 있는 게, 어젯밤은 그야말로 마음 수련, 정신 수련을 하는 시간이었기 때문이었다.

나는 여기 없는 사람이다, 나는 문밖에 있다, 나는 이 집 밖에 있다, 하고 얼마나 자기 암시를 걸었는지.

오죽 할 일이 없었으면 근처에 돌아다니는 수상한 영가들이 없나 이 일대를 샅샅이 스캔을 했을 지경이었다. 그래서 결과적으로 파는 그 둘이 깊은 잠에 들 때까지 한숨도 쉬지 못하고 의도치 않게 열심히 일했다.

'가만, 이걸 노리고 한 거 아니야?'

그럴 정신은 아니어 보였지만.

파는 연화를 밉지 않게 흘겨보려다가 근심으로 가득한 강아지 같은 그녀의 큰 눈을 보고서 결국 폭 한숨을 쉬고 말았다.

[됐다, 됐어. 너한테 무슨 죄가 있겠냐.]

죄라면 저렇게 꽃잎을 온몸 가득 새겨 놓은 그 짐승이 문제지. 남자는 다 짐승이라더니.

'그나저나 남자가 짐승이면 그 사람도 마찬가지일까.'

곧바로 생각나는 그 사람의 멀끔한 얼굴에 파의 얼굴이 미묘해졌다. 그리고 입술 끝이 마치 춤을 추듯 움찔움찔거리기 시작했다. 검의 날에 스스로의 그 묘한 얼굴이 비치자 그제야 파가 핫, 표정을 바꾸며 고개를 내저었다.

[……나 진짜 미쳤나 봐.]

지난번 악령들의 그 공격이 역시 무슨 영향을 준 걸까, 나 좀 이상해진 것 같아.

파는 그대로 다시 검신을 돌려 베개에 폭 파묻혔다. 왜 갑자기 그쪽으로 생각이 전개되는 건지, 아니면 이 이상한 것들과 함께 지내다 보니까 자기도 그만 이상해져 버린 것만 같았다.

만약 하현이 들을 수 있었다면 네가 원래 제일 이상해라며 반박했을 생각을 아무렇지 않게 한 파는 베개 속으로 깊이깊이 파고들었고 걱정스러운 표정으로 그녀를 들고 이리저리 살피는, 전혀 영문 모를 연화의 뒤로 여느 때보다 늦은, 그리고 여느 때보다도 긴 하루가 시작되었다.

처음으로 그녀 곁에 하현이 오래도록 없는 하루의 화려한 서두였다.

* * *

휴대폰 액정이 환해졌다가 다시 깜깜해졌다.

그리고 그 검은 화면을 다시 손가락으로 톡 건드리자 다시금 환하게 불이 들어왔고, 하현은 전원 버튼을 살짝 눌러 다시 검게 만들고서 휴대폰을 의자 위에 던지듯 아무렇게나 놓았다.

'심란해 죽겠네.'

지금 하현은 택시 안에 있었다. 목적지는 물론 병원이었다.

급한 호출이야 한두 번도 아니었고, 아침부터 일찍 나가는 것은 일상이었다.

연화와 함께하게 된 다음에야 어떻게든 스케줄을 조정하고 있지만 사실 잠을 쪼개 가면서 일하는 곳이 병원이었고, 그래서 이른 시간도, 급작스러운 호출도 아무런 문제가 되지 않았다. 단지 걸리는 것은 그의 '촉'이었다.

온몸이 근질근질하고 먹은 것도 없는데 체하기라도 한 것처럼 속이 메스꺼웠다. 그날, 그날도 이랬는데. 부모님이 돌아가신 걸 알게 되던 날도. 그때도.

'……그때는 또 왜 생각나 가지고.'

하현의 짙은 눈썹이 잔뜩 찌푸려졌다.

이제는 좀 잊을 때가 되어 간다 싶은데 아직도 그날의 기억이 너무나도 생생해 하현은 눈을 질끈 감았다.

사실은 사람이 오기도 전에 알았다. 전화가 오기도 전에 촉이 왔다.

신당에 있던 할머니가 절규 같은 외마디 비명을 질렀고, 평소라면 절대로 들어가지 않았을 무서운 곳인데도 불구하고 바로 뛰어 들어간 그곳에서 본 것은 들어설 때까지만 해도 무섭게 녹아내려 가던 초 두 자루가 바닥에 떨어져 있는 장면이었다.

마치 자신이 들어오는 것을 기다린 것처럼 그렇게 바닥으로 뚝 떨어져서 산산조각이 나 있었다. 그리고 곧바로 병원에서 전화가 왔지.

'…….'

하현의 입술에서 소리 없는 긴 한숨이 흘러나왔다.

그 후로 꽤 오랜 시간이 흘렀는데도 이리도 생생한 것은 바로 이 감각 때문이었다. 좋지 않은 일이 일어날 때면 언제고 이렇게 속이 울렁거리곤 했다. 마치 파도가 일렁거리는 것처럼, 물살이 범람하는 것처럼 울렁거려서 기분이 항상 바닥을 치곤 했다.

그럼 오늘도 뭔가 일어난다는 것일까. 오늘도 또…….

"아, 젠장."

하현은 결국 작게 중얼거리면서 고개를 돌렸다. 왜 자꾸 그때 생각이 나지.

'우리 연화 씨나 보고 싶다.'

안 그래도 혼자 두고 나온 게 영 마음에 걸려서 발걸음이 떨어지질 않았었다. 그래서 결국 파를 두고 오기야 했지만.

곁에 파가 없는 것도 헛헛했고, 연화를 두고 온 것도 마음이 무거워서 자꾸만 창문 너머를 바라보게 되었다. 하현은 눈을 뜨자마자 반사적으로 질끈 감아 버렸다. 오, 마이…….

"뭐가 저렇게 많아? 어디서 제사라도 지내나?"

"예?"

"아, 아닙니다."

그가 중얼거리는 소리를 들었는지 택시 기사가 의아한 표정으로 그를 보았고, 하현은 시선을 차 안으로 돌리며 고개를 저었다.

그에게는 모르는 게 약이었다. 이 도로에도 드문드문 영가들이 드러누워 있는 것을 알게 된다면 운전하기 굉장히 곤란할 테니까.

생전에 죽은 모습을 그대로 연출하듯 자동차 밑에서 깔아뭉개져 있는 영가, 징검다리를 건너듯 버스 위를 달리다가 그 위에서 입이 찢어져라 웃으면서 덩실덩실 춤을 추는 악귀, 지나가는 사람들의 몸에 반쯤 들어갔다 나갔다 하면서 장난질 치는 놈들까지 도로가 아주 귀신 판이 따로 없었다. 하현의 눈동자가 조금 깊이 가라앉았다.

'젯밥을 얻어먹으러 오는 놈들 치고는 고약하고 지저분한데.'

하지만 자신들을 알아보는 걸 알기라도 하면 더욱더 귀찮아진다. 하현은 창밖에 시선을 아예 거두면서 눈을 감았고, 그런 그에게 기사가 뒤늦게 말을 걸어왔다.

"오늘 유난히 길이 좀 막히네요. 이쪽 길은 이 시간에 항상 뚫려 있는데."

"제가 교통 체증을 좀 몰고 다니나 봅니다. 택시 탈 때마다 매번 이러거든요."

하현의 대답을 농담으로 들었는지 기사가 피식 웃으면서 대꾸했다.

"이거 지하철만 타고 다녀야 할 손님이네. 아, 버스는 중앙 차선이라 괜찮으려나?"

어떨 때는 그 중앙 차선조차도 막힐 때도 있던데요, 라고 덧붙이자 앞으로는 지하철만 타시라는 대답이 다시 돌아왔고 하현은 어깨를 으쓱였다.

사실 막히는 걸 생각하면 그러고 싶기는 한데 지하철에서 보는 영가들의 모양은 너무 파격적이라서 별로 보고 싶지 않았다.

피에 익숙한 자신이 봐도 가끔은 징그러울 정도로 너무 생생하게 갈아져 있으니까. 하지만 굳이 그 말을 할 필요는 없겠지.

조금 지루한 시간이 흐르고 택시가 움직임을 멈췄다.

"도착했습니다."

하현이 문을 열고 내리자마자 기사는 다른 손님을 태우고 바로 사라졌고, 하현은 그 차 트렁크에 걸터앉아 다리를 까닥거리는 남자아이 영가를 보고서 찜찜한 표정을 감출 수 없었다.

'아무리 그래도 평소보다 너무 많이 깔려 있는데?'

이거야 마치 저 병원 안이랑 다를 바가 없을 정도였다. 다른 점이 있다면 저 안에 있는 영가들은 죄다 병원복, 또는 피 묻은 옷을 입고 있다 정도지만. 그래도 이렇게 도로변까지 낯선 영가들이 넘실거릴 정도라니, 굉장히 낯선 장면이었다.

하현은 이 근처에서 굿판이라도 벌어지는 건가 싶어 잠시 인상을 쓰고 그 모습을 보다가 고개를 내저었다. 되었다, 신경 써서 뭐 해. 내 소관도 아닌데.

"그보다 들어가기 전에 물어봐야지. 또 구박 들을라."

지난번 호출 때 당연히 연구실인 줄 알고 그쪽으로 갔다가 잘못 짚어서 얼마나 잔소리를 들었었는지 모른다. 그래서 하현은 휴대폰 액정을 몇 번 두드린 후 귀에 대었고, 신호가 몇 번 가기도 전에 바로 익숙한 목소리가 넘어왔다.

"어, 이제야 도착했냐?"

"네, 길이 좀 막혀서요. 어디로 갈까요?"

"어디긴 마, 내 연구실로 와라. 끊는다."

지난번에는 당연하다는 듯 강의실로 오라고 하셨으면서, 볼멘소리를 했지만 이미 전화는 진즉에 끊긴 상황이었고 하현은 이미 까맣게 변한 액정을 불퉁히 바라보다가 픽 웃고 말았다.

익숙한 듯 타박하는 목소리, 그리고 다정한 목소리. 은 교수였다.

* * *

하현은 빠른 걸음으로 복도를 걸어갔다. 원래도 보폭이 넓은 편이었지만 병원에만 오면 두 배로 빨라지는 게 걸음걸이였다. 평소라면 한시가 급하기 때문에, 지금은 그것에 더해져 늦었기 때문에.

'일부러 빨리 나왔는데도 영가 놈들이 그렇게까지 깔려서 길을 막을 줄은 생각도 못 했지.'

그러다가 문득 생각난 것은 조금 옛날의 기억이었다. 그때도 지금처럼 이렇게 악귀들이 바글바글했었기 때문이었다. 거의, 아마 태어나서 처음으로 본 한 무더기의 악귀들이었다.

사실 은 교수와의 인연은 좋게 시작한 건 아니었다.

처음 만났을 당시 그의 아들 미르는 온갖 악귀들이 죄다 들러붙은 심각한 상태로 거의 반 죽어 가고 있었으니까.

한시가 바쁜 그 상황에서 애는 피거품 물고 있지, 몸은 점점 뻣뻣하게 굳어 가고 있지, 그 와중에 그의 할머니는 이 집 안에 발 걸칠 생각일랑 말라며 매정하게 내치고 있지.

어찌 보면 최악의 상황이었다. 그리고 그것을 보다 못한 하현의 개입으로 새로운 연이 시작되었다. 하현과 미르, 그리고 하현과 은 교수의 인연이.

하현은 살짝 고개를 저었다. 이 한시가 바쁜 상황에 그때 생각은 왜 또 갑자기 났는지, 오늘 뭔가 여러모로 이상했다. 그래도 입가에 옅은 미소가 떠오른 이유는 이제는 스승이자 마음의 아버지가 된 은 교수 때문이었다.

그리고 그 순간, 분명히 꼭 닫혀 있는 문틈 사이로 낮고 풍부한 울림을 가진 목소리가 새어 나왔다.

"어, 들어와."

"……."

저는 아무 말도 안 했는데요, 라고 말하고 싶었지만 하현은 그냥 입을 다물었다. 정말 귀신이 따로 없다니까.

하현은 머쓱한 표정으로 문고리를 잡은 손을 바라보았다.

'아무래도 저 교수님한테도 뭔가 있는 게 분명하다. 아들은 냄새를 잘 맡으니까 아버지는 십 리를 넘겨본다던가.'

아니 어떻게 아무 소리도 안 들렸는데 자기가 도착한 것을 이렇게 딱 알았을까. 자신은 발소리도 안 나게 걸었고, 똑똑 하는 노크도 하지 않았고, 작은 헛기침조차도 하지 않았다.

숨소리는 안 낼 수 없으니까 그렇다고 쳐도, 절대로 정상적인 인간의 청력으로는 들을 수 없는 정도라고.

매번 겪는 일인데도 항상 신기해서 하현이 얼떨떨한 표정으로 문을 열고 들어가자 얇은 차트를 읽고 있던 은 교수가 무테안경을 치켜 올리며 픽 웃었다.

"왜 그런 표정이야? 귀신이라도 본 듯한 표정이네."

하현의 표정이 살짝 비뚜름해졌다. 꼭꼭 저런 말을 붙이신다니까.

"복도에는 있어도 여기는 없습니다. 그리고 저에겐 귀신보다 교수님이 더 무섭고요."

추천서가 달려 있으니 무서울 수밖에, 라고 중얼거리는 말을 넘겨들으며 하현은 은 교수가 눈짓하는 의자에 앉았다. 그리고 앉자마자 질문이 날아왔다. 아, 오늘의 호출 목적은 상담인 건가.

"요즘 꽤 바쁜가 봐? 틈만 생기면 사라진다고 다들 너 그림자도 보기 힘들다고 그러더라."

"그래요?"

"응, 우리 회식한 지도 꽤 됐잖아? 뭐, 넌 항상 일찍 빠지곤 했지만…… 몇몇 놈들은 너한테 숨겨 둔 애인이 있는 거 아니냐는 헛소리까지 하더라. 대부분 안 믿었지만."

그 말에 하현이 픽 웃었다.

'틀린 말은 아니네. 헛소리도 아니고.'

하지만 은 교수는 더욱 묘한 표정이었다. 그도 그럴 게 하현은 감정 표현에 박한 편이었고, 다른 곳은 몰라도 병원에서는 거의 냉동 인간으로 통하는 사람이었다. 그의 외모를 보고 살짝 혹한 마음을 가졌던 사람도 금방 포기를 하곤 했는데, 그런 하현이 우웃어어?

은 교수는 '이놈 봐라?'하는 표정으로 하현을 보더니 턱을 괴고 은근하게 그를 바라보았다.

"야, 진짜냐?"

"뭐가 말입니까?"

"아, 뭐긴 뭐야. 진짜 숨겨 뒀냐고."

하현은 슬쩍 고개를 돌려서 그를 외면했다. 예리하시긴.

사람들은 왜 이렇게 개인의 사생활에 관심이 있는지 모르겠다. 정확하고 엄밀하게 말하자면 '그'니까 관심을 갖는 것일 수도 있지만.

하현은 나름 병원 내에서 외모로도, 실력으로도 유명한 사람이었고, 사생활에 굉장히 민감하고 깨끗해서 털어도 여자 머리카락 한 올 안 나올 사람이라는 말까지 은근 돌 정도였다. 남자를 좋아하는 게 아니냐는 소리도 들렸으니 알 만했다.

물론 하현은 그런 수군거림에 한 치의 관심도 주지 않았다. 어느 쪽으로든 반응하면 여럿 입에 한동안 오르내릴 테니까.

그런데 그런 하현이, 여자에게는 조금의 관심도 주지 않고 늘 맡은 일만 깔끔히 하며 병원에서 살던 하현이 일과가 끝나면 무조건 자리를 뜨고, 간혹 어딘가에 정신 팔려 있는 듯한 표정을 짓고 의미 모를 웃음을 슬슬 흘리고 다니니 여자가 생겼다는 말이 안 돌래야 안 돌 수가 없는 것이었다.

그러나 하현은 이번 역시 흔들리지 않았다. 들켜 봤자 좋을 일이 없으니까.

"노코멘트하겠습니다."

그러자 은 교수가 홍 풀렸다는 표정으로 턱을 괴었던 팔을 떼었다.

"묵비권이냐? 아, 이 재미없는 자식. 그러니까 니가 외모에 비해 여자에게 인기가 없는 거야. 내 아들놈만큼만 좀 둥글둥글해지면 안 되겠냐?"

"미르는 좀 심하다고 보는데요. 아무튼 저는 제 성격에 아주 만족하고 있습니다. 이성에게 관심이 없는 것도 나름 만족하고요."

말은 잘해요, 라고 중얼거리며 은 교수가 옆에 빌어 두었던 차트를 집어 들었다. 이성에게 관심이 없는 게 만족스럽다니 정말 여러모로 정상은 아닌 놈이었다. 재미없기는.

"시답잖은 이야기는 이만하면 됐고, 물어볼 게 좀 있어서 불렀다."

좀 전에 농담을 주고받던 그 사람이 맞나 싶을 정도로 달라진 그의 표정에 하현도 살짝 어렸던 미소를 거두며 자세를 바로 했다.

전문의 시험 이야기일까, 아니면 레지던트 관련일까, 그것도 아니면 후배 녀석들 문제일까. 그도 아니면 전부 다일까.

아니면 지난번에 넌지시 물어보셨던 개업 관련해서? 아직 시험도 안 봤는데 무슨 놈의 개업이야, 개업은.

아무튼 짚이는 게 너무 많아 하현은 짐작할 수도 없었다. 아니, 어쩌면 모두 다 해당될지도 몰라.

벌써부터 머리가 지끈거리는 것만 같아서 저도 모르게 인상을 살짝 찡그리는데 은 교수가 한 말은 그가 전혀 예상하지 못한 쪽이었다.

"너, 미르 놈 처음 본 날 기억나냐?"

"예?"

예상 방향과 다른 이야기에 하현의 표정이 의아해졌다.

하지만 은 교수는 여전히 진지한 표정이었고, 하현은 얼떨떨하게 고개를 끄덕였다. 이 방에 들어오기 전까지만 해도 그때 생각을 하고 있었는데 기억이 안 날 리가 없었다.

"당연하지요. 그런데 갑자기 그건 왜 여쭤보십니까?"

"넌 그때 딱 보자마자 신병(神病)이라고 했지. 몸에 문제가 있는 게 아니라고."

하현은 "그랬죠."라는 말과 함께 고개를 끄덕이다가 멈칫했다.

뭔가 이상했다. 평소 미르와 자신 때문에 이쪽에 관심이 많은 사람이기는 했지만 이렇게 각 잡고 물어보는 건 또 오랜만이었기 때문이었다. 그래서 왜 그러시냐고 재차 물으려던 차였다.

은 교수가 무거운 표정으로 차트를 책상에 내려놓았고, 그의 시선이 정확히 하현의 눈동자에 닿았다.

"당시의 미르와 비슷한 증상을 보이는 환자가 들어왔다."

'비슷한 증상이라고?'

하현의 표정이 순식간에 가라앉았다.

"무슨 말씀이시죠?"

"말 그대로야. 심장 발작을 일으켜서 응급실로 실려 온 환자가 있는데 아무리 검사해 봐도 몸에는 아무런 문제가 없어. 혈압이 좀 낮기는 하지만 크게 문제가 될 정도는 아니고, 아무튼 바이탈 체크했는데 모두 다 정상이야. 그런데 아프대."

"아프다는 말씀은……."

하현의 말을 끊으며 은 교수가 손으로 머리를 헝클어뜨렸다. 왁스로 잘 정돈되어 있던 새까만 머리카락이 엉망이 되었지만 그도, 하현도 신경 쓰지 않았다. 어차피 수술 들어가면 엉망이 될 터였다.

"원인 모를 발작을 계속 일으켜. 게다가 아무도 없는 곳에다 대고 말을 걸질 않나, 주문 같은 걸 외질 않나, 그리고 허공에 대고 깔깔거리면서 웃거나 우는 건 예사야."

"그 정도면 정신과에 보내야 하는 게 아닙니까?"
"그런데 그때 외에는 정상이거든."
살짝 황당해하던 하현의 입매가 일자로 다물어졌다.
'그때 외에는 정상이라…….'
그의 생각을 마치 읽은 것처럼 은 교수가 덧붙여 말했다.
"평소에는 괜찮아. 자기 할 말 딱딱 조리 있게 하는 아주 똑 부러지는 아가씨야. 그런데 갑자기 눈이 홱 도는 거 있잖아. 그건 다른 사람은 몰라도 나는 안다. 미르가 그랬었으니까, 내 아들이 말이야."
하현은 그를 바라보았고, 은 교수의 눈에서 느껴지는 미약한 아픔, 고통, 죄책감에 한숨을 속으로 삼켰다.
'……아직도 고여 있구나. 이제 그만 스스로를 용서하셔도 될 텐데.'
그 후로 몇십 년이 흘렀지만 아들의 말을 믿지 못한 것과 괜한 검사와 시간을 낭비해서 그동안 미르를 괴롭게 한 것에 대해서 은 교수는 아직도 스스로를 용서하지 못하고 있었다.
가주도 충분히 그럴 수 있다고 했고 미르 본인도 이제 자신은 괜찮다고, 잊으라고 하는데도 불구하고 그것은 여전히 그의 아픈 기억이었다.
그러다가 문득 떠오른 생각에 하현은 인상을 찡그렸다.
'저 정도면 신병 수준이 아니라 이미 신내림 받은 수준이 아닐까?'

그리고 곧바로 이어서 떠오른 생각은 아까 도로에 가득하던 영가들이었다. 이 근방에서 다 끌어모은 게 아닐까 싶을 정도로 어마어마하던 숫자. 하현의 눈빛이 달라졌다.

'아니면 만약 그 여자가 끌어당기고 있는 것이라면?'

일리가 있는 말이었다. 그렇다면 신을 받았어도 문제, 안 받았어도 문제였다. 빈 몸이라면 들어가려고 호시탐탐 틈을 노리는 것들이 드글드글할 테니까. 평범한 일반인 생활을 추구하는 하현으로서는 달갑지 않은 소리였다.

'더 있다가는 진짜 귀신 소굴이 될지도 모르겠네.'

지금만으로도 충분히 차고 넘치는데 여기에 신입까지 들인다면 일상생활 절대 불가다.

하현은 결연한 표정으로 은 교수를 바라보았다.

"그 환자, 지금 어디 있습니까?"

* * *

"……!"

침대에 누워 있던 가녀린 어깨가 움찔하자 검고 긴 머리카락이 폭포수처럼 흘러내렸다.

"느꼈니?"

앞뒤 내용 없이 바로 속삭인 그 말에 협탁에 놓여 있던 작은, 색 구슬 몇 개가 흔들거렸다. 아무도 건드리지 않은 혼자 움직인 모습이었지만 이원은 대수롭지 않은 표정으로 보다가 생긋 예쁘게 웃었다.

"하긴 내가 느꼈는데 네가 못 느꼈을 리가 없지. 만약 못 느꼈으면 더는 쓸모가 없으니까 소멸시켜 버릴까 했어."

이제 슬슬 색도 바래지고 있고, 중얼거리는 그 말에 맨 앞에 있던 회색 구슬이 바르르 떨렸다. 그리고 그것을 보았는지 이원의 입꼬리가 쓱 올라갔다.

"왜, 떫니? 내가 뭐 틀린 말이라도 했어? 그러게, 누가 죽고 나서도 구질구질하게 이승에 떠돌래? 저승사자를 속이고 도망가래? 그리고 넌 이제 더러워질 대로 더러워져서 올라가지도 못할걸."

내가 이곳저곳에 요긴하게 써 왔으니까, 라고 덧붙이자 구슬 안에 일렁이던 회색 연기가 자그맣게 움츠러들었고, 그 모습을 빤히 바라보던 이원의 날카로운 눈매가 예쁘게 반호를 그리며 휘어졌다.

"내가 그동안 내내 말했지. 명령을 잘 따르기만 한다면 놓아주겠다고, 그렇지 않으면 다시는 환생하지 못하도록 깨끗하게 소멸시켜 버리겠다고. 그런데 왜 이래, 한 번도 그 모양 보지 못한 것처럼? 그리고 봉인에서 풀리자마자 바로 없어질 게 어디서 반항이야, 반항은. 진짜 없애 버려 봐?"

그렇게 말하며 이원이 돌아보자 회색 구슬뿐만 아니라 색색의 구슬들이 몸을 움츠리듯이 한데로 또르르 모였고, 이원은 해사하게 웃으며 맨 앞에 있는 회색 구슬을 집어 들었다.

[……]

그녀의 흰 손에 잡힌 구슬이 겁에 질린 듯 바르르 떨렸다. 그러나 이원은 조금도 신경을 쓰지 않았고, 그 안에 담긴 무엇에다가 똑똑히 경고했다.

"잘 들어. 죽었는데도 이승을 떠돈 것도 너고, 내 암시에 걸려든 것도 너고, 나랑 계약한 것도 너야. 아, 계약이 아니라 강요라고? 어쩌겠니, 그때 이미 칼자루는 나에게 있었는걸. 아니꼬우면 영영 소멸해야지. 안 그래?"

그렇게 쏘아붙이고서 이원은 협탁 위로 구슬을 던지듯이 내려놓고, 침대에 누워 긴 머리카락을 베개 위로 가지런히 정리하며 생각했다.

'방금 그거, 그 사람이겠지?'

순간적으로 등줄기가 서늘했다.

한 번도 그래 본 적은 없지만 산속에서 호랑이를 단둘이 만난다면 이런 느낌일까 싶을 정도로 등골이 싸늘해지는 기분이었다.

그리고 그 기운 한 번에 근처에 있던 영가들의 대부분이 달아났다. 자신이 부른다면야 당연히 다시 오기야 하겠지만 존재감을 한 번 보였을 뿐인데 기가 눌려서 겁을 먹고 도망가 버린 것이다. 주인이 명령하지도 않았는데.

'기분 나쁘네. 움직이라고 명령한 적도 없는데 어딜 가, 가기는.'

그렇게 중얼거리며 이원이 느리게 눈을 깜빡였다. 과연 정씨 가문의 후계라는 건가.

아주 잠깐 느낀 것에 불과하지만 확실히 존재감이 컸다. 아마 모르면 몰라도, 이 근방의 당집에서도 일시적으로 예기를 느꼈을 것이다. 모시고 있던 신들이 화들짝 놀랐을 테니까. 자신 역시 하현과 마찬가지로 신을 담은 몸은 아니었지만 온몸의 털들이 모조리 일어나는 느낌이었다. 그리고 그와 함께 화가 났다.

'만약 나에게 저런 힘이 있었다면, 모든 영가를 아우르고 누를 만한 힘이 있었다면 절대로 저렇게 살지는 않았을 거야.'

이원의 검은 눈동자가 매섭게 빛났다.

'정하현.'

이원은 그에 대해 아주 많이 찾아보았고, 지긋지긋할 정도로 듣고 자랐다. 아니, 아마 이원뿐만 아니라 이쪽에 몸담고 있는 사람 중 그의 이름을 모르는 사람은 없을 것이었다.

모든 영가들이 무서워하고 동시에 따르는 사람, 끊임없이 주위에 큰 신들이 머무는 사람. 그리고 그것을 모조리 다 내치는 멍청한 사람.

'당 쪽으로 관심이 조금도 없고, 미련도 없어서 기운을 누르고 능력을 감춘다고? 신경도 쓰지 않는다고?'

그 이야기를 들을 때마다 속이 부글부글 끓고 기분이 더러워졌다. 그럼 난 뭔데, 죽을 만큼 지독하게 원하는데도 능력은 조금도 늘지 않고 제자리걸음이었다. 아니, 그나마 퇴행하지 않은 게 다행인 건가.

'그래, 능력이 사라질까 봐 무서워서 저렇게 구슬 안에다 가두고 있으니까.'

노력할 만큼 했는데도 안 되었고, 능력은 그대로였다. 그리고 집안에서 듣는 폭언도 여전히, 아니 그건 점점 심해지고 있었다.

'애를 밸 능력은 있냐, 라는 말이 제일 최근에 들은 말이었던가.'

이원은 생각하다가 고개를 갸웃거렸다.

'아닌가, 창녀 취급이었나.'

뭐 어느 쪽이든 절대로 유쾌하거나 마음이 아프지 않을 리가 없다. 더욱이 그 말을 한 작자가 자신의 친부라면.

그래서 생각한 게 하나 있었다.

바로 그를 '유혹'하는 것.

"……."

이원이 천천히 몸을 돌려 하얀 벽 쪽을 바라보았다. 손바닥을 베고 눕자 아릿하게 저려 오며 새하얗게 질리는 모습이 나름 보기 괜찮았다.

그래, 사실 아버지의 말대로 애를 배기 위해, 임신을 하기 위해 유혹하는 것도 있긴 있었다.

'그의 씨를 밴다면 나에게는 행운이겠지, 태어날 그 애에게는 불행이겠지만.'

그리고 그것에 부가적으로 노리는 것은, 아니 사실은 실질적으로 노리고 있는 것은 그의 능력이었다. 만약 그와 육체적으로 정을 통하면 그에게 있는 능력이 자신에게 조금이라도 넘어오지 않을까 하는, 혹시나 하는 일말의 희망이었다.

'만약에 그렇게 된다면 더는 아버지가 나에게 폭언을 할 수 없을 테니까, 완력엔 밀리더라도 힘으론 누를 수 있겠지.'

그리고 더는 자신을 힘으로든 그 외의 것으로든 위협하지 못하도록 할 수 있을 터였다.

이원은 생긋 웃으면서 살포시 눈을 감았다.

'그걸 위해서라면야, 도덕적 윤리 따위 개나 줘 버리라고 해. 당장 내가 살아야겠는데 그딴 걸 신경 쓸 겨를이 어디 있어.'

그리고 이원은 이 병원 어딘가에 있을 그에게, 그녀만의 약혼자였던 사람에게 속삭였다.

"그토록 결혼이 하기 싫다면 원 나잇으로 해 주죠."

그 하룻밤은 여러 밤이 될 테고.

미묘한 웃음기 가득한 새빨간 입술이 아무것도 없는 허공에 쪽, 키스를 새겼다. 어서 와요, 신들의 왕자님.

* * *

모든 사람에게는 '촉'이라는 게 있으며 한국 사람들은 그 촉에 더 예민하다고 한다. 아마 신기(神氣)를 조금씩 갖고 태어나기 때문이겠지. 이 나라 땅에 깊이 깃들어 있는 그 기운들을.

그리고 본인은 인정하기 싫어하지만 자타공인 '신의 그릇'으로 손꼽히는 흉부외과 레지던트 정하현은 지금 오만상을 다 찌푸리고 있는 중이었다.

"야, 뭐 잘못 먹었냐? 표정이 왜 이래?"

"잘못 먹지는 않았지만 속은 좀 안 좋습니다."

사실은 조금이 아니라 많이 안 좋다. 방금 전에 순간 등골이 오싹했는데, 머리털은 물론이고 솜털까지 모조리 다 곤두설 만큼 이상한 느낌이 들었기 때문이었다.

살아오면서 여러 저주와 살들, 온갖 귀신들을 다 만나 보았지만 이렇게 기분이 나쁜 것은 또 오랜만이었다. 그러면서도 약간의 기시감이 들어 더 기분이 나빴다.

처음이면 차라리 나았을 텐데 예전에 느껴 본 적 있는 익숙한 기분이 들었기 때문이었다. 마치 머리는 기억 못 해도 몸이 기억한다는 듯 그런 느낌으로. 하현은 인상을 찡그리며 기억을 더듬어 보았다.

'대체 이 엿 같은 기분을 언제 느껴 봤지?'

이제껏 살아오면서 받아 왔던 저주들과 네 배로 되돌려 보낸 살들을 곰곰이 다 생각해 보았지만 도무지 기억이 나질 않았다.

이렇게 찜찜한 기운이라면 모를 수가 없을 텐데. 하현은 뇌에 있는 모든 세포를 흔들어서 생각해 보려고 애를 썼지만 은 교수의 신경만 거슬리게 만들었다.

"약 줄까, 거울 줄까. 둘 다 필요해 보인다만."

"충격 요법이라면 소용없을 겁니다. 저 잘생긴 거, 저도 잘 알고 있거든요."

"재수 없는 놈 같으니."

하지만 분명한 사실인 그 말을 부정할 수도 없어서 은 교수는 진심으로 재수 없다는 표정으로 들고 있던 소화제 통을 하현에게 던졌고, 하현은 픽 웃으면서 그것을 받아 들었다. 잘그락, 경쾌한 소리가 약통 안에서 들렸다.

"아무튼 그 환자, 일단은 여기 입원해 있다고요?"

다시 제 궤도로 돌아온 대화의 주제에 은 교수는 고개를 끄덕이며 다시 의자에 앉았다.

"그래, 몸 상태는 지극히 정상이지만 퇴원을 시키려고 할 때마다 발작을 일으키는 바람에 입원시켰다. 진짜 귀신이라도 들었는지, 회진하다가 생각나서 이제 퇴원하라고 하려고 찾아가면 어김없이 거품을 물고 있더란다."

"좀 전에 들렀던 간호사 말로는 아주 멀쩡했다던데 몇 분 만에 사람이 초죽음이 되어 있는 거야. 그야말로 귀신이 곡할 노릇이지."

"그럼 병원보다도 절이나 당집에 가야 할 것 같은데요."

"그래서 널 부른 거잖냐."

그 말에 하현은 굉장히 거북한 표정을 지었다. 정말 다행히도 자신이 무당집 사람이라는 것을 아는 사람은 이 병원에 단 한 사람뿐이었지만 그 단 한 명이 그의 담당 교수라는 사실은 굉장히 불행한 일이었다. 그래서 하현은 몇 번이나 속으로 말을 고르다가 결국 포기하고 말았다.

"제가 무슨 퇴마사인 줄 아십니까."

"나도 양심은 있으니까 귀신 쫓아 달라는 말은 안 해. 아니, 맨입으론 못 하지. 그냥 내가 생각하는 게 사실이 맞는지, 그것만 봐 주면 된다. 그럼 속 시원히 퇴원시키고 바로 절이든 당집이든 보낼 테니까."

그러니까 그의 말은 환자의 병이 몸의 병인지, 무병인지 분간을 해 달라는 말이었다. 그리고 그 정도는 힘들이지 않고 할 수 있기에 하현은 순순히 고개를 끄덕였다.

하지만 아무리 은사라고 해도 세상에 공짜란 없는 법이었다. 하현이 은 교수를 빤히 바라보았다.

"그럼 저 당분간 쉬어도 됩니까?"

"자식이 요즘 빠져 가지고. 너 진짜 집에 숨겨 둔 애인이라도 있는 거냐?"

"딱히 숨기진 않았지만요. 차트 좀 봐도 됩니까?"

은 교수는 눈을 깜빡이며 하현을 바라보다가 얼결에 고개를 끄덕이고는 자신의 앞에 있던 차트를 그에게 건네주었다.

'차트 전에 무슨 말을 들은 것 같은데 너무 익숙하지 않은 말이 아니라 들은 것 같지가 않네.'

그래서 다시 한번 말해 보라고 하려던 참이었다.

차트 제일 첫 장에 쓰여 있는 환자의 이름을 확인한 하현의 표정이 일시에 싹 굳어졌다.

늘 얄미우리만치 표정 변화가 없는 그의 안색이 일시에 달라지자 오히려 은 교수가 놀란 표정이었다. 그리고 하현은 그 차트 제일 위에 쓰여 있는 이름을 소리 내어 읽었다.

"송, 이원?"

얼마 전에도 들었던 이름, 보았던 이름. 낯익은 이름이었다.

* * *

저걸 저렇게 놔둬도 되나, 파는 속으로 중얼거렸다.

아니 사실은 입 밖으로 꺼낸다고 해도 들을 사람은 없지만. 적어도 여기는.

파가 그렇게 말할 수밖에 없는 게 연화가 도무지 한자리에 붙어 있지 않았기 때문이었다. 그녀는 지금 집 안을 둘러보는 데에 여념이 없었다.

그러나 파는 모르겠지만 연화도 할 말이 있는 게, 방에 혼자 오도카니 앉아 있자니 심심해서 견딜 수가 없었다. 그렇다고 사물을 만질 수 있는 것도 아니라서 집 안을 돌아다니며 눈으로만 열심히 감상하고 있는 중이었다. 그런 그녀를 하현이 미리 배려해 준 것일까, 그나마 방문이 다 열려 있어서 아주 다행이었다.

"그런데 생각보다 깨끗하네요."

'생각보다'가 아니다, 완전히 깨끗했다. 정말로 사람이 사는 느낌이 별로 안 들었다.

부엌은 완전히 깨끗했고, 방에도 먼지 한 톨 없었으며, 그나마 어제 자신들이 함께 누웠던 침대가 사람 사는 집다웠다. 그런 생각을 하다가 연화는 혼자 작게 웃고 말았다.

'사람 사는 집답다니, 별소리를 다 하네.'

산 사람이 아닌 자신이 할 말도 아닐뿐더러 하현에게도 실례가 될 말인 것 같아 연화는 속으로 중얼거리며 고개를 저었지만, 그녀 얼굴 바로 옆에서 동동 떠 있던 파는 고개를 끄덕이며 마음 깊이 동조하고 있었다.

[매번 느끼지만 그 인간은 인간미라고는 없는 사람이야.]

그렇게 톡 쏘듯이 덧붙였지만 그 소리를 들을 수 없는 연화는 파를 바라보며 해맑게 물었다.

"깨끗하게 살아왔다고요?"

[인간 같지가 않다고.]

"청소는 스스로 하시는 걸까요? 일만으로도 바쁘실 텐데 무척 부지런하시네요."

[…….]

아, 복장 터져 죽을 거 같아.

파는 하늘, 아니 크림색 천장을 원망스러운 표정으로 올려다보았다.

[저기요. 못 듣게 할 거면 나도 저 소리를 못 듣게 해 주든가, 나는 들을 수 있게 해 놓고선 얘는 못 들으면 어쩌라는 건데요? 내 속만 터지잖아요.]

역시 사랑에 빠지면 콩깍지가 쓰인다는 말이 맞는지 청소도 잘하신다, 생각 이상으로 깔끔하신 분이다, 에 이어 성품이 고아하시다는 말까지 하는 연화의 모습에 파는 고개를 절레절레 저었다. 고아한 것 좋아하네, 고어한 거면 모를까.

“하지만…… 역시 무료합니다.”

뚱한 표정으로 천장을 바라보고 있던 파가 천천히 연화 쪽으로 고개를 돌리다가 멈칫했다. 그녀는 좀 전까지만 해도 들뜬 표정으로 쫑알거리던 게 거짓말이었던 것처럼 시무룩한 표정이었다.

파는 다시 곧바로 천장을 노려보았다.

[이번에는 애 보기입니까?]

정말이지 이건 하현에게 주는 시련이 아니라 자신에게 시련임이 틀림없었다. 분명 그녀를 지키라고는 했지만 보모 노릇을 하라고 하지는 않았다고. 물론 이렇게 큰 아기가 있을 리는 없겠지만.

하지만 연화의 시무룩한 모습을 그냥 넘길 수도 없어서 파는 한숨을 푹푹 내쉬면서 그녀 옆으로 동동 떠올랐다.

[아, 또 뭐. 왜 또 그러는데?]

파는 내친김에 검 위로 반쯤 올라와서 연화를 바라보았고, 연화는 그런 그녀에게 손을 뻗어 가만히 칼자루를 쥐었다. 그리고 당연하게도 파는 아주 많이 당황했다.

[어, 어?]

나는 말을 해 보라는 거였지 날 잡으라는 말은 아니었어, 라고 뒤늦게 덧붙였지만 그 말을 연화가 들을 수 있을 리가 없었다.

연화는 자신을 당황스러운 표정으로 보는 파를 두 손으로 꼬옥 잡았다.

"파는 제 말이 들리지요?"

[어? 어.]

이것 역시 들을 수 없겠지만.

파가 고개를 두어 번 끄덕이자 그에 곧바로 연화의 안색이 조금 밝아졌다.

"그래요, 그럴 거라고 생각했어요. 당신의 표정이 쉬이 여러 번 바뀌었거든요. 사실 조금 침울해져 있던 건…… 제 목소리를 들을 수 있는 사람이 없기 때문이었어요. 그러고 나니 제가 죽었다는 사실을 진정으로 알게 되었고요."

[…….]

파는 천천히 연화를 바라보았다. 그녀가 무슨 말을 하는지 아주 잘 알 것 같았기 때문이었다. 자신도 오랜 세월 만에 처음으로, 이제야 자신의 목소리를 들을 수 있는 이를 만났으니까. 연화는 계속해서 말하고 있었다.

"그분과 대화가 쉬이 가능하고, 저를 정확히 바라보아 주고, 살결을 맞대고 온기를 나눌 수 있어 아직 살아 있는 거라고 착각했었나 봅니다. 그러다가 그분이 안 계시면 이리 반지기도 어렵고 대화도 안 되고 하니 기분이 조금 우울해져서요. 약한 소리해서 미안해요, 파."

이런 말까지 들은 상황에서 가만히 있자니 그것도 뭔가 성미에 안 맞았다. 그래서 파는 심통 난 표정으로 연화를 올려다보았다.

[미안하긴 개뿔. 별것이 다 미안하네.]

"미안해요, 화났어요?"

[…….]

아, 나, 진짜.

파는 으르렁거리는 표정으로 다시 천장을 노려보고서 몸을 부르르 떨어서 연화의 손에서 벗어났다. 그리고 쌩 소리를 내며 곧바로 한 곳으로 날아갔다.

"파?!"

그 갑작스러운 행동에 놀란 것은 연화였다. 그녀는 놀란 표정으로 곧바로 파를 쫓았고, 쉬이 다시 마주한 파의 모습에 눈을 동그랗게 떴다. 종이?

"파?"

갑자기 왜 거기로 날아갔어요, 라고 물었지만 파는 하현의 책상 위에 놓여 있는 메모지 위에 동동 떠 있을 뿐이었다.

"이게 뭔데요?"

무슨 중요한 일인가 싶어서 메모지를 들여다보았지만 연화의 눈에는 전혀 알아볼 수 없는 기호들뿐이었다.

연화가 도대체 이게 뭔가 싶어서 어리둥절한 표정으로 파를 올려다보자 파가 굉장히 답답하다는 표정으로 한숨을 푹푹 내쉬고 있었고, 연화는 파의 한숨을 상상하며 어쩌면 바닥이 꺼질지도 모르겠다는 생각과 함께 미안한 표정으로 그녀를 바라보았다.

"미안해요. 설명을 좀 해 줄래요?"

[……설명을 해 줘도 못 알아듣잖아, 네가.]

해도 무슨 소용이냐고, 그렇게 중얼거리며 파는 결심한 듯 연화를 바라보았다.

이왕 이렇게 된 것, 이 한 몸 다 바치리.

파는 몸을 조금 띄워 'O'이라고 표시된 종이의 왼쪽에 사뿐히 내려앉았다.

[내가 여기를 가리키면.]

"……?"

연화가 의아하게 바라보자 파는 고개를 위아래로 크게 끄덕여 주었다.

[맞다는 의미고.]

"파?"

[기다려 봐. 그리고 내가 여기를 짚으면.]

파가 다시 몸을 띄워 'X'라고 적혀 있는 반대편 종이에 내려앉자 연화가 뭔가 좀 알겠다는 표정으로 바라보았다.

"아니라는 건가요?"

[어, 맞아.]

이제야 좀 알아듣네. 한마디로 귀신과 귀신의 분신 사바랄까, 웃긴 상황이었다.

연화는 굉장히 흥미진진한 표정이 되었다.

"그래요, 맞아요. 옳고 그름만 알게 되어도 어느 정도 대화가 되기 마련이지요. 파, 당신 정말 대단해요."

[…….]

아무리 그래도 저렇게 직설적인 칭찬을 하면 어떻게 반응을 해야 할지를 모르겠다.

파는 몸을 바르르 떨며 공중으로 떠올랐다. 할 말이 있거든 이제 슬슬 해 보라는 표정이었다.

연화는 조금 고민하다가 그녀를 바라보았다.

"파는 왜 거기 들어가 있는 거예요?"

사실 이건 내내 궁금했던 것이었다. 그녀는 왜 이 검에 갇혀 있는 걸까, 나오지 못하는 걸까, 무슨 사연으로 저 안에 들어가 있는 걸까. 그리고 왜 하현의 계약에 응한 걸까.

하지만 파는 굉장히 뚱한 표정이었다.

"파?"

[너 바보 아니냐? 그걸 어떻게 옳고 그르고로 대답을 해?]

당연히 연화가 들을 수 있을 리는 없었지만.

파가 중앙에 동동 떠 있기만 하자 스스로 깨달았는지 연화가 급히 정정했다.

"아, 이건 대답하기가 조금 곤란하겠네요. 그럼 질문 바꿀게요. 파는 그 검에서 멀리 떨어질 수 있어요?"

[아니.]

파는 곧장 'X' 쪽을 짚었다.

이제껏 몇 번이나 계속 시도해 봤지만 검에서 아예 나오는 것은 무리였다. 조금 노력을 하면 밖으로 어떻게든 나올 수는 있었지만 한 발짝이라도 떨어지는 것은 어려웠다. 몸이 투명한 무언가에 꽉 붙들린 듯 도무지 움직일 수가 없었으니까.

그리고 사실 이렇게 검 밖으로 나온 것 자체가 최근의 일이었다. 그 전에는 내내 이 안에서 잠만 잤지, 라고 파는 중얼거리며 고개를 들다가 연화와 눈이 똑 마주쳤다.

언제 이만큼 다가왔는지 연화가 턱에 손을 괴고서 자신을 빤히 바라보고 있었던 것이다. 그 거리가 기껏해야 한 뼘 정도로 몹시 가까워서 푸른 검 위로 상체를 내밀고 있던 파의 머리카락이 순간적으로 팔랑였다.

[뭐, 왜, 너 그러다 다친다?]

파가 너무 가깝잖아, 라고 중얼거리며 살짝 상체를 뒤로 젖히는데 그 밭은 거리에서도 똑똑히 들리지 않을 정도로 자그마한 소리가 들려왔다.

"……럽습니다."

[응?]

파는 의아한 표정으로 연화를 바라보다가 멈칫했다. 연화가 고개를 폭 숙이고 있었기 때문이었다. 그리고 그뿐 아니라 그녀의 기어들어 가는 목소리도 문제였다.

평소 연화의 목소리는 조곤조곤하기는 했지만 결코 작지는 않았다. 오히려 당당한 편이었다. 그래서 파는 그녀가 꼭 버드나무 같다고 생각하곤 했었다.

그녀와 복숭아꽃이 무얼 의미하는지는 아주 잘 알았지만 버드나무 또한 그녀와 닮았으니까. 낭창하게 휘어지지만 쉬이 끊어지거나 꺾이지 않는 그런 모습이.

하지만 지금은 그렇지 않았다. 왠지 모르게 약간 침울하고 주눅이 들어 있는 것 같은 모양이라 파의 눈썹이 사악 위로 올라갔다.

[뭐라는 거야?]

나무 단도로 자신의 심장을 겨누던 그 기백은 다 어디 가고 왜 이렇게 기죽은 강아지가 되어 버린 건데?

파는 '우리 애 기죽인 게 누구야?'라고 하는 학부모 같은 표정으로 방금 전 자신이 물러난 것보다도 훨씬 더 가까이 연화에게 다가갔다.

[뭔데, 말을 해 봐. 삼키지 말고.]

그리고 파의 속마음을 들었을까, 연화의 말소리가 조금 더 또렷해졌다.

"저는 파가 부럽습니다."

[……뭐?]

파는 어이없는 표정으로 연화를 바라보았다. 생각지도 못한 방향의 말이었기 때문이었다. 하지만 연화의 표정은 아주 진지했고, 그 새까만 눈동자가 자신을 깊이 바라보자 파도 더 이상 툴툴거릴 수 없게 되었다.

파는 턱 선에서 나풀거리는 자신의 머리카락을 귀 뒤로 넘기면서 연화를 바라보았다.

[밑도 끝도 없이 부럽다니, 그게 무슨 말이야.]

“저는 늘 보호를 받으니까요.”

설마 들은 건 아니겠지만 질문에 상당히 맞는 대답이 돌아와서, 그리고 그 안의 감정 때문에 파는 다시금 연화를 올려다보았다.

우는 건 아니겠지, 하는 마음이었지만 다행히도 연화는 울고 있지 않았다. 오히려 속상해하거나 화가 난 듯한 표정이었다. 그래서 파는 더욱더 혼란스러워졌다.

‘화가 났다고? 왜?’

“생전에 저는 아버님은 물론이거니와 유모 등 제 주위에 있는 모든 사람에게 보살핌을 받는 입장이었습니다. 제 몸 하나 건사하지 못하고 이 한 걸음을 떼는 것조차도 저에겐 벅찬 일이었으니까요. 걷기는커녕 일어나지도 못했지요. 하여 숨이 다하고 하늘 세상에서 고통 없이 걷게 되었을 때, 그리고 지금 이리 뜀박질하고 사방을 자유로이 돌아다니게 되었을 때 얼마나 기뻤는지 모릅니다. 진정 마음 깊이 감사한 일이지요.”

[…….]

긴말을 파는 잠자코 들어 주었고, 연화는 자신을 바라보는 그녀의 올곧은 눈빛이 조금 따뜻하다고 생각했다.

그러면서도 그녀의 입술은 열심히 움직이고 있었다.

"하지만 욕심이라는 것은 계속하여 생겨나는 것인가 봅니다. 더는 신세 지고 싶지 않았고, 기대고 싶지 않았고, 폐를 끼치고 싶지 않았습니다. 한데 하늘에서 다시 되돌려 보내진 이후 저는 다시 기대게 되어 버렸습니다. 도……, 아니 하현께 늘 도움받고 그분의 등 뒤에 숨게 되었어요. 그리고 지금은, 하현이 없으니 당신에게 보호받게 되었고요."

[아니, 그건…….]

"그게 분합니다. 남은커녕 저 스스로를 지킬 힘이 없는 게 속상합니다. 그래서 누군가를 지킬 수 있는 당신이 몹시 부럽습니다."

[…….]

파는 조용히 입술을 다물고 연화를 바라보았다. 속에 꼭꼭 담아 두었던 이야기를 꺼낸 모양인지 그녀의 얼굴은 조금 후련해 보이기도 했고, 시무룩해 보이기도 했다.

파는 가만히 몸을 띄워 그녀의 머리 가까이로 갔다. 그리고,

"아얏!"

손가락으로 연화의 이마를 딱콩 때렸다.

죽고 난 다음, 아니 죽기 이전에 살던 모든 생을 다 통틀어 연화는 다른 이에게 맞은 것이 처음이었다. 물리적인 아픔을 느끼는 것에도 당혹스러운데 그 아픔이 생각보다 더 찌릿하고 지끈지끈한 것에도 놀랐을뿐더러, 파가 자신을 아프게 할 줄은 정말 꿈에도 몰랐기에 연화는 그야말로 어리벙벙한 표정으로 파를 바라보았다.

그러나 파는 아직 멀었다는 표정으로 팔짱을 끼고 있었다.

[이 꼬맹이가 어디서 어른인 척이야, 어른인 척은? 너, 몇 살이야.]

"파?"

[나는 못해도 백은 넘었거든, 지금 당장 생각해도 기억하고 있는 게 그 이상이니까. 근데 너는 말이야, 딱 보아하니 이제 막 스무 살 정도 된 것 같은데 이 분내 나는 아가가 대언니님 앞에서 지금 무슨 말을 하는 것일까?]

"저기, 파, 뭐라는 건지 하나도 안 들리지만요, 당신이 화난 건 알겠어요. 내가 딱딱하게 말해서 그래요?"

[아, 혹시나 넘어온 걸로 나이 먹은 것 치려는 생각은 하지도 말아라, 그건 진짜로 반칙이니까.]

"하지만 난 정말 속상한걸요……."

[아, 나, 진짜!]

결국 파는 두 손으로 머리를 쥐어뜯고 말았다.

답답해서 못 견디겠다. 파는 으르렁거리며 천장을 올려다보았다. 정말, 복장 터져서 죽으라는 게 이런 말인가 보다. 아니 이미 죽은 몸인데 여기서 뭘 더 죽으라고.

파는 몸을 부르르 떤 다음 연화를 검지로 콱 가리키고서 결연하게 말했다.

[이봐, 아가야. 모든 일에는 다 이유가 있고, 네가 지금 이렇게 보호를 받는 것도 그 마땅한 이유가 있는 거야. 내가 이렇게 이

칼에 갇힌 것도 이유가 있을 거고 네가 다시 내려온 것도 이유가 있을 거고, 하필이면 정하현이랑 묶이게 된 것도 이유가 있을 거라고. 하지만 그 이유를 너 스스로 찾으려고 하면 평생 못 찾아. 저 위의 하늘이라는 양반들은 성격이 되게 괴팍해서 찾고자 하면 못 찾게 하고 하다하다 못해서 그냥 단념하려고 하면 그제야 조금씩 실마리를 주거든. 성격 진짜 나쁘다니까.]

연화의 큰 눈이 동그랗게 떠졌다.

[아, 아무튼! 넌 어려. 나에 비해선 아직 한참 어리고, 정하현한테도 어려. 그 자식이 새빨간 도둑놈이라고. 그러니까 그냥 보호받아. 받을 수 있을 때 마음껏 받고 누려. 그냥 즐기라고. 누가 봐도 넌 아가씨니까!]

숨도 못 쉬고 다다다 말했지만 너는 하나도 못 듣겠지, 싶어 파는 어깨를 축 늘어뜨렸다.

[그리고 능력이 없기는 뭐가 없어, 그 인간 같지도 않은 무미건조한 것을 이렇게 갱생시켰는데 이보다도 더한 능력이 어디 있냐고. 욕심쟁이 같으니.]

이것도 듣지 못하는 게 아쉽지만.

그래서 입술을 삐죽거리려는데 순간적으로 파의 시선이 현관으로 바로 꽂혔다. 머리카락이 한 올도 남김없이 모조리 곤두서는 기분이었다. 그도 그럴 게,

"그 말, 하현 형이 들었으면 굉장히 재밌어 했을 텐데."

[……!]

익숙한 목소리, 익숙한 느낌, 익숙한 기척. 여기에서 들을 거라고는 전혀 생각지도 못한 사람의 목소리가 문 너머에서 들려왔기 때문이었다.

자신의 목소리를 유일하게 들을 수 있는 사람, 자신과 유일하게 대화할 수 있는 사람, 그것을 최근에 안 사람.

미르였다.

* * *

방 안의 공기는 잔뜩 가라앉아 있었다. 온몸을 짓누르는 듯 무겁고 차가워서 한기가 느껴질 정도였다.

그러나 그보다도 은 교수가 더 신경 쓰이는 것은 하현의 감정 변화였다.

하현은 평소 표정의 변화가 없는 편이었고, 있더라도 아주 미미했다. 그래서 좋게 말하면 침착하고 차분한 사람, 나쁘게 말하면 무미건조하고 냉정한 사람. 그게 사람들이 보는 정하현이었다.

물론 은 교수는 하현이 아주 어렸을 적부터 그를 봐 왔고, 그의 성장 과정을 곁에서 지켜보면서 다른 사람들보다는 하현을 잘 아는 편이었지만 그조차도 이런 하현의 모습은 처음이었다. 지금 하현의 표정은 방 안의 온도가 십 몇 도는 족히 낮아진 것 같았으니까 말이다.

은 교수는 얼어붙은 듯 자리에 서서 차트를 뚫어지게 노려보고 있는 하현을 걱정스럽게 바라보았다. 내가 아는 놈 같지가 않아.

"아는, 사람이냐?"

"……."

아는 사람이냐고? 잘 알지, 아주 잘 알지. 하지만 사적으로는 잘 모르지.

"집안의……."

하현은 말하려다 말고 입술을 꽉 깨물었다.

뭐라고 말해야 할까, 집안의 원수라고? 원수의 딸이라고? 그리고 이 사람은 신을 받은 게 아니라 무가의 사람, 그 자체라고?

하고 싶은 말이 너무나도 많아서 어느 것부터 이야기해야 할지 모를 정도였다. 하현은 입술이 하얗게 되도록 꽉 깨물고서 차트를 책상 위에 가만히 올려놓았다. 손아귀에 하도 힘을 주고 있었더니 저릴 정도였다.

은 교수는 줄곧 조용히 하현을 기다려 주고 있었고, 하현은 곧바로 대답을 하기 이전에 그보다 먼저 떠오르는 말을 건넸다.

"교수님, 저희 부모님 돌아가신 날 기억하십니까?"

"어떻게 못 해? 내가 거의 상주 노릇 했는데."

이것이 하늘이 예비한 운명이라는 걸까.

그의 말대로 그날, 병원에서 부고 연락이 온 이후 미르의 아버지인 은 교수는 자진하여 하현의 곁을 지켰고, 살인적인 병원 일정에도 불구하고 장례 관련하여 모든 일을 도와주었다. 장례뿐일까, 유산 상속과 그 외의 일까지 전부 도맡아 깔끔하게 처리해 주었다.

하현의 아버지가 집안의 유일한 장자였기 때문에 아주 한순간에 집안의 대를 이을 유일한 손이 되어 버린 하현이 부담에서 조금이나마 벗어날 수 있었던 것은 아마도 은 교수 덕분일 것이었다.

그리고 은 교수는 그 후로도 쭉 하현의 기둥이 되었고, 멘토이자 스승이 되었다.

그래, 이게 바로 인연이라는 것이겠지. 딱딱하게 굳어 있던 하현의 입술이 그나마 살짝 풀렸다.

"그것은 아직까지도 깊이 감사하고 있습니다."

"알면 됐다, 마. 생색내려고 한 건 아니야."

"네, 그것도 알아요."

하현은 약간 쑥스러워하는 듯한 그의 모습에 작게 웃으며 차트에 쓰인 이름을 눈으로 재차 읽어 보았다.

송. 이. 원.

아무리 읽어도 그 이름이었고, 떠오르는 것은 그 집이었다. 분명 그 여자였다. 어렸을 적부터 자신에게 계속해서 끈질기게 선을 넣던 여자, 그리고 가장 최근까지 들어왔던 선 자리 상대로 적혀 있던 이름.

다시는 보내지 말라 했더니 이런 식으로 접근하는 건가. 하현의 짙은 눈썹이 살짝 찡그려졌다. 다른 가능성은 없을까?

'설마 동명이인일까?'

하현은 곧바로 고개를 저었다.

그럴 리는 없었다. 그러기엔 모든 게 아귀가 맞아떨어졌다. 병원으로 오는 길에 보았던 영가들은 비정상적으로 많았고, 악귀 또한 이상하리만치 많이 보였다. 그리고 가끔 이렇게 등줄기가 오싹할 정도의 기운도 느껴졌다. 하현은 확신했다.

'숨기려고 숨기는 거겠지만 나한테서는 숨기지 못하고 있는 거야. 나니까, 최적의 그릇이니까. 그러니까 이 사람이 갖고 있는 게 나에게 관심을 보이는 거지.'

참으로 아이러니한 일이었다. 누구는 그 힘을 가지고 싶어 해서 안달이고, 누구는 그 힘에서 벗어나고 싶어서 안달이고.

힘드네, 하현은 쓰게 웃으며 고개를 숙였다. 이제 말을 해야만 했다. 다시 떠오르기 싫은, 힘든 이야기. 그래도 이렇게 말할 수 있게 된 것은 그래, 연화의 위로 덕분이겠지.

하현은 속으로 중얼거리고서 천천히 입술을 떼었다.

"……저도 얼마 전에 할머님께 들은 이야기입니다. 간단하게 말씀드리면 현존하는 무가 중에서는 네 가문 정도가 맥을 이어오고 있습니다. 아시다시피 저희 가문인 정가와 송가, 그리고 민가, 선우가가 있습니다."

갑작스레 시작된 이야기였지만 은 교수는 놀라지 않았고 당황하지도 않았다. 그러다가 멈칫했다.

'송가, 라고?'

그의 시선이 반사적으로 책상 위에 놓인 차트에 닿았다. 거기에 적힌 이름, 송이원.

하현은 계속해서 말했다.

"그리고 저희 부모님은 송씨 가문의 사주로 돌아가셨습니다. 그날의 사고는 우연이 아니라 계획적인 사고였던 거죠. 물론 심증입니다. 물증이 있었다면 바로 경찰서부터 갔을 테니까요."

심증이라고 하기에는 너무나도 확고한 말투였지만 은 교수는 말을 아꼈다. 사람은 몰라도 귀신을 속일 수는 없으니까, 그리고 하현은 그 귀신의 속을 읽는 사람이니까.

그래서 잠자코 그다음 말을 기다리는데 하현이 차트를 다시 천천히 바라보았다.

"그리고 예전부터 저에게 계속 들어오는 선 자리가 있었습니다. 선이야 철들기 전부터 계속 들어왔었지만 한 가문이 유독 저에게 집착했죠."

'철들기 전부터 선이 들어오다니, 요즘 같은 시대에.'

하지만 은 교수는 이번에도 납득했다. 하현의 가문이고, 하현이니까. 그의 영력을 노리는 가문이 한둘이 아니겠지. 특히 무가 쪽으로.

여기까지 생각한 은 교수의 표정이 어둡게 흐려졌다. 아까부터 계속해서 나오던 가문이 있었다. 반복되던 성씨가 있었다. 그러지 않길 바라지만 마음이 쓰였다.

은 교수는 자신이 짚은 게 사실이 아니길 바라며 설마, 라는 말을 앞에 붙였다.

"설마 그게……?"

하지만 설마는 항상 사람을 잡는 법이었고, 하현은 천천히 그에게 고개를 끄덕여 보였다.

"그다지 보고 싶지도 않은 이름을 올해 들어 벌써 두 번째 보네요. 송이원, 그 집 외동딸입니다."

은 교수는 오래 침묵했고, 내려간 기온만큼이나 깊은 적막이 가라앉았다. 그리고 그는 한참 뒤에야 입술을 떼었다.

"환자는 오늘 바로 퇴원시킬께."

그러나 하현은 바로 고개를 저었다.

"납득 안 할 겁니다."

하지만 은 교수도 확고했다.

"진료해도 아무런 이상이 없다고 하면 돼. 그리고 그게 사실이기도 하고. 모든 검사를 다 해 봐도 신체 상태는 지극히 정상이다."

"또 다른 핑계를 만들어 낼 겁니다."

"의사로서 더 할 수 있는 건 없다. 이 사람이 있을 곳은 병원이 아니야. 그리고 의사를 속인 것은 그쪽이다. 신뢰가 없으면 관계를 지속할 수가 없어. 더욱이……"

그 순간 하현과 은 교수의 시선이 부딪혔고, 하현은 그의 눈빛이 아파 보이는 것에 조금 당황했다. 그의 눈빛은 스승이라기보

다는,

“넌 내 아들이나 다름없다. 처음부터 이 환자는 내 담당이었고, 내 선에서 끝낼 일이야. 너에게까지 갈 필요 없다.”

아버지 같은 느낌이었다.

하현은 결국 얼핏 웃고 말았다. 정말이지, 누가 부자 아니랄까 봐 두 사람 다 너무 착해서 탈이었다.

그때였다.

“……!”

온몸이 오싹 저려 오는 듯한 느낌에 하현은 급하게 뒤를 돌아보았다. 그의 얼굴에는 당황스러움이 역력했다. 그도 그럴 게 지금까지 전혀 ‘느끼지’ 못했기 때문이었다. 그의 감이, 그의 촉이 느끼질 못했다.

도대체 어떻게? 어떻게 숨긴 거지? 이렇게나 많은 수를?

‘젠장!’

하현은 의자를 박차고 일어나서 문을 노려보았다.

느낌이 몹시 좋지 않았다. 최근 들어, 아니 그의 기억을 통틀어 이 정도로 무리 지어 몰려드는 악령은 처음인 데다가 비정상적으로 한곳에 몰려 있었다. 정확히 말하면 저 문 앞에.

이렇게 많은 수가 이렇게 가까이 다가왔는데 몰랐나는 게 어이가 없을 정도였다.

‘정말로 감이 둔해진 건가.’

평소라면 조금은 반가울 말이었지만 적어도 지금은 아니었다. 하현은 반사적으로 뒷주머니를 만져 보고서 혀를 찼다. 아침에 나올 때 파를 연화의 옆에 두고 온 것이다.

그녀를 지키는 것이 파와 했던 계약이기에 그렇게 한 것이었지만 지금 시점에서 아쉬운 것은 사실이었다. 적어도 파가 여기에 있다면 선택지가 훨씬 더 넓어질 테니까.

'지금은 방어 정도려나.'

하현은 속으로 중얼거리고서 어깨 너머로 은 교수를 바라보며 말했다.

"교수님, 창가 쪽으로 좀 물러나 주시겠습니까?"

하현의 말에 은 교수가 놀란 표정으로 그를 바라보았다가 곧 고개를 끄덕이며 즉시 자리에서 일어났다.

그는 귀신을 볼 수 없는 일반인 중 일반인이었지만 수술실이라는 전쟁터에서 살고 있는 사람이었기에 지금 상황이 조금 이상하게 돌아간다는 건 누구보다 잘 알았다. 특히 하현과 관계된 일이라면 더더욱.

은 교수는 창가 쪽으로 걸어가면서 커튼을 양쪽으로 잡아당겼다. 무슨 일이 일어날지 모르지만 일단은 바깥에서 안 보이게 닫아 두려는 것이었다.

은 교수는 커튼의 양 끝을 단단히 묶으면서 하현을 바라보았다.

"무슨 일이야?"

"죄송하지만 설명은 나중에 드리겠습니다. 저 앞 청소부터 하는 게 좋을 것 같아서요."

은 교수는 새삼스러운 표정으로 하현을 바라보았다. 그의 옆얼굴이 방금 전과 또 다르게 굳어 있었기 때문이었다.

게다가 하현이 이렇게 급박하게 말하는 것은 적어도 수술실 밖에서는 처음이었다. 말로는 별거 아닌 것처럼 '청소'라고 했지만 항상 얄미우리만치 태연하고 느긋하던 표정은 모조리 사라지고 딱딱하게 굳어 있었다.

'그리고 청소라면 보통 더러운 것을 치우는 거니까.'

그렇다면 저 앞에 뭔가 깨끗지 못한 게 가득 있는가 보지, 라고 중얼거리며 은 교수는 고개를 끄덕였고, 하현은 그의 앞을 막듯이 서서 책상을 등지고 새하얀 문 쪽을 똑바로 바라보았다.

'더럽게 많은데.'

보이기 이전에 느껴졌다.

살갗이 끈적끈적한 것 같은 느낌, 누군가 옷깃과 머리카락을 슬며시 잡아당기는 듯한 그런 느낌, 그리고 저 앞으로 끌려갈 것 같은 그런 느낌. '그릇'을 원하는 더러운 느낌.

퍽 오랜만에 겪는 그 기분 나쁜 느낌에 하현의 짙은 눈썹이 잔뜩 찡그려졌다.

'아주 우글우글하네.'

왜 진즉에 알아채지 못했을까 싶을 정도로 많은 수의 까맣고 찐득찐득한 게 위아래로 득실득실했다. 바닥이고 천장이고 문틈으로 들어오려고 애쓰는 게 수두룩했다.

언제 이렇게 모이고 언제 이렇게 쌓인 건지 알 수 없을 정도로 많은 수의 악령이었다. 아마 평소 같으면 하나만 있어도 주위 영가들이 슬슬 피했을 만치 독한 것들이었다.

'비정상적이야.'

병원이라는 장소 자체가 영이 많이 붙어 있는 곳이기는 했지만 그들이 갖고 있는 대부분의 감정은 한이지, 악이 아니었다.

그리고 최근 들어 자신의 존재를 알고 먼저 모습을 감추는 영들도 많았다. 그런데 지금은 오히려 그 반대가 되어 버린 것이다. 이것들은 자신의 존재를 알고 쳐들어온 것 같은 느낌이었다.

'그래서 평소 재잘대던 것들이 없나 보네.'

평소 같으면 오랜만에 왔다며 주위에서 알짱거렸을 텐데.

그렇게 생각하던 하현의 눈이 순간 빛났다. 문틈으로 밀고 들어오려고 열심히 틈을 노리던 악령 하나가 생각을 바꿨는지 물처럼 녹아서 바닥 틈새로 흘러들어 오려고 했기 때문이었다.

그 모습에 순간적으로 떠오른 것은 그날, 그리고 연화였다. 검은 물이 찰랑였다고, 자신의 이 발치에서 찰박였다고 울먹이던 연화, 그리고 부분 부분 하얗게 삭아 있던 파의 푸른 검신.

머리에 선명한 그때 그 기억과 지금 눈앞에 보이는 검은 물이 겹쳐 보여서 하현은 입술을 지그시 깨물었다.

'이거 은근히 자존심 상하는데?'

그간 티내지 않는다고 힘을 눌렀던 게 너무 얕보인 모양이었다. 하지만 아무리 그래도 그렇지, 호랑이가 있는 굴에 직접 머리를 들이밀 멍청한 동물은 없는 것이 상식이었다. 그렇다면 이 경우에는 둘 중 하나였다.

호랑이의 발톱이 빠졌거나 동물의 눈과 귀가 멀었거나.

그리고 이런 상황은 우연이 아닐 것이었다. 아니, 오늘 아침부터 지금까지 우연은 단 하나도 없었다. 송이원, 그 여자가 이 병원에 온 것도 결코 우연은 아니겠지. 그럴 리는 없겠지.

'게다가 먼저 시비를 걸어온 건데 피할 이유는 없지.'

그렇게 중얼거리고서 하현은 천천히 눈을 감았다가 일순 팟 떴다. 한순간 만에 그의 눈이 주황색으로 선명하게 물들어 있었다.

* * *

'설마!'

귀에 꽂히는 듯한 청량한 목소리에 파의 검은 머리카락이 사방으로 나풀거렸다.

익숙한 목소리, 익숙한 말투. 하지만 여기에서 듣게 될 줄은 정말 꿈에도 몰랐는데. 그래서 파는 놀란 표정으로 문간을 바라보다가 멈칫거리며 천천히 현관 쪽으로 날아갔다.

그쪽에도 역시 부적들이 여럿 붙어 있었기에, 파는 되도록 그것들을 털끝도 건드리지 않으려고 아주 조심하며 천천히 문 쪽을 바라보았다.

이럴 때에는 뭐라고 해야 하지, 뭐라고 말하지.

[여, 여보세요?]

그리고 파는 곧바로 후회했다.

뭐라고 말해야 할지 몰라서 정말로 되는 대로 말했는데 그 말이 여보세요, 라니. 이 말은 하현이 그 '전화기'라는 것에 대고 주로 하던 말인데 눈앞에 없는 상대에다가 하던 저 말이 퍽 깊이 인상적이었던 모양이었다.

'아니, 그의 곁에 붙어 있던 시간이 꽤 길었던 것이겠……'

"네, 여본데요."

그리고 다음 순간, 문 건너편에서 들려온 웃음 섞인 목소리에 파의 생각이 뚝 끊겼다. 여, 여, 여!

[뭐라는 거예요! 여보라니!]

파는 그야말로 얼굴이 새빨갛게 달아올라서 빽 소리를 질렀다.

'여보라면 결혼한 사람끼리 하는, 그러니까 '임자' 같은 그런 소리잖아! 뭐라는 거야, 저 느끼한 남자가!'

파의 목소리는 들리지 않을지언정 붉디붉게 달아오른 얼굴과 위아래로 파닥거리는 듯한 역동적인 움직임은 뒤따라 나온 연화에게도 아주 똑똑히 보이는 것이라서 연화는 파의 등 뒤에서 연신 고개를 갸웃거리고 있었다.

"파? 왜요? 누구 왔어요?"

"아, 꽃 아가씨도 있구나. 잘 지냈어요?"

연화는 문 너머에서 들려오는 익숙한 목소리에 눈을 동그랗게 뜨고 현관을 바라보았다가 파를 돌아보았다. 손님이에요!

"미르 도령?"

그러나 미르는 파는 몰라도 연화의 목소리까지는 듣지 못하기 때문에 파는 연화가 했던 말을 조금 수정해서 하기로 했다. 그 와중에도 하늘을 노려보는 걸 잊지 않았다.

'정말 복잡하네. 연화가 들을 수 있는 건 저 사람의 목소리뿐이고, 내 목소리를 들을 수 있는 건 저 사람뿐이고. 이야기를 하려면 도대체 몇 번의 통역을 거쳐야 하는 거냐고.'

파는 하늘을 향해 실컷 불평을 퍼부어 준 다음에 문 너머를 바라보았다.

[그런데 당신이 여긴 어쩐 일이에요? 아니, 내 말은 왜 왔냐는 게 아니라 너무 당황스러워서 그런 거고, 도로 가란 말은 아니에요.]

어쩌다 보니 네 글자가 꽤 많이 늘어나 버렸지만.

그리고 파의 샐쭉한 표정을 알았을까, 문 건너편에서 웃음소리가 작게 들렸다.

"음, 가주께서 오늘 영 기분이 안 좋아 보이셔서요. 모처럼 꽃 선물이라도 할까 싶어서 나왔다가 하현이 형이 줬던 집 주소가 생각나서 서프라이즈로 찾아왔는데, 마침 자리를 비웠나 보네요. 역시 서프라이즈는 위험이 따른다니까."

[생각보다 섬세하네요, 기분 안 좋은 여자에게 꽃 선물이라니.]

"당신은 무슨 꽃을 좋아하죠?"

[동백…… 이 아니라! 와, 말려들 뻔했어. 아무튼 정하현을 만

나러 온 거라면 오늘은 허탕이에요. 아침 댓바람부터 일찍 나갔으니까.]

도무지 방심할 수가 없는 남자라니까, 라고 중얼거리며 파는 고개를 절레절레 흔들었다. 하지만 미르의 목소리밖에 들을 수 없는 연화로서는 지금의 대화가 퍽 달달하게 들릴 뿐이었다.

'당신은 무슨 꽃을 좋아하냐니, 멋있어!'

아마 파가 들었어도 조금도 반박하지 못할 말을 하고서 연화는 문과 파를 번갈아 보았다.

뭔가 두근두근거리는 게 책에서나 보던 상황이 눈앞에서 일어나고 있는 것만 같았다. 연화의 눈이 반짝반짝 빛나기 시작했다.

'더 해라, 더 해라!'

하지만 연화의 바람과 달리 미르는 대화의 방향을 바꾼 모양이었다.

"그런데 형 오늘 어디 간다고 했는지 기억해요?"

[그건 왜요?]

어느덧 파는 현관을 넘어가 문과 아주 가까이 맞닿아 있었고, 연화도 그 턱에 서서 흥미진진한 표정으로 그녀를 바라보고 있었다. 그리고 파는 문 너머에서 들리는 목소리에 집중했다.

"오는 길에 좀 이상한 기분이 들었거든요. 굉장히 비릿하고 불쾌한 냄새가 한곳에 덩어리진 것 같았어요. 그걸 맡자마자 요전번의 일이 반사적으로 생각났고요. 당신도 알죠? 그 악령들."

조금 뾰로통한 표정을 짓고 있던 파의 얼굴이 일시에 굳어졌다.

모를 리가 없었다. 기억하지 못할 리가 없었다. 아직도 밀물처럼 밀려들어 오던 그 느낌이 몹시도 생생한데.

파는 굳은 얼굴로 고개를 끄덕이며 대답했다.

[그건 그냥 넘겨들을 수 없는 이야기네요. 일단 당신이 물어본 것에 대한 답부터 하자면 정하현이 가는 곳은 항상 정해져 있어요. 병원 아니면 본가죠. 그리고 당신이 여기로 왔다는 건 그가 본가로 가지 않았다는 거니까, 갈 만한 곳은 병원 한 곳밖에 없어요.]

"그거 되게 따분하면서도 편리하네요. 그렇게 살면 인생이 재미없지 않나."

[동감이에요.]

사람이 말이야, 일밖에 모르면 사는 게 무슨 재미냐고.

그래서 파는, 그리고 미르는 연화가 하현에게 온 것에 일단은 감사했다. 하현의 행동반경을 넓혀 주었고, 그의 생활을 바꾸어 주었고, 덕분에 그는 다른 사람들이 한눈에 알아볼 만치 표정이 풍부해졌다.

얼음덩어리가 이제야 좀 사람다워진 것이다.

미르는 탁구공이 왔다 갔다 하듯이 빠르게 오고 가는 대화가 즐거워서 씨익 웃음을 지었다.

'그것도 그렇고 이 검 아가씨와 이야기하는 것도 재미있으니까.'

그냥 대화도 당연히 무척이나 신선하고 즐거웠지만 으뜸은 그녀를 놀리는 것이었다.

톡, 건드리기만 해도 상상 그 이상의 반응이 배로 쏟아져 나와서 뭐랄까, 이제는 어떤 반응이 나올지 기대가 되기까지 했다. 영가를 상대로 사랑에 빠지다니, 하현을 걱정하던 게 누구였더라.

그리고 아까 '여보'라고 했을 때의 그 반응을 두 눈으로 보았다면 더욱 재밌었을 텐데, 하는 아쉬움이 남아서 미르는 보란 듯이 장난스러운 미소를 지으며 파가 있을 문 너머를 그려 보았다.

그때였다.

파앗—

[……!]

"지금!"

문을 사이에 두고 나란히 서 있던 미르와 파의 표정이 일시에 딱딱하게 굳어졌다. 특히 파는 벼락에 맞은 것처럼 바르르 떨고 있었고, 미르는 문 너머로 다급하게 외쳤다.

"방금, 방금 당신도 느꼈죠? 방금 순간적으로……."

[화했어요. 아니, 뭐라고 해야 하지, 순간적으로 날아가는 듯한 느낌이었어요!]

파는 당황스러운 표정으로 자신의 손을 내려다보았다. 온몸의 털들이 모조리 일어나는 듯한 그런 느낌이었다.

만약에 호랑이를 만난다면 이런 느낌일까, 마주하기 꺼려지는 거대한 존재를 만나게 되면 이런 기분일까. 어쩐지 가주를 마주한 듯한 그런 느낌이기도 했다. 어렵고 물러나고 싶고 불편한 그런 느낌.

'그런, 느낌?'

파의 표정이 멈칫, 이상해졌다. 그리고 그건 미르도 마찬가지였다.

미르가 잔뜩 심각한 표정으로 문 안쪽을 바라보았다.

이상해, 이상해, 이상해. 몸의 세포 전부가 이상하다고 외치는 것만 같았다.

"방금 그건 순간적으로 신당에 들어간 듯한 그런 느낌이었어요. 무겁게 짓누르는 것 같은 그런 느낌이요."

[당신은 눌린다고 느꼈어요? 나는 마치 뒤로 쭈욱 밀려나는 것 같은 그런 느낌이었어요.]

파는 확신했다.

아마 주위에 영가들이 있었다면 하나도 빠짐없이 방금 그것을 느꼈을 것이었다. 사자후라고 하던가, 일시에 모두를 물러나게 만드는 그런 기백이었다.

'그리고 굉장히 낯익은 기운이었어.'

그렇다면 단 한 사람밖에 없었다. 하현이었다. 심각한 와중에도 파의 표정이 이상해졌다.

'늘 누르고 다니던 사람인데, 그가 이렇게까지 자신을 드러낼 이유가…….'

하지만 그녀의 생각은 미르의 말로 썩둑 끊겼다. 그가 연화의 상태를 다급하게 물어왔기 때문이었다.

"그보다, 꽃 아가씨는요?"

맞다, 연화.

그녀는 하현과 바로 이어져 있는 상태이니까 자신과 미르보다도 훨씬 더 강하게 느꼈을 것이었다. 파는 고개를 돌려서 연화를 확인했다.

[뒤에……!]

파는 급하게 뒤를 돌아보고서 경악했다. 미르와의 대화에 정신을 빼앗긴 나머지 연화를 신경 쓰지 못했던 것이다. 그리고 두 사람의 대화, 아니 그보다는 문 너머에서 넘어오는 미르의 목소리에 열심히 귀를 기울이고 있던 연화는 지금 막 첫발을 현관 밖으로 떼려던 참이었다.

그 모습을 본 파의 표정이 다급해졌다.

'안 돼, 가주님이 분명히 경고했어. 현관 문턱을 넘으면 안 된다고, 집 안에만 있어야 한다고. 그것은 아마 정하현 본가의 대청 같은 그런 거겠지, 일종의 결계일 거야. 그렇다면 저 선을 넘으면 연화가 위험해질지도 몰라.'

파는 두 눈을 꽉 감았다. 제발, 제발, 제발 멈춰! 내 목소리를 들어! 연화, 연화야!

[제발, 멈춰!]

콰앙—

그 순간, 비명 같은 파의 외침은 그보다도 더한 소음에 묻혀 버렸다.

아니, 소음뿐만 아니라 주위는 매캐한 먼지로 가득했다. 갑자기 일어난 일에 도무지 상황을 분간할 수가 없어서 파는 잠시간 멍하게 눈만 깜빡이고 있었다.

'이게…… 도대체……?'

그리고 잠시 후에 파악된 상황에 경악을 금치 못했다. 사방에 자욱하게 널려 있는 문의 파편과 매캐한 먼지, 그리고 주위에 살짝 어른거리는 푸른 불꽃까지, 파의 입술이 딱 벌어졌다.

'무슨 이런, 말도 안 되는 일이?'

파는 말도 안 된다는 표정으로 문과 미르를 번갈아 바라보았다.

'이게, 뭐야. 이게 뭐야?'

저 문에는, 아니 문이었던 것에는 각종 결계와 방어막들, 그리고 부적들이 잔뜩 붙어 있었다. 그것들 모두가 다 하현의 힘이고 능력인 것이다.

그런데 그걸 저렇게 깨부수어 버리다니, 미꾸라지가 아니라 용은 맞는 모양이었다. 아니, 그것은 둘째로 치고서라도.

조금 전까지만 해도 문이었던 것의 잔재를 멍하니 보고 있던 파의 단발머리가 뾰족뾰족하게 곤두섰다.

[아니, 이렇게 하면 어떻게 해요! 소리가 엄청나잖아요? 위아래층으로 모조리 다 들렸을 거야. 신고가 들어갈지도 몰라. 당신 지금 무단 침입한다고 사방에다가 광고라도 하는 거예요? 게다가 재물 파손은 어쩌고요, 이건 빼도 박도 못하게 범죄라고요!]

하나같이 구구절절 옳은 소리였지만 못 들은 척 미르는 태연한 표정으로 옷에 묻은 먼지들을 털어 내며 거의 '뚫린' 구멍으로 손을 집어넣어서 잠금장치를 풀고 스스로 문을 열었다.

그리고 쿵, 닫는 것과 동시에 다시금 잔재들이 고운 가루가 되어 바닥으로 떨어졌고, 파는 소리 지르기 직전이 되어 버렸다.

[지……]

"당신이 비명을 질렀고, 위급한 상황인 것 같았고, 그리고 나에겐 뚫을 힘과 도울 힘 둘 다 있고. 괜찮아요, 하현 형에겐 사과하고 배상하면 되니까."

그 느긋한 표정에 오히려 말리고 만 것은 파였다. 게다가 뚫을 힘과 도울 힘이 있다 라는 그의 말에 아니라고 토를 달 수도 없었고.

그래서 파는 조금 수그러든 기세로 투덜거렸다.

[아니, 하지만 내가 말하는 건 그게 전부가 아니……]

"그리고 걱정 말아요. 결계 치고 했으니까 아무도 아무것도, 못 듣고 못 봤을 거예요. 아무리 나라고 해도 대책 없이 문을 부수진 않는다고요."

[그래서, 대책은 있어서 문을 부순 거고요?]

파는 입술을 삐죽이면서 문 쪽을 흘끔 바라보았다.

적어도 그 문엔 몇 겹의 결계가 있었을 텐데 그것을 하는 것만으로도 몇 날 며칠이 꼬박 걸릴 것이었다.

평소 귀찮은 일을 몹시 싫어하는 하현의 성격상 굉장히 툴툴

댈 것이고, 그 투덜거림을 모조리 다 들어야 하는 건 미르가 아닌 연화와 자신이었다. 아닌가, 연화를 지키기 위해 그런 거니까 참작이 될 수도.

그리고 곧바로 떠오른 얼굴에 파는 급히 현관 턱 쪽을 바라보았다. 그리고 안심했다.

[다행이야…….]

방금 전 상황에 몹시 놀랐는지 연화는 자리에 주저앉아 있었다. 양발 모두 안전히 현관 저 안쪽에 들어가 있는 모습에 파는 마음을 놓았고, 그 즉시 쌩하니 날아가 연화 앞에 섰다.

그녀의 새까만 머리카락이 사방으로 뾰족뾰족하게 곤두서 있었다.

[너, 그 할머니 말 기억해, 못 해.]

"파?"

[이 선 넘지 말라고 했잖아. 대청 아래로 내려오지 말라고 경고했던 그것처럼 넘지 말라고 했잖아. 근데 왜 넘어. 그럼 무슨 일이 생길 줄 알고 이걸 넘으려고 해, 하기는? 지금은 정하현도 없어. 나밖에 없다고!]

그 말들이 조금도 귀에 들리지는 않았지만 파의 뜨거운 감정은 고스란히 연화에게 전해졌고, 연화는 그녀가 몇 번이고 손으로 가리키는 자신의 발을 내려다보았다.

발, 두 발, 그리고 간신히 닿아 있는 현관 문턱. 그제야 파의 표정이 이해가 가서 연화의 얼굴이 자책으로 짙게 물들었다.

'나도 모르게 넘을 뻔했어!'

그것을 알아챘는지 파의 표정이 좀 전보다는 누그러졌다. 하지만 여전히 그녀의 표정은 굳어 있었다.

[물론 무슨 일이 생기거든 계약대로 난 널 최선을 다해 지킬 거야. 그래도 그런 위험한 상황이 생기지 않도록 조심해야 하는 건 바로 너라고, 너!]

파는 다시 한번 거세게 으르렁거렸고, 그런 그녀를 뒤에서 미르가 가만히 제지했다. 그러다가 애 울어요.

"꽃 아가씨도 알아들었을 거예요. 듣지는 못했겠지만."

[그렇게 콕 집어서 말하지 않아도 되거든요? 맥 빠지게시리.]

파는 톡 쏘듯이 대꾸한 다음 고개를 돌려 미르를 바라보았다. 어느새 그녀의 표정은 방금 전과 완전히 달라졌고, 미르의 표정에서도 웃음기가 완전히 사라져 있었다. 미르는 나직하게 말했다.

"그거, 형이죠."

[응, 그 사람이에요. 그래서 이상해요. 가 봐야겠어요. 아니, 갈래요.]

파는 딱 잘라서 말했다.

적어도 두 사람이 아는 하현은 언제나 '누르는' 사람이었다. 누르고, 참고, 견디고, 넘어가려는 사람. 자신의 존재를 드러내지 않는 사람. 그런 사람이 이렇게 눈에 띄는 행동을 했다는 건 분명한 이유가 있을 터였다.

게다가 미르가 한 말도 마음에 걸렸다. 불쾌한 내음이 가득하다고, 악령의 내음이라고. 어떻게 생각해도 좋은 쪽으로는 기울지가 않았다. 마음이 불편했다.

미르는 그럴 줄 알았다는 표정으로 흔쾌히 고개를 끄덕였다.

"좋아요, 대책이 생겼네요."

[……에?]

갑자기 대책이라니?

파가 갑자기 무슨 소리냐는 듯 눈을 깜빡이자 미르가 어깨를 으쓱였다.

"아까 당신이 대책 있냐고 그랬잖아요. 자, 봐요. 나는 형을 지원하러 간 당신의 공백을 메우기 위해서 이 안으로 들어온 겁니다. 그리고 지금부로 나의 임무는 꽃 아가씨를 지키는 것이고요. 걱정은 말아요, 내 전공은 보호니까."

눈만 깜빡이고 있던 파는 당당한 그의 표정에 결국 풋, 작게 웃고 말았다.

[그것참 믿음 가는 전공이네요.]

지금 연화에게 필요한 건 바로 그것이니까. 그리고 매우 적절한 핑계이자 이유기도 했고. 무엇보다 이 사람이 지금 이 상황에 와 주어서 정말 다행이었다.

그렇게 생각하며 미르를 바라보는데 미르는 파에게 걱정하지 말라는 듯 고개를 끄덕여 주고 있었다. 그래서 파는 몹시 안노하며 고개를 돌려 연화를 바라보았다.

[걱정은 하지 않을 거야. 나보다도 이 사람이 훨씬 더 잘 지켜

줄 테니까. 그러니까 난 내 건방진 주인이나 지키러 갈게. 그리고……]

이번에는 검은 눈 두 쌍이 마주쳤다.

[부탁해요.]

"내가 할 소리를요."

다음 순간, 파는 자신을 부르는 감각과 끌리는 힘에 단번에 자신의 몸을 맡겼다. 푸른 검이 빛의 속도로 사라진 후에 남은 것은 미르와 연화, 둘뿐이었다.

* * *

하현은 여유로운 표정으로 문가를 바라보았다.

그리고 그와 상반되게 문에 잔뜩 들러붙어 있던 검은 악령들은 물기 하나 남기지 않고 움츠리듯 물러나 있었다. 마치 겁에 질려서 위축된 것 같은 모습이었다.

그것을 무심하게 바라보던 하현은 문 쪽으로 한 발 디뎠다.

스으으, 그와 동시에 검은 물이 살짝 저항하듯 들고 일어났지만 곧 맥없이 뒤로 물러났다. 마치 건조한 공기에 급속도로 말라붙는 듯했다. 하현의 눈이 날카롭게 빛났다. 이 정도에 겁먹고 물러날 만한 것들이 무슨 깡으로 이렇게 기고만장했던 거지?

"내가 물러나라고 수없이 경고했을 텐데. 그간, 그리고 지금도."

병원 사람들 모르게 병원 곳곳에 부적을 붙여 두었고 주기적으로 간단하게 술도 올렸다. 제사까지는 하지 못하더라도 그 나름대로 성의는 보였던 것이다. 그 덕에 그에 순응하고 스스로 떠나는 영가들도 많았고, 강제로 올려 보낸 숫자 또한 적지 않았다.

한편, 이것 외로도 하현은 그간 자신에게 접근하지 말라고, 할 생각도 가지지 말도록 경고하곤 했다.

그릇으로든, 무엇으로든 너희들과 연관될 생각은 조금도 없고 관심을 가질 마음도 없으니 내게 접근하지 말라고, 나아가 이 병원에 가까이 오지 말라고.

지금까지 그 경고가 잘 먹히고 있는 줄 알았다. 그도 그럴 것이 하현에게 다가오거나 말을 거는 영가의 수가 줄어들었기 때문이었다. 그런데 지금, 오늘 이 시간부로 그 생각은 깨져 버렸다.

'그리고 그건 아마 놈들 뒤에 있는 그 여자 때문이겠지.'

하현은 속으로 한숨을 삼켰다.

대체 왜 그렇게 힘에 집착하고 영들을 괴롭히는 것에 몰두하는지 하현으로서는 조금도 이해가 가질 않았다.

가문이 가문인 만큼 지금도 웬만한 힘이 있을 텐데 구태여 이렇게 더러운 짓을 해야 하나. 곳곳에서 새로이 피어오르는 검은 영가들의 모습을 확인한 하현의 눈이 한심함을 담고 깊이 가라앉았다.

"이렇게 해서 얻는 게 뭐가 있는데? 지금 이러는 건 날 협박하려는 것으로밖에 보이지 않아. 그래서 너희가 얻는 게 있나? 오히려 업을 더 쌓는 것뿐이야. 마이너스라고."

은 교수는 의아한 표정을 지었다. 그의 눈에는 그 무엇도 보이지 않았기 때문이었다. 그저 하현이 문가에다가 대고 말을 하는 것으로밖에 보이지 않았다.

하지만 그의 표정은 아주 진지했고, 은 교수는 아무 말 하지 않고 뒤에서 잠자코 숨을 죽이고 지켜보았다.

그런데 갑자기 하현의 표정이 돌변했다.

"우습게 보는 것도 정도가 있어."

"……!"

순간적으로 은 교수의 눈동자가 커졌다.

이제껏 본 것이나 들은 것이 하나도 없지만 방금 전에 흰 연기가 피어오르는 것을 두 눈으로 똑똑히 보았다.

아무것도 없는 곳에서 연기가 올라가다니? 믿기 힘든 일이었지만 믿을 수밖에 없었다. 눈앞에서 벌어졌으니까. 게다가 정하현이 있으니까.

하현은 눈을 똑바로 뜨면서 매섭게 문을 노려보았다.

"다시 한번 경고한다. 이 안으로 들어올 생각은 아예 하지 않는 게 좋을 거야. 만약 틈새로 조금이라도 들어온다면 그때는 바로 소멸이야. 그리고 지켜보고 있는 거 알고 있습니다. 모르면 모를까 관음하고 있는 걸 아니까 몹시 불쾌하네요."

은 교수는 의아한 표정으로 하현을 바라보다가 아, 하는 표정이 되었다. 뒤에 한 말은 다른 사람에게 한 말인 것이다.

지켜보고 있는 걸 알고 있다고?

은 교수의 생각이 끝나는 것과 거의 동시에 유리알처럼 매끄러운 '목소리'가 들렸다.

"하지만 내 남편 될 사람의 능력을 보고 싶은 게 죄는 아니잖아요?"

은 교수가 놀란 표정으로 고개를 끄덕였다. 이 목소리, 이 어투. 그 '가짜' 환자의 말투였다. 송이원.

그리고 하현은 다 예상한 듯 태연한 표정이었다.

'그럴 줄 알았어.'

사실 하현은 스스로에게 놀라고 있었다.

그 여자의 목소리를 듣게 되면 꼭지가 돌지는 않을까 걱정되기도 했었다. 어쨌거나 그 집안사람이고 자신을 노리고 온 것이니까.

할아버지와 아버지 대의 그 악연을 이번 대에서도 이어 가는 건가 싶어서 한심하고 짜증나고 역겨웠다.

그러나 왜일까, 짐작했던 것이 지금에야 사실로 드러났는데도 마음은 굉장히 평온했다.

'역시 그랬구나'라며 받아들일 뿐이었다. 하현은 스스로도 놀랄 정도로 침착하게 대꾸했다.

"우습게도 당신이 한 말에는 세 가지 오류가 있군요. 먼저 나는 당신의 남편이 될 생각과 마음과 계획이 일절 없습니다. 이미 연을 맺은 사람이 있거든요."

"……?!"

눈이 둥그렇게 커진 것은 한 사람이 아니었다. 은 교수는 쟁반만 하게 커진 눈으로 하현을 바라보았다.

"야, 인마. 진짜?"

곧이어 어떻게 나에게 말을 한 번 안 할 수 있느냐는 무언의 메시지가 등에 가득 잔뜩 꽂혔지만 하현은 애써 무시했다. 지금 그게 중요한 게 아니란 말입니다.

그리고 상대도 그것을 어떻게 받아들였는지 아무런 대꾸가 없었다.

'놀란 걸까, 아니면 화를 참는 걸까.'

둘 다 어쩐지 조금 고소한 것 같은 기분이라 하현의 입매가 슬쩍 올라갔다. 이제껏 수없이 거절을 해 왔지만 이렇게 속이 후련한 거절은 처음이었다.

이제까진 항상 찜찜하거나 미안하거나 별 감정 없거나 그랬었으니까. 남들, 심지어 미르라도 들었으면 인상을 찡그렸을 생각을 아무렇지 않게 하면서 하현은 진지하게 덧붙였다.

"그리고 날 보고 싶은 당신의 마음은 아주 잘 알겠으나 내가 보여 줄 마음이 전혀 없습니다. 이래봬도 비싼 얼굴이거든요. 얼굴도 비싼 마당에 공으로 능력을 왜 보여 줍니까? 날 조사하면서 알게 됐는지는 모르겠지만 내 인생 철칙 중 하나는 손해 보는 짓은 절대 하지 않는 거라서요."

그 말에 은 교수가 깊이 고개를 끄덕였다. 그래, 정하현이는 이런 놈이었다. 뜯어내면 뜯어냈지, 뜯기는 성격은 절대 아니었다.

하현은 흘끗 문을 바라보면서 어깨를 으쓱였다.

"마지막으로, 재물 손괴는 죄가 맞습니다. 지금 문 하나가 아작 나고 있거든요."

"뭐?"

그 말에 은 교수가 급히 문을 바라보았다.

일단은 멀쩡해 보이기는 해서 어딜 보고 아작이라는 말을 쓰는지는 모르겠지만 문틈 사이로 흰 연기가 조금씩 들어오고 있는 게 약간 불안해지기는 했다.

이러다가 화재경보기가 울리거나 스프링클러라도 터지면 그것 나름대로 엄청난 대사건일 테니까.

그래서 은 교수가 뭐라고 말하려던 찰나, 다시 한번 말이 끊겼다. 조금 전 하현이 했던 말들에 조금 열이 받았는지 살짝 격앙되어 있는 목소리가 들렸다.

"생각보다 시시하군요. 대명문 가문의 유일한 계승자인 당신이 나를 상대로 얼마나 버티는지 구경이나 하려고 했는데 이 문 하나로 막는 게 고작이라니."

그리고 하현은 아주 느긋하게 대꾸했다. 이건 도발의 축에도 안 끼는 수준이었다.

"그 문에 닿는 족족 까맸던 영가들이 하얗게 증발하고 있는 건 안 보이나 봅니다. 그럼 저도 슬슬 지겨워지고 있으니까 이제 진짜 비나 오게 해 볼까요."

"야, 인마!"

은 교수가 뒤에서 '스프링클러는 안 돼!'라고 다급하게 말하려고 했지만 하현은 이미 다 알고 있다는 표정으로 고개를 끄덕여 보였다.

하지만 교수는 조금도 안심이 되지 않은 마음으로 걱정스레 연구실 천장을 올려다보았다.

'아직까진 별일 없어 보인다만…… 이거 미리 종이들을 다 책상 아래로 옮겨 놔야 하나.'

그가 슬그머니 책상 쪽으로 한 걸음 움직이려던 찰나였다. 그 순간, 하현의 눈동자가 살짝 커졌다.

'이 느낌은?'

몸이 당겨지는 듯한 기분이었다. 아니, 무언가 반응하는 듯한 느낌이었다. 몸 한쪽이 잡아당겨지는 듯한 느낌, 그리고 날아오는 느낌. 바람을 가르는 그 소리가 들리는 것만 같았다.

하현은 눈을 느리게 깜빡였다. 나야 좋지만, 완전 바라고 있던 일이었지만, 그러나!

'왜, 아니 어떻게?'

그리고 그 생각을 미처 끝내기도 전에 쐐액 하는 소리가 들렸고, 곧바로 끔찍한 비명 소리가 사방에서 뿜어졌다.

마치 녹아내리듯이 절규하는 듯한 사방의 비명 소리에 놀란 것일까, 아니면 이 상황에 놀란 것일까. 검은 영가들이 조금 전과는 달리 눈에 띄게 동요하기 시작했고, 하현은 씨익 웃고 말았다.

어떻게 왔는지는 더 이상 중요하지 않았다. 하여간, 요란하면서도 정말 확실하다니까.

"뭐, 뭐야, 갑자기?"

여자는 갑자기 돌변한 이 상황이 이해가 되지 않는 듯 당황한 목소리였고, 그 목소리를 마치 잡아채듯이 연구실 문 앞에서 쐐액, 그 바람을 찢는 듯한 날카로운 소리가 멈추었다. 그리고 들린 목소리는—

[뭐긴, 뭐야, 이 음습한 계집애야. 무기 등장이시다.]

파였다.

* * *

"……!"

이원은 자리에서 벌떡 일어났다.

그 바람에 탁자 위에 놓여 있던 검은 구슬 여러 개가 바닥으로 떨어질 것처럼 거세게 흔들거렸지만 그녀는 전혀 신경 쓰지 않았다. 아니, 신경을 쓸 수가 없었다.

자신의 도발에 제대로 대응하지 않는 하현도 짜증 났고, 일반인인 것 같으면서도 왠지 모르게 신경 쓰이는 그 담당 교수도 짜증났다.

아침까지만 해도 아주 평범했던 문에다가 그 짧은 사이에 도대체 무슨 짓을 했는지 자신의 수족들이 맥을 못 추고 들어가지도 못하는 것도 짜증 났고, 하현의 좀 전 그 발언들도 몹시 짜증이 났다.

그러나 지금, 이원의 신경을 완벽하게 건드린 것은 마지막에 등장한 푸른 단도였다.

'뭐야, 저건.'

언젠가 흘려듣듯이 들은 이야기가 있었다.

아주 드물게 물건에 맑은 영이 서리는 경우가 있다고, 한이 맺혀서가 아니라 영의 맡은 바 임무와 약속을 지키기 위해 물건에 들어가 때를 기다리는 신물이 있다고.

그리고 그중 하나가 정씨 가문에 대대로 내려오고 있다고. 대를 이어 물려받는 신물, 가문의 물건이라고.

그때는 하늘의 일이라든가 때라든가 이런 게 이해가 되지 않아 그저 흔해 빠진 전설 중 하나이겠거니 해서 그냥 시큰둥하게 넘겼다. 그런데 지금 왜 그때 들었던 이야기가 바로 생각나는 것일까. 그게—

"그게 저거야? 저 검?"

눈으로 확인했기 때문일까.

옛날 물건은 모두 골동품으로 여기는 이원의 눈에도 그것은 몹시 특별해 보였다.

점점 약해지는 힘 탓에 예민해져 있는 그녀가 느끼기에도 엄청난 기세였다. 게다가 날아오는 기세를 실어 자신의 영가들을 모조리 꿰뚫어 소멸시킬 정도의 힘은 보통의 영력으로는 할 수 없는 일이었다.

역시 정씨 가문 대대로 내려오던 검이라는 건가.

그 짐작을 뒷받침해 주는 것처럼 검과 하현의 유대감은 매우 끈끈해 보였고, 하얀 테이블 위에 펼쳐진 화면을 뚫어지게 노려보던 이원의 붉은 핏빛 입술에서 와득, 살벌한 소리가 새어 나왔다.

아픈 것보다도, 쓰린 것보다도 화가 났다. 분했다. 입에서 비릿한 피 맛이 났다.

"……자신이 갖고 있는 힘이 있음에도 불구하고 또 다른 거대한 힘이라니."

단단하게 말아 쥔 이원의 주먹이 바들바들 떨리기 시작했다. 억울해, 억울해, 억울해!

저 남자가 미웠다. 화가 났다. 약이 올랐다. 왜 너는 모든 게 다 쉬워, 왜 너는 다 갖고 있어?

"누구는 갖고 싶어도 절대 가질 수 없는 걸 넌 왜 그렇게 쉽게 갖는 거지, 왜 처음부터 모두 다 갖고 태어난 거지. 대체 왜!"

이원은 정말이지 하늘이 너무나 원망스러웠다.

그가 갖고 있는 힘과 저 검 둘 중 하나만 자신에게 있었어도 이런 대우는 받지 않을 수도 있었다. 아니, 받지 않았을 것이다.

힘만 있었어도 그가 내게 그런 소리와 그런 눈빛을 보내진 않았을 테니까, 벌벌 기지 않아도 되었을 테니까, 모욕당하진 않았을 테니까!

이원의 눈이 이글거리듯이 탁자 위를 쏘아보았다.

검은 머리를 뒤로 넘기는 하현, 즐거운 듯 미소 짓고 있는 하현, 그리고 그의 주위로 안개같이 자욱하게 늘어져 있는 수없이 많은 영가들과 힘, 그 거대한 힘!

"그런데 넌 왜 다 갖고 있는 거야. 왜 다 갖고 있으면서도 거부하는 거야, 왜, 도대체 왜!"

그럼 난 뭐가 되냐고, 이렇게 흙바닥에서 바르작거리는 난 대체 뭐가 되느냐고!

이원은 치밀어 오르는 화를 못 이기고 몸을 떨다가 연구실 앞에 있던 자신의 영가들을 모조리 꿰뚫어 소멸시킨 그 빌어먹을 푸른 검을 홱 노려보았다.

'……잠깐만.'

화면을 하얗게 흘겨보던 이원의 눈빛이 순간 묘해졌다.

제대로 보니 저 검, 그냥 푸른빛이 아니었다. 검 자체만 푸른 게 아니라 그때, 정씨 가문의 본가를 탐색했을 때 보았던 그 장면에서의 푸른 실이었다.

여기까지 생각한 이원의 몸이 순간 부르르 떨렸다. 그때 번쩍하는 빛과 함께 순식간에 튕겨 나갔던 그 기억과 반동이 반사적으로 생각나서였다.

그때에는 저 검의 갑작스러운 공격에 정말 눈 깜짝할 사이에 밀려나 버렸었다. 그렇게 빠르게 움직일 줄도 몰랐고 자신의 기척을 알아챌 줄도 몰랐었다.

그런데 저 검은 한순간에 자신이 들어와 있음을 파악한 것도 모자라서, 각종 결계와 여럿 감시를 뚫고 간신히 만들어 낸 '길'을 석둑 잘라 내었다. 그리고 자신은 그대로 튕겨져 나갔지.

이 내가, 송이원이 저딴 검에게 당한 것이다.

그때의 굴욕감이 새삼스럽게 떠올라서 이원은 조금 전과 다른 눈빛으로 화면 너머의 푸른 검을 뚫어지게 노려보았다.

"……죽여 버리겠어."

아, 이미 죽었으니까 죽지는 못할라나. 그럼 소멸로 해 주지, 뭐.

중얼거린 이원의 손이 탁자 위에서 미묘한 소리를 끊임없이 흘리고 있던 검은 구슬에 닿았다.

"너도 당해 봐. 너도…… 끊겨 봐."

당한 그 이상으로 갚아 줄 테니까.

이원의 눈이 자신이 들고 있는 구슬만큼이나 새까맣게 가라앉았다.

*　　*　　*

"……라고 하는데 어쩌지?"

하현은 태연한 표정으로 귀를 긁었다. 속으로 자신의 욕을 많이 했는지, 어째 귀가 엄청 간지러웠다. 게다가—

'이거야, 원. 듣고 싶지 않은데도 고스란히 다 들린단 말이지.'

이곳에서의 모습이 저쪽으로 고스란히 보이는 것과 마찬가지로, 그쪽의 상황까지는 아니어도 목소리는 고스란히 이쪽으로 전달이 되어서 하현은 이원이 중얼거리는 말을 모조리 다 들을 수 있었다.

그리고 하현이 이원에 대해서 파악하고 결론지은 건 하나였다. 열등감과 자격지심으로 똘똘 뭉친 사람, 그것이 송이원이라는 사람이었다.

물론 불쌍하기는 했다. 역겨운 그 집안의 사정까지는 솔직히 그가 알 바가 아니라서 별생각은 안 들었지만 남의 천부적인 재능과 타고난 능력을 열등의식을 가지고 부러워하는 것은 이해할 수 있었다.

왜냐하면 그 또한 의대를 다니면서 자기와는 비교도 안 되는 천재를 봐 왔으니까. 실제로 주위에 있으니까.

'저기 뒤에 아주 당당히 서 계시지.'

하현이 세상에서 유일하게 존경하는 사람. 물론 지금은 지켜야 하는 사람이지만.

하현은 저 뒤의 은 교수가 못 알아채도록 작게 웃으며 고개를 살짝 저었다.

하현은 무가 쪽으로는 타고난 인재였지만 그 외의 분야에서는 아니었다.

의대에 오기 위해 무수한 밤을 새면서 공부했고, 각종 의학 용어를 외우기 위해 수없이 쓰고 읽었다. 매 학기마다 보는 시험은 숨이 막히도록 많고도 어려웠고, 써 내야만 하는 리포트들과 논

문들, 연구들은 끝이 없었다.

그래서 하현은 이원의 그 마음은 이해할 수 있었다. 타고난 재능을 부러워하는 마음, 천재를 보는 마음. 스스로에게 화가 나는 마음.

'하지만 그건 그거고.'

성격도 저렇게 꼬여 있는 데다가 원수 집안의 사람에게 당할 생각은 손톱만큼도 없었다. 그것이 이제껏 싫어하고 마다하고 거부했던 영 능력 쪽이라고 해도.

'아니, 그 능력이니까 더더욱. 자신이 갖고 싶어 하는 그 힘으로 눌린다면 더 기분 나쁠 테니까.'

하현은 누가 들었다면 정말 성격 나쁘다고 했을 생각을 하면서 파가 있을 문 너머를 바라보았다.

그의 감으로 보았을 때 저쪽 너머의 영가는 거의 다 사라졌다. 자신의 기세에 눌리기도 했을뿐더러 파가 방금 전에 모조리 다 꿰뚫고 베어 버렸기 때문이었다. 그렇다면 지금은 문을 열어도 되겠지.

하현은 그 생각을 마치자마자 문을 활짝 열었고, 그와 거의 동시에 파가 문을 깨트릴 듯한 기세로 쏘아져 들어왔다. 그리고 기겁한 것은 하현이었다.

"왁! 어후, 야! 진짜 놀랐잖아!"

아닌 게 아니라 이번에는 진짜 저세상 가는 줄 알았다. 문을 열자마자 파가 쌩하니 날아 들어와서 하마터면 제대로 푹, 찔릴

뺀했던 것이다.

하지만 파는 어이없는 표정으로 그를 바라보았다.

[뭐라는 거야? 누가 문 앞에 서 있으래? 나야말로 피 볼 뻔했잖아.]

그러다가 '그 피를 다시 먹는다면 더 강해지려나' 하는 생각이 잠깐 들어서 파는 묘한 눈빛으로 하현을 바라보았다.

[……다음 기회를 노려 볼까나.]

무서운 생각을 아무렇지 않게 하면서 파는 허공에서 빙글 한 바퀴 돌았다. 그리고 활짝 열려 있는 문 쪽을 천천히 겨냥했다.

[그리고 아무리 바보 같은 주인이어도 말이지, 저렇게 대놓고 노리면 당하겠느냐고.]

이 내가 당하게 두지도 않을 테지만, 파는 작게 중얼거리면서 문 쪽을 노려보았다.

이곳으로 오는 내내 기분이 정말 나빴다. 처음으로 겪어 보는 '소환'에 기분이 나쁜 건 결코 아니었다.

오히려 그것은, 뭐랄까, 신기하다? 혹은 재미있다, 그런 편이었다. 자신을 필요로 하고 자신을 마음으로 부르는 소리였으니까, 그건 괜찮았다.

하지만 그녀의 신경을 건드리는 것은 수없이 많은 비명들이었다.

[여기는 더 시끄럽네.]

파는 인상을 찡그렸다. 이것을 뭐라고 표현하면 좋을까, 온통 주변에 비명이 가득했다. 고통스러운 비명, 아픔을 삼키는 신음, 절규하는 목소리들뿐이었다.

도로에도 쟁쟁하던 그 소리들은 여기, 이곳 병원에 들어선 이후로 거의 악에 가깝도록 바뀌기 시작했고, 파는 그 악령들의 신음의 이유가 저 목소리임을, 저 여자임을 단번에 깨달았다.

그럴 수밖에 없는 게 그녀의 목소리가 들릴 때마다 영가들이 눈에 띄게 몸을 떨면서 두려워했기 때문이었다.

'그리고 하나 더.'

파의 눈이 날카롭게 빛났다.

시간이 지날수록 똑똑히 떠올랐다. 그날, 그 밤의 꿈. 연화와 하현이 한 이불에 누웠던 그날 밤에 꾸었던 꿈 아닌 꿈. 잠시 잊혔던 꿈에 나왔던 목소리였다. 그리고 그 목소리는 분명히 이렇게 말했었지.

'네가 왜.'

방금 진에 들었던 그 목소리, 그 말투, 그 내용과 매우 흡사한 말이었다. 물론 듣는 대상은 다르겠지만.

파는 곧바로 떠오르는 그 대상, 연화를 떠올리며 하현을 흘끗 바라보았다. 그 역시 악령들의 많은 수를 알아채었는지 조금 긴장한 모습이었고, 파는 천천히 날을 돌리며 대수롭지 않게 말했다.

[걱정 마. 네 여자는 그 사람이 똑바로 지켜 주고 있을 테니까.]

보호가 전문이라고 당당하게 말했거든, 이라고 이어 말했지만 하나도 알아듣지 못한 것 같은 하현의 얼굴에 파는 어깨를 늘어뜨리고 말았다.

기껏 소리 내어 말을 해도 듣지를 못하니 정말 한심한 노릇이었다.

그리고 다음 순간, 문 앞이 검게 물들었다.

*　　*　　*

"자, 그럼 슬슬 시작해 볼까요?"

미르는 유쾌하게 말하면서 손을 들어 올렸다.

그러자 '위이이이' 하는 묘한 소리와 함께 그가 서 있는 곳을 기점으로 둥글게 하얀 선이 그어지기 시작했고, 선은 연화를 마치 끌어당기듯이 미르의 바로 뒤에 붙여 놓고서 두 사람의 머리 위에서 서로 달라붙어 하나로 매듭지어졌다.

마치 투명한 봉투에다가 두 사람을 안에 두고 마개를 단단히 봉한 듯한 모습이었다.

연화는 눈을 크게 떴다. 가둔다는 느낌이 들어서 뭔가 답답하지 않을까 했는데 조금도 답답하지 않았고, 오히려 조금 상쾌하기까지 했기 때문이었다.

그렇다면 벌써부터 악령의 기운이 여기까지 뻗쳤다는 것일까.

연화의 짐작을 뒷받침이라도 하듯 미르가 한숨을 작게 내쉬며 중얼거렸다.

"어휴, 이제야 좀 살겠네."

아무래도 그녀의 생각이 맞았던 모양이었다.

미르의 능력은 후각 쪽이었는데 그만큼 자극을 많이 받았던 듯 선량한 인상이 살짝 찡그려져 있었다. 그럼에도 그의 시선은 줄곧 현관 밖에 꽂혀 있었고, 연화도 단단히 결심한 표정으로 그를 따라 문밖으로 시선을 두었다.

연화는 자세한 것은 잘 모르겠지만 무언가 일이 묘하게 돌아간다는 것은 잘 알 수 있었다. 그리고 문득 생각난 것에 이제는 이 자리에 없는, 바로 좀 전에 바람과 함께 사라진 파의 빈자리를 바라보았다.

하현이 아침에 일을 나가며 파를 두고 간 것은 우연일까. 그녀를 그가 필요로 하는 이 시점에 이분이 불쑥 찾아온 것도 과연 우연일까.

'아니.'

길게 땋은 머리가 분명히 도리질 쳤다.

우연이 겹치면 운명이라 한다고 들었다. 그리고 연화는 확신했다.

하늘 할머니가 보고 계시고 가주께서 돌보아 주시는 중에 이리 특이한 일이 연거푸 일어난다면 그것은 필시 어떠한 일이 생길 거다, 라는 것을 미리 예견해 주시거나 걱정해 주시는 것일

터였다.

더욱이 이제는 더 이상 당황하지도, 무슨 일이 일어나건 겁을 먹지도 않을 것이었다.

'왜냐하면, 내겐 이게 있는걸.'

연화는 손을 들어서 가슴팍을 살짝 만져 보았다. 그리고 곧바로 만져지는 익숙한 모양과 익숙한 길이, 그 친근한 감촉에 연화는 살짝 미소 짓고서 다시 손을 내려 치맛자락을 잡았다.

파는 갔으나 검 하나는 예 있었다. 하현이 손수 깎아 준 복숭아나무 단도. 이것이 어떠한 힘을 갖고 있는지는 아직 확실히 모르겠지만 단 하나 확실한 것은…….

"……꽃 아가씨."

"예?"

연화가 조금 놀란 눈으로 미르를 바라보았다. 방금, 나 부른 거예요?

꽃 아가씨라니 퍽 귀엽고도 달큰한 호칭이었다. 연화가 미르를 올려다보았지만 미르는 그녀를 보고 있지 않았다. 그의 시선은 여전히 문밖에 단단히 박힌 상태였다.

"아시다시피 나는 당신을 볼 수 없습니다. 그래서 당신이 내게 가까이 있는지 확인할 수 있는 방법은 당신의 향밖에 없어요. 그리고 이것 역시 알고 있겠지만 지금 이 주변에는 굉장히 고약한 냄새들로 가득합니다. 악취 때문에 머리가 아플 정도예요. 그래서 당신의 향이 많이 묻힙니다. 다시 말해서 내가 말하고 싶은 것은요."

순간 연화의 몸이 얼어붙었다.

시선이 느껴졌다. 눈빛이 느껴졌다. 사방에서 자신을 찌르듯이 쳐다보는 그 눈동자들이 느껴졌다. 한결같이 탐욕스럽고 음습한, 찐득찐득한 느낌의 시선들이었다.

그에 등줄기가 빳빳하게 굳어져서 연화는 저도 모르게 미르의 옷자락을 살짝 잡았고, 미르 역시 긴장한 기색으로 이어 말했다.

"내 옆에서 떨어지면 안 됩니다. 적어도 절대로 이 흰 막 밖으로 나가면 안 돼요. 당신이 안전할 수 있는 것은 지금은 이 선 안뿐입니다. 알겠지요?"

미르는 속으로 혀를 찼다. 이럴 줄 알았으면 다른 방법을 생각했을 텐데. 하지만 그때에는 마땅히 다른 길이 없었다.

'그 도도하고 침착하던 사람이 그런 비명을 지를 줄 누가 알았겠어.'

그때 미르는 파가 비명을 지르자마자 더 이상 아무런 생각이 나질 않아서 그대로 문을 부수어 버렸다. 더불어 문에 설치되어 있던 결계와 공격이 깨졌고, 그것과 연동되어 집 안 전체를 감싸고 있던 방어 개체가 제대로 작동을 하지 않고 있었다.

만약 평소였다면 이런 악령의 기척이 느껴지자마자 자동으로 여러 안선장치가 발동했을 터였다.

미르는 속으로 작게 혀를 찼다.

'성급했어.'

하지만 어쩔 수 없었는걸. 그렇게 중얼거리며 미르는 심호흡을 했다. 이제 곧 악취로 사방이 진동할 테니까 가급적 숨을 많이 쉬어 둘 생각이었다.

그는 어깨 너머에서 미약하게 풍겨 오는 복숭아꽃 향기에다 대고 진지하게 말해 주었다.

"평소라면 이 집 전체가 안전했을 테지만 지금은 이야기가 좀 다릅니다. 그리고 저는 하현 형이 아니기 때문에 당신을 대하는 것이 많이 서툴러요, 보이지도 않고. 그러니까 부탁합니다. 무슨 일이 있더라도 절대로 이 선 안을 벗어나지 말아요. 설령 내가 쓰러진다고 해도 이것은 흔들리지 않을 테니까 하현 형이 올 때까지 이 안에 있어요."

쓰러진다고 해도?

연화의 눈동자가 흔들렸다.

이렇게 당당하고 믿음직스러운 사람이 '쓰러진다'는 말을 하다니? 평소 능글거리고 싱글싱글 웃고만 다녔던 미르였기 때문에 이런 모습은 낯설었다. 하지만 재차 확인해 오는 말에 연화는 결국 그의 얼굴 앞에서 두어 번 고개를 끄덕였고, 그에 전해져 오는 어스름한 복숭아꽃 내음을 맡은 미르는 살짝 미소 지었다.

그와 거의 동시에 온 집 안이 잘게 진동하기 시작했다. 그리고 곧이어 문밖이 새까맣게 물들었다.

검은 물결이었다.

9장
타오름달

하현은 눈앞에 넘실거리는 검은 물결을 바라보며 천천히 숨을 골랐다.

사실 이제까지 '실전'에 나선 적은 그렇게 많지 않았다. 기운을 숨길 생각이 없었을 때 접근하는 영가들은 둘 중 하나였으니까. '그릇'을 노리거나, 혹은 장난질을 치고 싶거나.

하지만 시답지 않은 장난을 걸려던 놈들은 하현의 근처에 가까이 오려다가도 일정 거리 이상으로 접근하면 투명한 벽에 막힌 양 더 이상 오지 못했다. 그에게서 나오는 기운에 눌린 것이었다. 그리고 녀석들은 그 기운을 오래 버티지 못하고 꼬리를 말고 물러나곤 했다. 그만큼 하현의 기가 세다는 말이었다.

'그게 아니라면.'

그릇, 즉 자신의 몸을 노리는 약한 신 또는 조금 센 영가일 것이다. 그래서 그 사실을 안 이후에는 기척을 누르고 지냈다. 꼬리를 말고 사라지는 것은 좀 편했지만 그의 몸을 노리고 덤벼드는 거라면 본격적으로 귀찮아지는 거니까.

때문에 이렇게 실전에 나서는 것은 글쎄, 아주 오랜만이었다. 게다가—

'저것들은 차트로 때리는 것 정도로는 먹히지도 않을 테니까. 그리고…… 지금은 누를 필요도 없고.'

그리고 순간 보인 장면에 하현은 손을 옆으로 뻗으며 나직하게 외쳤다.

"파!"

그러자 그의 어깨쯤에서 고요히 떠 있던 푸른 검이 쐐액, 하는 소리를 내며 움직였다.

[뭐, 왜. 부르지 말고 말을 하라고.]

하지만 파는 하현의 의도를 아주 정확히 알고 있는 것처럼 재빠르게 움직여 허공에서 춤을 추듯 횡으로 그었고, 그녀의 날에 사무실의 전등 빛이 희게 반짝 반사되었다. 그리고 동시에 화면으로 그들을 지켜보고 있던 이원이 붉은 입술을 꽉 악물었다.

"감히!"

[감히 좋아하네, 이 여자야. 어디 얍삽하게 이런 거나 붙여 놓고. 내가 눈치 못 챌 줄 알았냐?]

파는 으르렁거리듯 뾰족하게 대꾸하며 하현의 어깨 근처에서 사위를 쭈욱 둘러보았다.

방금 그녀가 잘라 낸 것은 저만치 뒤로 물러나 있던 은 교수에게 날아가던 영가였다. 하현과 파가 눈앞의 악령 물결에 정신이 팔린 사이에 몰래 은 교수에게 접근해서 들러붙으려고 했던 것이다. 만약 그게 성공했다면 그의 육체와 정신을 괴롭게 하며 하현을 노렸을 것이다. 혹은, 최악의 경우 은 교수를 빙의시키려고 시도할 수도 있었다. 그것도 아니면 그 전부를 한꺼번에 진행할 수도. 그러나 그것을 알아챈 하현, 그리고 파가 단번에 그 수를 끊어 버렸다.

파의 빈정거림을 듣기라도 한 듯 이원의 표정이 표독하게 일그러졌다.

"너!"

하지만 그녀는 즉시 입을 다물 수밖에 없었다. 파가 곧장 날아가 검을 목에 들이밀었기 때문이었다. 그 자리에 있는 것이 아니라서 이원 자신에게 겨누는 것은 아니었지만 그곳에 있는 수많은 것 중 어떤 영가로 그들을 지켜보고 있는지 단번에 들켜 버린 사실에 이원의 표정이 싹 굳어졌다.

게다가 순간적으로 정말 찔리는 것처럼 온몸이 경직되어 심장이 크게 쿵쿵 뛰고 있었다. 마치 목에 칼이 놓인 것 같은 느낌에 이원이 입술을 짓이기듯 비틀었다.

'빌어먹을.'

순간적으로 정말 심장이 철렁했다. 고작 지켜보고 있는 것 하나 들켰다고 이리 놀랄 일이야?

이원은 그 치욕스러운 느낌에 눈을 희게 치켜떴다.

"……죽여 버릴 거야."

놀람이 진정되자 이제는 분노로 온몸이 바들바들 떨리기 시작했다.

사람을 바보로 만드는 것도 정도가 있었다. 자신의 의도대로, 계획대로 진행되고 있지 않은 이 상황도 짜증이 나서 미쳐 버릴 것 같은데 저 푸른 검은 무엇이고, 그 붉은 실은 무엇이고 저 이상한 의사 선생은 또 뭐란 말인가. 더욱이 이 와중에 하현의 능력은 조금도 발휘되지 않은 상황이라서 더 약이 올랐다.

조바심이 났다. 짜증이 났다. 그래서 이원은 더 이상 평정을 유지하지 못하고 화면 너머로 하현을 매섭게 노려보았다. 비겁하기는!

"뒤에 숨어 있지만 말고 이제 슬슬 앞으로 나오시죠? 언제까지 검 뒤에 숨어 있을 생각인가요?"

그리고 그 말에 하현과 파가 동시에 대답했다.

[너 바보냐? 난 검이고 쟤는 내 주인이야. 검이 주인을 지키는 건 당연한 거 아니야?]

"당신 바보입니까? 검은 날 지키라고 있는 건데 숨긴 뭘 숨습니까, 이게 당연한 건데."

"……."

누가 맹약자 관계 아니랄까 봐, 말투는 달라도 내용은 같은 그 말에 파가 할 말을 잃었다는 표정으로 하현을 쳐다보았다. 하지만 애석하게도, 그리고 다행히도 하현은 파의 말을 듣지 못하는 사람이었고 그것에 안도와 아쉬움을 느끼면서 파는 천천히 허공을 맴돌다가 하현의 눈짓을 보자마자 곧장 앞으로 쏘아져 나갔다.

곧이어 하현은 검은 안개 사이를 춤추듯 날아다니는 파를 눈으로 좇으며 오른손을 들어 올렸다. 이제 시작해야만 했다.

스ㅇㅇㅇ—

하현은 허공에 빠르게 무언가를 그렸고, 공중에 그린 것의 마지막 획을 그은 그가 짧게 후, 숨을 불어 넣자마자 은 교수의 앞에 희뿌연 막이 만들어지기 시작했다. 아무것도 없던 허공에 마치 성에가 끼듯 새하얀 눈꽃이 하나둘 피어나더니, 서로서로 얽히듯 이어져서 마침내 하나로 이어진 것이었다. 그리고 그에 대한 반응은, 뒤에서 나왔다.

"어어, 야, 하현아?"

멀찍이 물러나서 하현과 파를 지켜보고 있던 은 교수는 얼떨떨한 표정으로 그것을 바라보고 있었다. 하현이 자신을 지켜 줄 거라는 사실에는 한 치의 의심도 없었지만 이건 뭐랄까—

"야, 인마!"

갇히는 기분이었기 때문이었다. 그리고 역시나 그의 생각대로 그 하얀 눈꽃 같은 결계는 은 교수를 가운데에 두고 두루 둘러 단단히 맺어졌고, 하현은 불투명한 막에 둘러싸여서 얼떨떨한 표정을 짓고 있는 그에게 미안한 표정으로 말했다.

"금방 끝내겠습니다, 교수님. 잠시만 기다려 주세요."

설마 그에게까지 피해가 가진 않겠지만 혹시, 라는 생각에 일단은 보호해 둔 것이었다. 하현은 은 교수의 나직한 끄덕거림을 보고 난 다음에야 숨을 작게 들이쉬며 천천히 두 눈을 감았다.

'……어쩔까.'

걱정이 아니었다. 고민이었다.

몸 안에 스스로 걸어 둔 수많은 자물쇠 중 몇 개를 풀어야 할까. 얼마나 놓아야 할지 가늠이 되지 않았다. 하도 오랜만이라 제대로 감이 잡히지 않았지만, 다 개방할 필요는 없겠지. 생각을 마친 그의 두 눈이 선연한 주홍색을 드러내며 앞을 바라보았다.

위이이이―

파는 흠칫 몸을 돌렸다. 갑자기 왼쪽에서 엄청난 힘이 느껴졌기 때문이었다. 순간적으로 확 치솟은 그 느낌에 몸이 밀리는 게 아닐까 싶을 정도였다. 아니, 사실은 조금 흔들렸다. 마치 밀물에 쓸리는 것처럼 쭈욱 밀려날 뻔한 것이다. 자신이 '힘'에 밀려나다니, 생각지도 못한 일이었다. 그리고 다음 순간, 파는 눈을 크게 떴다.

[저게, 뭐야……?]

* * *

"뭐야, 저거?"

이원은 눈을 크게 떴다. 사실은 감고 싶었다. 지금 보고 있는 것을 믿을 수가 없었다. 믿고 싶지 않았다.

“저게 뭐야. 저게 가능해? 신도 안 받은 사람이?”

사실은 빙의한 상태라든가 그런 거 아니야? 그것도 아니면 저 사람 자체가 신이 아닐까 싶을 정도였다. 그렇지 않고서야 말이 되지 않았다. 도대체 어떻게 산 사람이 저럴 수가 있지?

하현이 손을 들어 올릴 때마다 검은 물결이 사방으로 갈라져 새하얀 바닥을 드러냈다. 그것은 마치 바람으로 후려치는 듯한 모습이었다. 그냥 갈라지는 게 아니라, 그의 힘에 맞은 영가들이 그 즉시 허공으로 부스러져 날리고 있었다. 단어 그대로 ‘소멸’이었다.

그리고 하현 역시 그 비슷한 말을 입술에 올리고 있었다.

“이건 뭐, 그냥 청소잖아.”

그가 중얼거리고 있는 게 파가 생각하고 있는 바로 그것이라는 것을 알까, 하현은 입매를 일자로 다물며 눈을 가늘게 떴다.

지금 그는 이곳저곳에 데굴거리면서 뭉쳐 있거나 우르르 몰려다니는 것들을 모조리 박멸하는 중이었다. 쓰는 도구와 대상만 다르다뿐이지 청소라는 말이 딱 맞았다.

스으으으—

처음에 기세가 등등했던 놈들은 방금 전까지만 해도 곁에 있었던 다른 영가들이 조금씩 하지만 확실히 수가 줄어들기 시작하자 눈에 띄게 동요하는 모습이었고, 하현은 그들 중에 유독 눈이 가는 영가에게 정확히 시선을 두었다.

"너 말입니다."

나한테 왜 앞으로 안 나서냐고 그랬죠, 그 중얼거림에 영가의 낯빛이 조금 창백해졌다고 생각하는 것은 그의 착각일까.

그러나 하현은 확신했다. 아까 파가 저 영가에게 날아갔을 때 그가 눈에 띄게 동요했고, 그 이후로 동작이 좀 부자연스러웠었다. 분명 그녀는 저걸 통해서 이곳을 보고 있는 거겠지.

'하지만 그렇게 쉽게 잘라 내 줄 수는 없지.'

하현의 입꼬리가 쓱 올라갔다.

같은 시각, 이원은 그 미소를 똑똑히 보며 입술을 깨물고 있었다. 하도 깨물어 발갛게 부어 있었지만 그녀는 의식하지 못한 모양이었다. 그리고 사실 신경 쓸 겨를도 없었다. 방금 하현의 눈빛은 자신이 그 영가를 통해서 저를 지켜보고 있음을 확신한 것은 당연하고 그녀더러 보란 듯이 직시한 것이었다.

그 '거울'을 금방이라도 없앨 수 있는데도 그냥 넘기는 행동. 그리고 어디 한번 똑똑히 지켜보라는 듯 씨익 지었던 그 붉은 표정은 명백한 비웃음이었다.

그리고 이원은 다음 순간 보이는 장면에 그대로 얼어붙었다.

"말도…… 안 돼, 저건 말도 안 돼!"

몇 번째 말하는 말일까. 하지만 그것을 의식하지 못할 정도로 이원은 당황하고 있었다. 하현의 두 손이 붉게 물들어 있었다. 마치 피로 물든 것처럼 새빨간 색이었다.

하지만 그것은 피가 아니었다. 그의 순수한 영력, 힘, 무기였다. 저만큼의 힘이 무형으로 몸 안에 내재되어 있는 것도 대단한 일인데 그 무형의 힘을 실체화해서 무기로 사용하다니, 있을 수 없는 일이었다. 있어서는 안 되었다. 이원의 얼굴이 와락 일그러졌다.

"아니, 안 돼! 그럼……."

그럼 내가 뭐가 돼……!

도대체 어디서부터 어디까지 차이가 나는 걸까. 집안의 급 차이는 물론이거니와 능력치까지 이렇게 차이가 나다니 어이가 없었다. 두 눈으로 보고 몸으로 느끼게 되니 더욱더 참담했다. 대체 나는 뭐야, 대체 저 사람은 뭐야. 왜! 이건 너무나도 불공평하잖아!

이원의 얼굴이 새하얗게 질린 것을 알까, 하현의 손이 천천히 올라갔다. 그리고,

콰득—

"……!"

이원은 하마터면 비명을 지를 뻔한 입술을 두 손으로 콱 막았다. 만약 누르지 않았다면 이 병실 가득히 비명이 울렸을 것이었다.

크득—

연달아 울리는 잔인한 소리에 이원은 두 손으로 귀를 막았다. 끔찍한 비명이 들리는 것만 같았다.

지금 영가들은 말 그대로 '살해'당하고 있었다. 아니, 이것을 어떻게 말하는 게 맞을까. 이미 죽은 지 오래인 영가들인데 또

죽는다는 말은 좀 이상했다. 이상했지만, 그 말밖에는 떠오르지 않았다.

우드득—

끊이지 않고 계속 들리는 그 잔인한 소리에 이원의 안색이 한 층 더 창백해졌다.

지금 하현은 영가들의 심장을 비틀어 없애고 있었다. 정확하게 말하면 그녀가 심어 놓은 핵이었다.

자유로이 떠돌던 영가들을 구속하여 자신의 아래에 둘 수 있게 해 둔, 자신의 것이라고 박아 둔 것, 그것이었다.

이원의 아래에 있는 영가들은 대부분이 지상에서 오래 떠돌아다녀서 저승에서도 주의를 기울여 찾고 있는 영가들이었고, 긴 시간 동안 이원과 그녀의 집안에서 '여러모로' 사용해서 회생 불가한 것들이었다. 한 마디로 정화할 수 없는 악령이었다. 그리고 핵이 사라진 그들은…… 이원의 눈동자가 절망으로 물들었다.

"젠장, 안 돼!"

그대로 스러져 공중으로 재처럼 검게 흩어졌다. 말 그대로 공중분해되는 모습이었다.

"안 돼, 명령이야. 가지 마!"

그동안 이원의 능력은 더 이상 늘어나지 않았다. 무던한 노력과 각종 비기들을 구하는 대로, 있는 대로 모조리 찾아 몸에 익히려고 했지만 아무런 소용이 없었다.

항상 제자리였다. 그마저도 조금씩 '줄어드는' 느낌이 들어 그

때부터 저런 방법을 쓰고 있었다. 영가에게 자신의 인을 찍어 구속하는 것, 그것이 이원의 가장 큰 무기이자 마지막 보루였다.

그런데 그것들이, 자신의 보물들이 저렇게 허무하게 사라지고 있다니 믿고 싶지 않았다. 저들은 자신에게 다시 돌아와야만 했다. 하지만 하현의 손이 한번 휘둘러질 때마다 재가 늘어 갔고, 공중으로 날아가는 동시에 그녀의 힘은 빠른 속도로 줄어들고 있었다.

"안 돼, 안 돼, 안 돼!"

이원은 비명을 지르며 제 손을 반대쪽 손으로 콱 움켜쥐었다. 날카로운 손톱에 찍힌 손등이 곧바로 발갛게 부어올라 피가 맺혔다. 하지만 이원은 전혀 알아채지 못한 얼굴이었다.

뭔가가 필요했다. 이 끔찍한 상황을 타개할 만한 무언가가 필요했다. 반전의 키가 될 만한 무언가가!

그리고 다음 순간, 그녀의 눈이 희게 반짝였다.

"……네가 있었지, 참."

* * *

하현은 자신의 손을 바라보았다.

옛날에 한 번 본 이후로 자신의 힘이 붉은빛이라는 것을 알고는 있었지만 이렇게 오래 보는 것, 그리고 목적을 갖고 사용하는 것은 처음이었다. 그래서 좀 놀랐다.

"이거 꽤 쓸 만하잖아?"

할머님께서 들었다면 분명 잔소리에서 그치지 않는 불호령이 떨어졌을 테지만 솔직한 감상이 그랬다. 그 정도로 '보호'는 그의 적성에 맞지 않았다. 하현은 나서서 행동해야만 속이 시원한 성격이었고, 밀어내느니 지금 하는 것처럼 이렇게 아예 뿌리를 없애 버리는 것이 훨씬 더 마음에 들었다.

'미르와는 정반대인 성격이지.'

그 녀석이라면 분명 지키는 것에만 중점을 두었을 테니까.

"……."

하현은 잠시 손을 멈추었다. 미르를 생각하니까 바로 연화가 떠올랐기 때문이었다. 그의 손이 멎은 것을 노렸는지 하현의 뒤에서 쐐액, 가느다란 검은 것이 화살처럼 쏘아져 왔다.

하지만,

"느려."

뒤도 돌아보지 않고 손을 휘두른 하현의 손에 그대로 검게 소멸했다. 그리고 하현은 숨을 천천히 고르고서 힘을 다시 끌어 올려 두 손에 단단히 감았다. 이제 가능한 빨리 끝낼 요량이었다. 연화가 걱정되었고, 그녀가 보고 싶었다. 그녀를 품에 안았던 것이 아주 오래전처럼 아득하게 느껴졌다.

그때였다.

"어어!"

외마디 소리에 하현은 급히 은 교수를 바라보았다가 그가 놀란 표정으로 바라보고 있는 쪽을 보았다. 그리고 앞뒤 생각 없이 곧바로 달려갔다.

"파!"

푸른 검이 검은 물결에 둘러싸인 채로 바닥으로 떨어져 내리고 있었다.

마치 시간이 멈춘 것 같았다.

아니, 멈춘 것까지는 아니어도 영화 속 슬로모션처럼 천천히 보이는 것만 같았다. 그 정도로 현실감이 없었다.

'파……?'

너무 믿었다. 너무 의지했다. 너무 안일했다.

파는 언제나 강했고, 언제나 자신의 생각을 읽었고, 언제나 곁에 있었다. 반드시 약속을 지키곤 했다. 연화를 지키라는 말을 항상 지켰다. 그래서 이번에도 아무런 일이 없을 줄 알았다. 언제나 그랬듯 덤덤하게 나 원래 여기 있었다는 듯 항상 그 자리에 있을 것 같았다. 하지만 지금 본 것은—

"젠장, 파!"

그녀가 수없이 많은 악령에 둘러싸여 속수무책으로 무너지고 있는 모습이었다.

* * *

"응?"

미르는 고개를 들었다.

왠지 느낌이 이상했다. 누군가가 자신을 부른 듯한 느낌이랄까, 누군가의 목소리가 들린 것만 같았기 때문이었다. 하지만 누차 말하듯, 미르는 영가의 목소리를 듣지 못했다. 파만 제외한다면.

'누가 내 욕이라도 하나.'

차라리 그런 거라면 괜찮을 테지만…… 하지만 영 짚이는 부분이 없어서 미르는 곧 고개를 저어 버렸다.

'눈앞에 놓인 것만 신경 써도 오늘 하루치 일당은 다 하는 거라고.'

과연 하루치 일당일까, 어쩌면 한 달 그 이상이 될 수도 있을 것 같다는 생각이 들었다. 그도 그럴 게 이렇게 코끝이 저릴 정도로 지독한 냄새가 풍겼기 때문이었다. 좀 이해 가도록 설명한다면 음식물 쓰레기 처리장 한가운데에 마스크도 없이 무방비하게 서 있는 것과 비슷하다고 하면 될까. 벌레도 많고 냄새도 지독하고.

하지만 그것은 그나마 음식물 찌꺼기일 테지만 '저것'들은 시체의 냄새를 그대로 갖고 있었다.

'이 피비린내는 칼을 맞고 죽은 것일 테고 이 노린내는 불에 타서 죽은 거겠지. 그리고 이 지독한 냄새는…… 목을 매달고 죽은 것일 테고.'

그렇게 각기 맡아도 지독한 냄새들이 하나도 아니고 여럿이 떼를 지어 한데 모여 있으니 안 그래도 예민한 그의 코가 견딜 수 있을 리가 없었다.

미르는 머리까지 지끈거리는 것만 같아서 관자놀이를 누르며 한 발 뒤로 물러섰다.

"윽……."

"미르 도령!"

다행히 연화가 그의 바로 뒤에 있었고, 미르는 그녀에게서 풍기는 달콤한 꽃향기에 아주 간신히 숨을 쉴 수 있었다. 그는 자신이 한 생각에 조금 웃고 말았다.

"꽃 아가씨가 지금 제 곁에 있어서 정말 다행이네요."

"다행이라고요?"

파와 하현이 이 자리에 있었어도 자신에게 큰 힘이 되었을 것은 분명했지만, 미르를 도와줄 수는 없었다. 그들은 제 힘으로 악령들을 없애고 소멸시켜서 도왔지, 그가 이렇게 '숨을 쉴 수 있게' 해 주지는 못했을 테니까.

그 속마음을 모르는 연화는 미르의 말이 이해가 가지 않았다. 그도 그럴 게, 파도 그렇고 하현도 그렇고 이 사람 미르도 그렇고 연화의 입장에서는 미안해서 고개를 들 수가 없기 때문이었다. 자신만 없었으면 무탈하게 아무 일 없이 잘 지냈을 이들이었을 거라는 생각이 자꾸만 들었다.

'나는 할 수 있는 것도 없는걸.'

도움만 받고, 보호만 받고, 정말이지 화가 날 정도로 무능력했다. 얌전히 남의 등 뒤에 숨죽이고 숨는 것밖에는 할 수가 없다니, 스스로가 너무나도 부끄러웠다.

'하지만 이런 말을 또 했다간 파에게 다시 크게 야단맞겠지.'

요전번에 따끔하게 혼났던 게 곧바로 떠올라서 연화는 어깨를 축 늘어뜨렸다. 그리고 그런 그녀에게 웃음기 어린 청량한 목소리가 닿았다.

"뭐, 사실 엄청나게 배부른 소리지만요."

아마 그들이 들었다면 어쨌거나 도와줬으면 됐지, 뭘 더 바라느냐는 퉁명스러운 말을 했겠지. 그 목소리들이 꼭 들리는 것만 같아 미르는 장난스럽게 웃고서 연화 곁에서 한번 크게 숨을 들이쉬었다. 그리고 입술을 꾹 다물고 앞을 똑바로 직시했다.

다음 순간, 연화는 눈을 크게 떴다.

"저건……."

아무것도 없던 허공에 그림이 그려지고 있었다. 아니, 정확하게 말하면 주변이 흐려지고 있었다. 미르의 시선이 닿는 곳마다 아지랑이가 피어오르듯 공간이 일렁거렸다.

그리고 그것들은 서로서로 연결되어 마치 불투명한 막을 이루듯 그들 주위를 두르기 시작했고, 집 현관이 안에서 오목하게 막듯이 반구 형태가 되고 나서야 미르가 길게 숨을 내쉬었다.

그와 거의 동시에 텅, 커다란 소리가 집 안을 가득 울렸다.

"……!"

두 사람의 시선이 동시에 현관을 향했다. 미르가 입술을 살짝 깨물었다.

"아주 간발의 차였네요."

"저게…… 뭐예요?"

연화는 질린 듯한 목소리로 중얼거렸다. 그녀의 눈은 미르가 쳐 둔 연푸른색 막에 똑똑히 고정된 상태였다. 아니, 이제 막은 더 이상 푸른색이 아니었다. 이곳저곳이 검게 물들어 더럽게 얼룩덜룩해진 모습이었다.

'저게 다 악령이겠지. ……날 노리고 온 것들이겠지.'

마치 그녀의 목소리를 들은 것처럼 미르가 말했다. 그의 얼굴이 조금 딱딱하게 굳어져 있었다.

"변명 같지만, 단순히 신혼집을 방문하려던 거라서 딱히 무기나 증폭제 같은 것은 안 가지고 왔습니다. 그래서 지금 저에게 있는 것은 이 몸과 이 안에 있는 힘 그게 전부예요. 보이시는지 모르겠지만 제힘을 최대한 끌어내어서 저 앞을 막았습니다. 지난번 본가에서 제 결계가 뚫리고 난 다음에 다시 수련을 하고 있기는 하지만…… 얼마나 버틸 수 있을지는 모르겠네요."

게다가 그때에는 본가에 설치된 다른 결계와 증폭제가 자신을 도와주었지만 지금은 말 그대로 아무것도 없었다. 하현의 집에 설치되어 있던 결계들도 다 아까 자신이 무효화시켜 버려서 지금은 정말 맨몸으로 사자 굴에 던져진 것이나 다름이 없는 것이었다.

미르는 작게 혀를 차고서 검고 진득한 것들이 군데군데 들러붙기 시작하는 푸른 막을 심각한 표정으로 바라보았다.

'얼마나…… 버틸 수 있을까.'

지난번 같은 경우는 장소도 장소였지만 곁에 다른 사람들이 있었다. 파가 있었고, 하현에게 연락을 했었고, 그리고 집안의 대들보인 가주님 또한 한 지붕 아래에 계셨다. 그런데 지금은 파도, 하현도, 가주님도 없는 정말 혼자인 것이다.

그럼에도 미르의 표정은 조금도 달라지지 않았다. 외려 더욱 담담해 보였다.

'만약에 내색이라도 했다간 꽃 아가씨를 더욱 불안하게 만들 뿐이니까.'

파 또한 그렇게 안색이 달라져서 날아갔으니 하현도 지금은 정신이 없을 게 분명했다.

그때였다.

텅—

"……?!"

연화와 미르의 시선이 일제히 현관을 향했다.

아까와 비슷한, 하지만 그보다도 훨씬 커다란 소리가 그쪽에서 울리자마자 곧바로 두 사람의 안색이 달라졌다. 푸르렀던 결계가 좀 전과는 비교할 수 없을 정도로 새까맣게 변해 있었기 때문이었다.

거기에 다닥다닥 달라붙어 있는 악령의 수가 상상을 초월할 만큼 많았다. 그러고도 그들을 호시탐탐 노리는 영가들이 아직도 저 뒤에서 한가득 일렁거리고 있었고, 결계에 진득이 달라붙어 있는 영가들은 마치 그것을 뚫고 들어올 듯한 모습으로 푸른 막 위를 이리저리 기어 다니고 있었다. 진정 끔찍한 모습이었다.

"윽……."

마치 구역질이 나올 것 같은 흉측하고 징그러운 모습에 연화가 창백하게 질린 얼굴로 한발 물러섰다. 하지만 미르의 행동은 그녀와는 정반대였다. 오히려 몸을 굽히고 그쪽을 자세히 바라보기 시작한 것이었다. 그런데 갑자기 그의 선한 눈빛이 칼날처럼 날카로워졌다.

"이상합니다."

"도령?!"

연화는 급히 미르 쪽으로 손을 뻗었다. 그가 갑자기 결계 쪽으로 몸을 깊이 굽혔기 때문이었다.

마치 닿을 것처럼 그쪽으로 한발 다가가기까지 해서 연화는 깜짝 놀란 얼굴로 그를 잡았지만 곧 손을 거둘 수밖에 없었다. 이번 역시 그녀의 손은 미르의 어깨를 가볍게 통과해 버렸다.

연화의 표정이 낭패로 물드는 것과 거의 동시에 미르가 어이가 없는 듯한 목소리로 말했다.

"저놈들, 지금 제 결계를 뚫을 생각인가 본데요?"

영가 주제에 머리를 쓰네요, 뒤이어 나오는 말을 흘려들으며 연화는 급히 현관 쪽을 바라보았다. 그리고 입술을 꽉 다물었다. 과연 좀 전의 모습과 또 달라졌기 때문이었다.

방금 전에는 넓은 면적에 영가들이 군데군데 다닥다닥 붙어 있던 모습이었다면 지금은 한곳에 비정상적으로 몰려 있었다.

마치 한군데만 집중적으로 파고드는 것 같았다. 그 움직임에 연화가 급히 미르를 바라보았다.

“도령 말씀대로예요!”

하지만 미르는 깊은 생각에 잠겨 있었었고, 연화는 밀려오는 답답함과 초조함으로 입술을 세게 깨물었다.

지금 이 순간에도 검은 얼룩은 점점 더 진하게, 그리고 넓게 면적을 넓히고 있었다. 그녀의 까만 눈에 그보다도 더 시커먼 얼룩이 가득 들어왔다.

‘어쩌지, 어쩌지, 어쩌지? 내 목소리는 미르 도령께 닿지 않는데다가 지금 내가 할 수 있는 일은 없어.’

아니, 단지 지금뿐일까. 내가 할 수 있는 게 뭐가 있을까.

마음속에 울리는 스스로의 목소리에 연화의 까만 눈이 크게 흔들렸다.

‘진정 없는 걸까. 진정 내가 할 수 있는 일은…… 없는 걸까.’

그때였다. 미르의 눈동자가 정확히 연화를 바라보았다.

“꽃 아가씨.”

“……미르 도령?”

착각일까, 연화는 그가 자신을 똑바로 쳐다보고 있다고 생각했다. 그리고 그것은 그녀의 착각이 아니었다. 미르는 여전히 정확하게 그녀의 두 눈을 바라보고 있었다. 그에 연화가 “예.”라며 작게 대답하자, 마치 그것을 들은 것처럼 미르가 작게 속삭였다.

“저는 지금 도박을 해 볼 생각입니다.”

"도박이라고요?"

연화는 갑자기 나온 뜬금없는 말에 무슨 말인지 바로 이해가 되지 않아 되묻다가 순간 깨달은 듯 팟 고개를 들어 미르를 바라보았다. 그의 표정은 좀 전처럼, 아니 그것보다도 훨씬 더 침착했다. 도박이라는 극적인 단어를 꺼낸 사람 같지 않았다. 오히려 연화가 더 놀란 표정이었다.

연화는 지금 미르가 무엇을 하려고 하는지 정확하게 알 것 같았다. 그래서 더 당황스러웠다.

"하지만, 하지만 아까 전에 도령의 전문은 보호라고……."

하지 않으셨습니까, 라고 하려던 연화의 말은 끝맺어지지 못했다. 미르가 결심한 듯 눈을 감자마자 결계가 크게 번쩍였기 때문이었다.

파지직—

"……?!"

연화의 몸이 흠칫했다. 등 뒤에서 갑자기 커다란 굉음이 울렸다. 그것은 마치 천둥과 같은 소리였다. 그리고 그 소리에 놀라 급히 뒤를 돌아보자마자 본 광경은,

"벼락……?"

마치 푸른 하늘에 번개가 친 것처럼 결계 위로 하얀 불꽃이 튀어 오르고 있는 모습이었다. 그리고 그 불꽃에 결계에 달라붙어 있던 검은 얼룩들, 악령들이 데인 것처럼 튕겨져 밀려나고 있었다. 일부는 아예 그 자리에서 타 사라진 것 같았다.

거기서 끝이 아니라는 것처럼 결계 위로 미세한 하얀 막이 어른거리고 있었고, 악령들은 그것이 몹시 신경이 쓰이는 듯 좀처럼 다가오지 못했다. 닿는다면 또다시 그 천둥 번개가 칠까 전전긍긍했다.

그리고 그제야 미르가 길게 숨을 내쉬었다. 짧은 사이에 그의 얼굴은 온통 땀으로 푹 젖어 있었다.

"이게, 한계입니다."

"도령……."

연화는 미르를 바라보았다가 입술을 깨물며 고개를 숙였다.

'왜 몰랐을까, 왜 더 빨리 눈치채지 못했을까.'

미르는 얼굴뿐만 아니라 몸 전체가 땀으로 푹 젖어 있었고, 미세하게 부들부들 떨고 있었다. 마치 경련이 일어나는 것 같은 그런 모습이었다. 아마, 힘을 최대로 끌어 쓴 탓이겠지.

'게다가 아까 말씀하시길 본인의 힘을 최대한 이끌어 내어 저 결계를 둘렀다 했으니 지금 하신 행동은…….'

진정 도박이었을 것이었다.

그녀의 생각에 긍정이라도 하는 것처럼 순간 푸른빛 결계에 작은 균열이 일어났다. 아니, 아직 균열까지는 아니었으나 마치 무언가 무거운 것에 눌린 것처럼 한쪽이 미세하게 찌그러져 있었다. 그리고 미르가……

"크……."

인상을 찡그리며 숨을 괴롭게 몰아쉬었다. 결계가 무너지고 있는 것이 그에게 영향을 미치고 있는 것 같았다. 연화는 균열이 생긴 결계를 불안하게 바라보다가 그의 신음 소리를 듣자마자 급히 고개를 돌렸다. 힘에 눌려서 꺾인 듯한 모습으로 미르가 휘청거리며 한쪽 무릎을 꿇고 있었다.

"도령!"

연화는 급히 날듯이 미르에게로 다가갔다. 그가 숨이라도 편히 쉴 수 있게 고약한 냄새를 자신의 향으로 조금이나마 정화시키기 위해서였다.

"도령, 정신 차리세요. 숨을 쉬세요!"

연화는 어떻게 해야 할지 도무지 알 수가 없었다. 어쩌지, 내가 여기서 어떻게 도와야 하지? 그렇게 연화는 잠시 망설이다가 미르의 양어깨를 잡은 모양으로 그를 향해 몸을 숙였다. 그가 편히 숨을 쉴 수 있길 바랐다. 숨이라도 쉴 수 있게 하고 싶었다. 그리고 그것이 옳은 선택이었던 듯, 미르의 안색이 조금은 편해졌지만 아주 잠깐이었다.

텅—

"……!"

두 무릎을 꿇은 채 미르를 부축하듯이 상체를 살짝 껴안고 있던 연화가 급히 고개를 들었다.

또, 그 소리였다. 그리고 이번 소리는 아까 두 번의 소리보다도 훨씬 컸다. 크고 명확한, 마치 뚫은 것 같은 소리였다.

연화의 몸이 얼어붙은 듯 굳어졌다. 위태롭게 무릎을 짚은 채

몸을 지탱하려 애쓰던 미르가 최후의 도끼질을 당한 큰 나무처럼 천천히 꺾이고 있었기 때문이었다.

"미르 도령!"

도울 수 없는, 그리고 막을 수 없는 그 쓰러짐을 연화는 무기력하게 볼 수밖에 없었다.

미르의 큰 등이, 몸이, 세상이 기울어지고 있었다. 그리고 둔탁한 고통을 느끼며 그의 눈이 느릿하게 깜빡여졌다. 그 또한 손가락 하나 까닥할 수 없는 자신의 무기력함에 절망하고 있었다.

'안 돼, 말했는데. 도와주겠다고 약속했는데…….'

작은 신음 같은 날숨이 창백한 입술 새로 흘러나왔다.

"형, 미안……"

"미르 도령, 안 돼요!"

연화는 급히 미르를 붙잡았다. 아니, 붙잡으려고 애썼다.

그리고 닿길 바랐지만 그녀의 바람은 이번에도 이루어지지 않았다. 연화의 팔을 통과하여 그대로 바닥으로 쓰러진 미르의 두 눈이 마침내 천천히 감겼다.

"도령!"

스으으으—

결계가 사라지는 소리가 아니었다. 결계는 사라지지 않았다.

과연 미르는 거짓말을 하지 않았다. 틀린 말을, 허튼 말을 하지 않았다. 쓰러져도 놀라지 말라고 한 것은 이것을 말한 것일까, 무슨 원리인지 모르겠지만 주체자인 그가 정신을 잃었음에도 불구하고 푸른 결계는 여전히 서 있었고, 검은 악령들로부터 그녀를 막아 주고 있었다.

그러나 균열까지는 막지 못했다.

끼이이이이—

미르를 걱정스레 보던 연화는 소름 끼치는 소리에 고개를 돌렸다가 그대로 얼어붙었다.

"……!"

미세하게 찌그러져 있던 곳이 어느덧 눈에 보일 정도로 깊이 갈라져 있었고, 그 틈으로 악령들이 몸을 비집고 들어오고 있었다. 그리고 지금 이 소리는 악령들이 결계 사이를 뚫고 이곳으로, 그녀에게로 그리고 미르에게로 다가오는 소리였다. 죽음의 소리인 것이다. 그 물결에, 그 검은 모습에 연화는 두 눈을 질끈 감았다.

하지만, 아프지 않았다.

"……?"

금방이라도 자신을 덮칠 것 같았던 모습에 각오하고 눈을 감은 것인데 조금도 고통이나 불쾌감이 느껴지지 않아서 연화는 조금 의아한 기분으로 눈을 살짝 떴다. 그리고 곧바로 얼굴을 굳혔다.

"이게……."

이게, 무슨 상황이지?

연화의 표정이 딱딱하게 굳어졌다. 이전에 단 한 번도 없던 분노한 얼굴이었다. 그녀의 떨리는 검은 눈동자에는 정신을 잃은 미르가 담겨 있었고, 그의 주위로 몰려드는 수없이 많은 악령이 있었다. 그들은 일제히 미르에게 몸을 굽히고 그를 뚫어져라 내려다보았다. 마치 연화 따위는 안중에도 없다는 듯한 모습이었다.

하지만 연화는 알 것 같았다. 아니, 알고 있었다. 자신에게 관심이 없어서가 아니라 자신은 이미 잡은 물고기라고, 손에 넣었다고 편히 생각하고서 미르를 노리는 것이었다. 자신은 물론이거니와 미르까지 해를 끼치려고.

그리고 그들의 눈에 어른거리는 탐욕스러움과 값싼 희열의 감정을 읽은 연화의 눈이 분노로 검게 빛났다. 그녀의 입술이 붉게 비틀어졌다.

"……감히 예가 어디라고 오는 것이냐."

이전에는 화낼 일이 없었다. 화가 날 일도 없고 화를 내고 싶은 마음도 없었다. 아니, 화라는 감정 자체가 어떤 것인지 잘 몰랐다. 하지만 이제는 알 것 같았다. 너무나도 잘 느껴져서 슬펐다.

'늘 도움받고, 늘 지켜지기만 하고, 늘 신세를 지고, 늘 내게 실망하고…… 생전에도 그랬는데 이번에도 나는 그리 살아야만 하는 것일까. 왜, 왜.'

그녀의 표정을 보았을까, 미르의 위를 징그럽게 기어 다니던 악령들이 하나둘 연화 쪽으로 고개를 돌리기 시작했다. 이윽고 무수한 눈알들이 일제히 그녀를 바라보게 되었을 때, 연화는 물러서지 않았다.

"그래, 나를 보아라. 애초에 네놈들의 목적은 내가 아니었더냐."

연화는 그 끔찍하고 징그러운 장면을 한 몸에 모두 받아 내면서 천천히 무릎을 펴고 일어나 미르의 앞을 자신의 등으로 완전히 가렸다.

가능하다면 조금도, 아주 살짝이라도 그들의 눈에 미르가 보이지 않기를 바랐다. 그리고 연화는 천천히 자신의 품에 손을 넣었다.

그래, 자신에게도 무기가 있었다. 검이 있었다. 왠지 얼핏 웃음이 났다.

'도령께서, 그리고 하늘께서 내게 이것을 주신 이유가 나를 지키게끔 하기 위한 것이라면 이 방법 또한 맞을 터이고, 이 사용 또한 마땅할 터.'

연화는 하늘에서 하늘 할머니가 자신에게 했던 말을 똑똑히 기억했다. 자신을 두고 일러 너무나도 하얗기만 한 백지라 차마 하늘에 둘 수가 없어서 이곳으로 도로 내려보낸다 하셨었지.

'만약 진정 그리하다면 조금은 검어져도 될까, 붉고 더운 것을 이 안에 품어도 될까.'

잠시 후에 나온 그녀의 흰 손에는 나무 단도가 단단히 쥐어져 있었다. 하현이 복숭아나무 가지로 깎아 준 또 하나의 신검, 도화 단도였다.

그리고 연화는 망설임 없이 그 검을 빼어 들고 검은 물결을 똑바로 겨냥했다. 그들에게 날을 들이밀며 그녀가 말했다.

"그간 내게 검은 단 한 가지의 용도였다. 몸을 지켜야 할 상황이 왔을 때, 피치 못할 역경에서 나를 보호해야 할 상황이 닥쳤을 때 스스로를 찌름으로써 치욕에서 벗어나는 것, 그뿐이었지."

정조를 지키기 위해, 몸을 더럽히지 않기 위해 지니는 단도, 그것을 말하는 것이었다. 그리고 연화도 내내 그것이 여인이 지닌 검의 용도라고 생각했다. 하지만 이제는 아니었다.

그녀의 눈이 분노로 검게 빛났다.

"감히 나를 이미 가졌다 생각했느냐? 이미 손안에 넣었다 여기느냔 말이다."

연화를 뚫어지게 쳐다보기만 하던 악령들이 천천히 그녀를 향해 몸을 돌리기 시작했다. 그럼에도 연화는 조금도 물러서지도, 겁먹지도 않았다.

마음은 전해지기 마련, 감정은 전달되기 마련이었다. 자신이 떤다면, 겁을 먹게 된다면, 자신이 약해지는 바로 그 순간이 그들이 달려들 틈이라는 걸 이제는 알았다. 연화는 검을 들어 단단히 두 손으로 잡으며 그들을 노려보았다.

"나는 더 이상 숨지 않는다. 도망치지도 않아. 나도, 내 사람들을 지킬 것이야. 반드시."

지킨다는 말이 도화선이었을까, 그 말을 하자마자 악령들이 일제히 하나의 검은 물결이 되어 그녀에게 쏘아지듯 밀려들어 왔고, 연화는 하현과 있었던 방에 잠시 눈길을 두고서 검은 물을 향해 한 발 깊이 내디뎠다.

*　　*　　*

"파!"

하현은 앞뒤 가리지 않고 곧장 파에게로 달려갔다. 그의 손에 여전히 맺혀 있는 붉은 선홍빛 힘에 밀렸는지 파를 누르듯 덮고 있던 검은 악령들이 마치 썰물처럼 뒤로 순식간에 빠져나갔고, 하현은 손을 신경질적으로 크게 휘둘렀다.

그러자 순식간에 허공으로 얼음 결정이 수없이 많이 맺혀 사방이 희뿌옇게 얼어붙었다. 은 교수 앞을 막은 것 같은, 하지만 그보다도 더 거친 결계였다.

그리고 마침내 흰 바닥에 떨어져 있는 푸른 검이 보이자마자 하현은 급하게 그녀를 주워 들으며 이름을 불렀다.

"파, 파!"

"……."

그러나 푸른 검은 평소보다 훨씬 무거웠고, 조용했고, 어떤 미동도 없었다. 그저 맹약자의 손에 말없이 몸을 맡기고 놓여 있을 뿐이었다.

그리고 하현은 그녀의 검신에 생긴 것들을 보았다. 깊이 파인 자국과 새하얗게 생긴 또 다른 자흔을 보았다. 검은 물에 닿아 몸이 삭은 흔적이었다. 상처였다. 그것을 두 눈에 가득 담은 하현이 천천히 고개를 들었다. 주홍빛 눈에 검붉은 분노가 일렁이고 있었다.

"……다 죽여 버리겠어."

어렸을 때부터 지금까지 줄곧 귀에 달고 살았던 말이 있었다. 늘 언제고 가주인 그의 할머니가 그에게 했던 말이었다. 필요치 않은 살생은 하지 말거라, 그것이 모두 업이 되어 네게 돌아갈 터이니 손속을 조심하거라.

그에 그 말을 따라서 아무리 자신을 귀찮게 하거나 짓궂게 행동해도 무시하고 넘어간 것이 여러 번이었다. 하지만 이제는 참지 못할 것 같았다. 참을 한계를 넘어 버렸다. '저들'도 도가 지나치면 어떻게 된다는 것을 똑똑히 알아야 할 필요가 있었다.

하현은 움직였다.

"……!"

은 교수는 숨을 삼켰다. 아니, 연구실 안에 있던 모든 생명이 일시에 다 숨을 멈췄다. 살아 있는, 혹은 살아 있었던 모든 것이 숨을 쉬는 것을 잊었다.

하현의 온몸이 붉은 화염에 감싸져 있었다. 마치 그가 불에 타는 것 같은 모습이었다. 은 교수는 비명이 목 끝까지 올라온 것을 간신히 참으며 하현을 똑바로 바라보려고 애썼다.

일렁거리는 아지랑이 때문에 정확히 보이지가 않아 눈을 가늘게 뜨고 나서야 겨우 조금 또렷하게 볼 수 있었다. 그리고 은 교수가 크게 한숨을 내쉬고는 소리를 질렀다.

"저 새끼가 진짜……!"

사람을 놀라게 하는 것도 정도가 있었다. 이렇게 말없이 얼음

덩어리에 자신을 떡하니 가둬 두는 것도 야단칠 일이었지만 그것은 자신을 보호하기 위함이니 이해할 수 있었다. 하지만 이번에는 진짜 혼나야 했다. 사람의 심장을 이리도 들었다 놨다 하다니, 아직도 심장이 이 아래에서 쿵쿵 뛰고 있었다.

"분신자살도 아니고, 갑자기 불에 확 타오르는 것 같아서 내가 얼마나 놀랐는지 알아?"

은 교수가 화를 내는 것을 들은 것일까, 하현의 시선이 이쪽에 아주 잠시 닿은 것 같기도 했다. 그래서 그를 향해 고개를 돌리자마자 은 교수는 하마터면 기도문을 외울 뻔했다. 하현이 바로 코앞까지 다가왔기 때문이었다. 아니, 단지 그것 때문이 아니었다. 그의 눈 때문이었다. 평소에도 밝다고 생각되던 그의 주홍빛 눈이 완연한 붉은 햇빛이 되어 있었고, 그 속은 지독하게 차가웠다. 소름이 끼쳤다.

"야, 하현아!"

이 결계는 사람의 목소리까지도 듣지 못하도록 막는 것일까, 그렇게 생각이 될 정도로 하현은 아무것도 듣지 못하는 눈치였다. 아니면, 정신이 없는 것도 같았다. 어려서부터 지금까지 삼십여 년을 족히 봐 온 놈이었는데 이런 모습은 처음이었다. 그도 그럴 게,

화아아아아—

콰득—

그의 눈에 초점이 없었기 때문이었다.

그리고 은 교수는 입을 다물었다. 이것은 평소의 하현이 아니었다. 자신이 알고 있는 정하현이 아니었다. 그것을 영가들도 알았을까, 아니면 그의 기운이 심상치 않은 것을 본능적으로 알아챈 걸까, 아까는 파도처럼 밀려들던 영가들이 지금은 마치 썰물처럼 밀려 나가 그에게서 가능한 멀어지려고 애쓰고 있었다. 마치 여러 개의 웅덩이로 갈라져 벽을 타고 모서리에 몸을 붙이며 하현의 시선에서 벗어나려고 용을 쓰는 모습이었다.

하지만 하현은 하나도 놓치지 않았다.

"내가 궁금하다고 한 게 누구였더라."

아무렇게나 뻗은 손에 잡힌 영가의 입이 괴롭게 뻐끔거렸다.

"혼도 없으면서 어디서 약을 팔아."

그 무미건조한 중얼거림이 떨어지는 것과 동시에 그의 손에 잡혀 있던 영가가 회색과 붉은 재로 바스라졌다. 말 그대로 즉결 소멸이었다. 그리고 그것은 시작에 불과했다.

"어디 있을까."

노래를 부르는 것처럼 나직하게 흥얼거리며 한 걸음 한 걸음 걸을 때마다 자욱한 연기가 피어올랐다.

하현은 아무런 망설임도 없이 손을 내젓듯 뻗어 잡히는 대로 휘어잡고 태웠고, 그것이 용이하지 않으면 목을 뽑거나 심장에 아무렇게나 손을 넣어 핵을 쥐어뜯었다. 피만 안 난다는 것뿐이지 완연한 살육이었다. 만약 영가가 비명을 지를 수 있거나 피를 흘린다면 아마 이곳은 비명과 신음, 붉은 피와 살점으로 범벅이 되어 있었을 것이었다.

"보고 있을까."

누구를 향한 중얼거림일까, 아니면 경고일까. 혹은 이죽거림일까. 하현은 침착하게 하나하나 죽여 나가며 속삭였고, 그의 입가에 얼핏 미소까지 떠올라 있었다.

"당신이 원하는 힘이 어떤 것인지, 거 앉아서 똑똑히 지켜보라고."

내뻗은 손에 스친 영가가 비명도 지르지 못하고 그대로 회색 가루로 바스라지는 모습이 똑똑히 드러나자, 조금씩 일그러지던 은 교수의 눈이 일순 괴롭게 꽉 감겼다.

더는, 보고 싶지, 않았다.

"야 인마, 정하현! 이제……."

그만하라고 하고 싶었다. 이제 할 만큼 했다고 이만 멈추라고 하려고 했다. 하지만 은 교수는 끝까지 말하지 못했다. 하현이 여전히 손에 들고 있는 검에 시선이 닿았기 때문이었다.

하현은 혹시나 그 검이 무엇에 닿기라도 할까 걱정하는 것처럼 아주 소중하게 보듬고 있었고, 은 교수 역시 그 푸른 검이 크게 상한 것을 똑똑히 보았다. 하얗고 거멓게 물든 그 만신창이를 확인했다. 그 검이 하현에게 어떠한 의미인지 알기에 은 교수는 더 이상 그를 말릴 수 없었다.

"큭……."

'할 만큼'이라는 게 얼마만큼일까. 내가 당한 건, 내가 느낀 건,

내가 아팠던 건 수치로 환산할 수 없을 정도인데 도대체 그 정도를 어떻게 가늠을 하라는 것일까.

눈에는 눈, 이에는 이? 내가 아팠던 만큼 그 사람도 똑같이 아프도록?

지금 이 생각은 비단 파에게만 해당하는 것이 아니었다. 하현의 부모 또한 마찬가지였다. 은 교수는 하현이 걱정이 되었다. 분노에 몸을 맡기고, 마음을 빼앗기면 당장은 시원할지 몰라도 남는 것은 허무와 아픔이었다. 상처였다. 또 다른 복수의 빌미뿐이었다.

'그리고, 이래서 얻는 게 뭔데. 상처와 업만 생길 뿐 네게 남는 게 뭔데, 정하현.'

은 교수는 입술을 깨물었다. 마음이 너무나도 괴로웠다. 하현의 마음과 심정이 이해되지만 이 상황 또한 막고 싶었다. 이것이 지속되어 봤자 하현에게 좋을 게 하나 없으니까. 외려 나중에 더 힘들어질 테니까. 하현이라면, 녀석이라면 분명 자책할 테니까.

그리고 그의 눈길이 순간 하현이 입고 있는 흰옷으로 향했다. 붉은 화염 가운데 일렁거리고 있는 흰옷에 닿았다. 그러자마자 떠오르는 뚜렷한 생각에 은 교수는 크게 숨을 들이쉬었다.

하현의 귀가 닫혀서 듣지 못해도 상관없었다. 이 얼음벽이 가로막아 소리를 막아도 상관없었다. 어떻게든 마음이라도, 시선이라도 닿기를 바랐다. 그래서 은 교수는 있는 힘껏 숨을 들이마시고 크게 외쳤다. 제발 닿길 바랐다. 그에게 들리길 바랐다.

"정 선생!"

바로 하현이 입은 옷, 그것은 살리는 사람의 옷이었다. 생명을 지키는 사람의 옷이었다.

새하얀 가운, 의사의 옷이었다.

*　　　*　　　*

아무런 소리가 들리지 않았다.

아무런 고통도 느끼지 못했다.

아프다든가, 뜨겁다든가, 답답하다든가, 혹은 기분이 좋다든가. 그 아무것도 느껴지지 않았다. 그저 손을 움직일 뿐이었다. 움직일 때마다 무언가 잡혔고, 잡힌 것을 비틀면 우득거리는 소리가 들렸고, 잠시 후면 아무것도 없게 될 것이었다.

하지만 허했다. 아무것도 채워지지 않았다. 힘이 나간다는 느낌도 없었고, 채워지는 느낌 또한 없었다. 그저 무감각, 그 말이 딱 맞았다. 하지만 확실한 것은 자신은 하지 말아야 할 것들을 하고 있다는 것. 살인을 하고 있다는 것, 하나였다.

그게 이미 죽어 버린 영가라 할지라도, 자신을 해치려고 했다고 할지라도.

하지만 알면서도 범춰지지 않았다. 파, 파, 파.

'젠장…….'

하현은 입술을 깨물었다. 아까부터 얼마나 짓이겼는지 알싸

한 아픔과 함께 비릿한 피 맛이 났다. 하지만 오히려 그편이 나았다. 자꾸만 자꾸만 정신을 놓을 것만 같았다. 아픔이 느껴지는 게 차라리 나았다.

눈을 감을 때마다 아까 그 모습이 떠올랐다. 무기력하게, 무방비하게 바닥에 떨어져 있던 파의 모습이 생각났다. 그리고 그에 이어져서 떠오르는 기억은,

"젠장!"

하현은 결국 잇새로 욕을 중얼거리며 머리를 거칠게 헝클어뜨렸다.

이어져서 떠오르는 기억은, 검은 물결에 휩쓸린 파가 놈들에게 이리저리 농락당하다가 바닥으로 깊이 가라앉는 모습이었다. 늘 생기발랄하고 얄미우리만치 당당했던 녀석이었는데, 누구보다도 빠르게 날던 녀석이었는데.

그 모습이 다시 떠올라 하현의 눈이 다시 독해졌다. 약간 옅어졌나 싶었던 손이 다시금 핏빛으로 붉게 물들기 시작했다.

그리고 그의 붉은 손이 마지막으로 닿은 영가는 아까 전 파가 겨냥했던, 이원의 거울 영가였다.

* * *

"읏……!"

이원은 한발 뒤로 물러섰다. 발을 잘못 헛디뎌서 의자에 걸려

넘어질 뻔했지만 개의치 않았다.

아니, 솔직히 말하자면 그것까지 신경 쓸 여력이 없었다. 만약 지금 고개를 숙여서 저 아래에서 시큰거리는 발목을 본다면 곧바로 하현이 자신의 목을 낚아챌 것만 같았다. 그렇게 생각하던 이원의 안색이 달라졌다. 이미, 졸린 것일까.

"……!"

이원의 새까만 눈동자에 밝은 갈색 머리, 그리고 주홍색 눈동자가 한가득 들어왔다. 그녀의 얼굴이 당혹과 낭패로 물들었다.

'눈을 마주치면 안 돼!'

왜인지 모르겠지만 그런 생각이 들었다. 지금 저 눈을 똑바로 마주했다가는 무슨 일이 생길 것만 같았다. 산 사람일 테니 홀릴 수는 없을 텐데, 그래도 늘 이제까지 스스로를 위험에서 간신히나마 건져 주던 자신의 감이 안 된다고 외치고 있었다. 그래서 이원은 필사적으로 시선을 돌리며 생각했다.

'언제 이렇게 가까이 온 거야?'

방금 전까지만 해도 저기 멀리에 있던 사람인데 순식간에 자신의 코앞에 다가와 있었다. 이제야 비로소 '정씨 가문'의 힘을 조금이나마 알 것 같아서 새삼스럽게 소름이 돋았다.

'힘을 채 다 받지 않은 반쪽의 능력이 이 정도라면 대체 백 퍼센트 다 받으면 어느 정도라는 건데?'

이 와중에도 떠오르는 그런 생각에 저도 모르게 손에 힘을 주다가 이원은 자신을 똑바로 바라보고 있는 눈을 무의식적으로 쳐다보고는 그대로 얼어붙었다.

"……!"

그녀가 마주한 눈이 너무나도 무서웠다.

증오? 분노? 경멸? 아니, 그런 것보다도 훨씬 더 무서운 것. 무감각, 무표정한 눈이었다. 그 어떤 감정도 그의 눈에는 없었다. 그저 주홍빛, 붉은빛 유리알 같은 눈동자였다.

마치 석양 같은 빛, 황혼의 빛이었다. 그리고 그 색을 한껏 담은 두 구슬이 자신에게 정확히 닿은 순간, 이원은 자신도 모르게 목을 부여잡으면서 크게 비틀거렸다.

"오지, 마!"

숨이 막히는 것 같았다.

그럴 리 없지만, 가능할 리 없지만 그의 힘이 여기까지 전해지는 기분이었다. 그녀가 제어하고 있는 영가의 고통이 자신에게까지 전해지는 것일까.

'어림없는 소리야.'

하지만 이원은 하현의 힘을 느꼈다. 활활 타오르는 것 같은 뜨거운 감각을 느꼈고, 목을 틀어쥔 손의 강한 악력 또한 느꼈다. 그리고 그 손이 자신의 목을 잡고 서서히 비트는 것 또한—

"으읏, 그만……!"

느꼈다.

어느새 이원은 의자에 쓰러지듯 앉아서 버둥거리고 있었다. 숨이 제대로 쉬어지지 않았다. 가슴이 타듯이 뜨거운 게 괴로워서 견딜 수가 없었다. 마치 뜨겁게 달궈진 숯불이 가슴에 얹어진 것 같은 그런 느낌이었다.

차라리 빨리 잘랐으면, 없애 주었으면 하는 멍청한 생각까지 들 정도였다.

그리고 그의 손이 휙 하늘로 향하자 이원은 두 눈을 질끈 감았다. 하지만 고통이 느껴지지 않았다.

"뭐…… 지?"

왜 아프지 않을까, 그리고 왜 연결이 끊기지 않을까.

자신이 끊을 수도 있었지만 그것은 마지막 자존심이었다. 도망치는 꼴이었으니까, 정말 꼬리를 말고 달아나는 꼴이었으니까 도리어 그대로 다 마주할 생각이었다.

하지만 생각하던 고통이 저에게 닥치지 않아서 이원은 조금 의아해하며 천천히 눈을 떴고, 눈앞에 그려진 거울, 그 너머의 장면에 그대로 얼음처럼 굳어 버렸다.

"……!"

아무 말도 할 수가 없었다. 말이 나오지 않았다. 아니, 숨소리조차도 나오지 않았다.

지금 거울에는, 은 교수의 새하얀 연구실이 보였다. 일반 사람에게는 그저 흰 바닥과 흰 벽일 뿐이겠지만 이원과 하현에게는 아니었다. 적어도 아주 조금이라도 힘을 가지고 있는 사람이 보는 시각으로는,

"잔인한…… 놈……."

피로 범벅이 되어 있는 전장이었다.

그리고 이원은 깨달았다. 하현은 절대로 그녀를 편히 있게 두지 않을 터였다. 그녀가 부리는 영가, 그리고 다르게 말하면 그녀에게 매여 있는 영가를 아주아주 천천히 괴롭게 할 생각인 것이다.

그러니까 넌 똑똑히 지켜보라고 소리 없이 말하고 있었다.

그리고 그의 목적대로 이원은 자신의 능력, 힘들이 조각조각 갈기갈기 찢겨 있는 것을 그대로 목도하고 있었다.

"끄으으으……."

붉은 피가 흐르는 대신 방 안 곳곳에는 검거나 회색, 또는 검붉은 재가 바닥에 수북하게 쌓여 있었고 인, 사람으로 치면 심장을 생으로 뜯기고 나서 채 소멸하지 못한 영가들이 바닥을 이리저리 기어 다니며 괴로워하고 있었다.

그리고 거울 영가의 눈에 갑자기 그것 중 하나가 크게 확대되었다. 하현이 거울 영가의 목을 틀어쥐고 그 앞으로 들이민 것이었다.

순식간에 가까워진 그 징그러운 모습에 이원이 흠칫 몸을 떨었지만 하현은 아랑곳하지 않고 그녀가 그것을 피하지 못하고 똑똑히 보게끔 영가의 눈앞에 가까이 들이밀었다.

그리고 이원의 눈에 마치 클로즈업되는 것처럼 한 장면이 크게 들어왔다. 그녀의 인, 표식이 찍혀 있는 자리였다.

츠으으으—

영가의 쇄골 부분에 박혀 있는 이원의 표식 주위가 삭는 것처럼 잿빛으로 점점 어두워지더니 이내 새까맣게 죽기 시작했다. 하현의 힘에 의해 찢기고 있는 모습이었다.

곧이어 그 영가는 고통에 못 이겨 몸을 부들부들 떨기 시작했고, 인이 완전히 바스러지는 것과 거의 동시에 몸을 기괴하게 꺾으며 소멸했다.

이원은 눈 돌릴 새도 없이 자신이 '만든' 영가가 강제 소멸당하는 장면을 지켜보고 만 것이었다. 그녀의 창백한 입술 사이로 신음 같은 목소리가 새어 나왔다.

"……만……."

그만 보고 싶었다.

그만두고 싶었다.

현실 같지 않았다. 좀 전까지만 해도 이러지 않았는데, 이런 상황이 아니었는데 이해가 되지 않았다.

솔직히 말하면 현실감각이 없었다. 분명 자신이 데리고 있는 영가의 수가 훨씬 많았고, 저들은 한방에 몰아져 있는 상황이었는데 어느새 이쪽이 뜯기고 말았다. 고작 한 사람에게, 사람 같지 않은 놈에게.

그리고 이원은 숨을 훕 들이켰다. 그 '사람 같지 않은 놈'의 얼굴이 거울에 한가득 보였다.

"잘, 보고 있습니까?"

하마터면 대답할 뻔했다. 하지만 이원은 목을 졸린 듯 아무런 말을 할 수 없었다. 영가가 비추는 화면이 또 달라졌기 때문이었다. 거울 너머로 뚜벅뚜벅 걷는 발걸음 소리가 들렸다. 이원의 얼굴이 창백하게 질렸다.

'뭐지? 뭐야? 뭐 하는 거야?'

이원은 지금까지 알고 있던 하현에 대한 모든 정보를 전부 정정했다.

그는 약하지 않았다. 아니, 강하다는 말로 다 표현할 수 없을 만큼, 분하지만 그녀의 상대가 되지 않을 정도로 강했다.

그리고 그는 무던한 성격도 아니었다. 점잖다고? 서글서글하다고? 웃기지도 않는 소리, 말도 안 되는 소리.

저 사람은 맹수였다. 평소에는 숨기고 있지만 실제로는 날카로운 이빨과 발톱을 가진, 그런 사람이었다. 순간 화면 속에 익숙한 곳이 보이자 심장이 덜컥 내려앉았다.

"……!"

그곳이 어디인지 깨닫자마자 이원이 자리에서 벌떡 일어났다.

"뭐야, 뭐지, 어떡하지, 어떻게 해야 하지?"

그녀의 눈에는 당혹스러움과 공포, 분노와 수치스러움이 온통 뒤섞여 일렁이고 있었다.

지금 거울 영가가 보여 주는 영상의 배경인 저 하얀 복도는 자신이 있는 병실로 오는 길이었다. 이윽고 그녀가 간절히 바랐던 화면이 나왔다. 아니, 느낌이 왔다.

'연결'이 끊어지면서 눈앞에 펼쳐져 있던 지긋지긋한 화면이 사라진 것이었다. 그리고 그 말은, 거울 영가가 소멸했다, 는 뜻이었다.

*　　　*　　　*

뚜벅뚜벅.

하현은 긴 복도를 걷고 있었다. 새하얗고 긴 길이었다. 그녀가 날아온 길도 이처럼 흴까, 갑자기 연화 생각이 난 하현의 걸음이 잠시 멈추었다. 연화는, 괜찮을까. 뗄 수 없이 곧바로 생각난 그 새하얀 얼굴, 말간 눈빛이 보고 싶었다.

"빨리 정리해야겠네."

뒷정리도 해야 하고, 파도 치료해야 하고, 연화도 걱정되고.

하현은 정말 마음이 안 내키지만 일이 끝나는 대로 곧바로 본가로 갈 생각이었다. 본가에 파의 정화를 맡긴 후에 곧바로 연화에게로 달려갈 것이다. 그렇게 생각하며 다시금 발을 떼는데 순간 온몸에 소름이 쫙 돋았다.

짜르르르릉—

병원에 오면 무조건 무음으로 해 두는 것이 하현의 오랜 버릇이었다. 그리고 그 버릇대로 이번 역시 휴대폰 벨 소리는 무음으로 해 두었다. 그런데 그게 풀린 것이었다. 그것까지는 기계 오류라고 볼 수 있겠지만, 이 소리는 아니었다. 분명 이 소리는…… 분명 가주의 방울 소리였다.

"어떻게?"

그녀의 능력으로는 이런 것까지도 가능한 것일까, 대체 어디서 어디까지…….

짜르르르릉—

냉큼 받지 않고 뭐 하냐는 듯 벨 소리가 호통을 치듯이 다시금 커다랗게 울렸고, 하현은 조금 창백한 표정으로 자신의 휴대폰을 바라보았다. 역시나 액정에는 그가 살면서 몇 번 보지 않은 이름과 번호가 찍혀 있었다. 가주의 직통 전화번호였다.

'무슨 일이시지?'

하현은 성인으로 되자마자 거의 바로 독립했다. 하지만 그 이전에도, 독립한 이후에도 하현에게 가주가 직접 연락하는 일은 굉장히 드물었다. 미르라는 중간 다리가 있기 때문에 언질할 게 있다든가, 소환한다든가 하는 일은 거의 그를 통해 연락이 왔기 때문이었다. 그동안 기껏 연락이 온 거라고는…….

"선은 아니겠지."

하현의 표정이 굉장히 진지해졌다. 이 시점에 왜 연락이 온 것일까. 하지만 안 받자니 굉장히 찜찜하고 불안하고 껄끄럽고 게다가 무엇보다 후환이 두려웠기 때문에 하현은 정말 어쩔 수 없다는 표정으로 액정을 슥 문질렀다.

그리고 천둥이 쳤다.

"무엇하고 이제야 받는 것이야!"

하현은 정말, 말 그대로 자리에서 펄쩍 뛰었다. 전화를 수신하자마자 가주가 커다랗게 호통을 쳤다. 수화기 너머로도 쩌렁쩌렁한 소리라니, 보통 고함이 아니었다.

하지만 하현은 왠지 억울했다. 울리자마자 거의 바로 받은 건데 뭐가 그렇게 늦었다고 혼나느냔 말이다. 그래서 억울한 마음으로 액정을 다시 보았다가 그대로 표정이 굳어졌다.

부재중 통화가 무려 일곱 통이 와 있었다. 그것도 거의 1분 단위로 걸어온 게 끊기면 바로 다시 걸고 다시 걸고 한 모양이었다.

'내가 대체 얼마나 정신이 없었던 거야?'

그동안 온 건 무음이라고 쳐도 그렇지, 정말 절대로 평소의 그였다면 하지 않았을 행동이었다. 할 말이 없어 얌전히 그녀의 말을 기다리는데 수화기 너머에서 건너온 목소리는 그가 전혀 생각지도 못한 말이었다.

"뭐…… 라고요?"

하현은 귀를 의심하는 표정으로 자리에 멈춰 섰다. 지금 자신이 들은 말이 제대로 이해가 되지 않았다. 내가 지금 무슨 말을 들은 거지?

"초가 미친 듯이 타고 있단 말이다, 그놈 초!"

순간적으로 '그때'의 기억이 떠올랐다. 평소라면 절대로 들어가지 않았을 방에 그날따라 왜 들어가고 싶었는지, 그토록 싫어하던 향 내음이 왜 유독 향긋했었는지. 그래서 무언가에 이끌리듯이 방 안으로 들어섰을 때 보았던 장면은, 부모님의 이름을 적은 초 두 자루가 불꽃을 튀기며 미친 듯이 녹아내리는 장면이었다.

하현의 표정이 멍해졌다. 그리고 그런 그를 재촉하듯 가주가 호통을 치듯이 말했다.

"은 교수에게 그간의 이야기는 간략하게 들었다. 하나 내가 묻고자 하는 것은 그것이 아니야. 미르 말이다, 그 미꾸라지 같은 놈. 그놈이 어디에 갔는지 아느냐?"

너라면 알고 있을 것 같구나, 라는 뒷말이 귓가를 스쳤지만 하현은 뭐라고 답하지 못했다. 평소 같았으면 '집에만 있을 그 녀석 일을 왜 제게 물으십니까?'라며 반문했겠지만 지금은 아니었다. 왜인지 모르겠지만 어렴풋이 짐작이 되었다.

하현은 집을 떠날 때 자신의 집 주소를 미르에게 알려 주었던 것을 기억했다. 그리고 온몸에 소름이 돋았다.

'설마 그것일까, 정말 녀석이 집에 왔다고? 그렇다면…….'

하현의 안색이 새하얗게 질렸다. 아니, 몸 전체에서 핏기가 빠져나가는 기분이었다.

'그렇다면, 이곳에 밀려온 악령이 전부가 아닐 수도 있다는 말이야?'

그의 생각을 간파한 것처럼 가주가 다시 재촉했고, 하현은 이제껏 단 한 번도 하지 않은 말을 입술에 담았다. 살면서 지금처럼 다급하고 정신이 없었던 적이 없었으니까.

"할머님, 외람되지만 혹시 지금 저의 집에 방문해 주실 수 있으십니까?"

하현은 늘 도망 다녔고, 숨어 다녔고, 일부러 자신의 정보를 알리지 않았다. 그럼에도 다 알고 있을 테니까, 그녀의 손바닥 위에 있는 것일 테니까, 라고 생각했던 것이다.

그리고 늘 벗어나려고 했으면 했지, 조금도 본가의 덕을 보거나 몸을 기대려고 하지도 않았다. 그런 그가 처음으로 도움을 요청했다. 또한 그가 담은 호칭은 '가주'가 아닌 '할머님'이었다.

그것을 알았을까, 아니면 애초에 처음 연락했을 때부터 마음이 서 있었던 것일까, 가주는 하현의 부탁을 거절하지 않았다.

"너보다는 늦지 않을 게다."

역시, 알고 있었어.

하현은 급박한 와중에도 조금 웃고 말았다. 정말이지, 알면서도 모른 척하는 것도 아주 수준급이었다. 이걸 고맙다고 해야 할지, 아니면 화를 내야 하는 건지. 하지만 지금만큼은 아주 몹시 고마웠다.

"……아니요, 제가 먼저 갈 겁니다."

도와준다는 말 대신 퉁명스레 돌아온 대답에 마주 대꾸하며 하현은 급히 몸을 틀어 병원 정문으로 달려갔다. 목적지는 물론 그의 집, 그리고 연화의 곁이었다.

〈다음 권에 계속〉